KB003446

루혜의 시간

호르스트 리히터 지음
김현정 옮김

루히의 시간

말을 안 하고 싶은
날도 있어서

독일 국민 셰프 호르스트 리히터 씨의 괴랄한 마음 처방

3 일상에서 평온함을 찾는 방법

4 길을 잃지 않고 살았더니 길이 보이더라

내가 나에게 선물하는 시간

이 책을 읽고 계신 여러분, 반갑습니다.

원래는 이렇게 빨리 책을 쓸 생각은 전혀 없었는데, 앞서 쓴 《똥멍청이를 위한 시간은 없다 $^{Keine\ Zeit\ f\ddot{u}r\ Arschl\ddot{o}cher}$》는 정말이지 다시 읽기 부끄러울 정도로 아주 감정적인 책이라, 빨리 다음 책을 써야겠다는 생각이 들었습니다. 이전 책을 마무리할 때쯤 내 인생의 한 단락이 끝난 '사건'이 일어났습니다. 어머니가 돌아가셨고, 나는 부모가 없는 사람이 되었고, 더 이상 누군가의 아이도 아닌 셈이 되었죠. 통계적으로 봤을 때 나는 인생의 3분의 2를 살아온 어른인데도, 이 사실은 정말 괴롭기만 했습니다. 이 깨달음은 내 삶을 새롭게 정비하는 계기가 되었고, 내 미래를 위해 중요한 결정을 내렸습니다. 몇날며칠을 아내와 의논하고 친한 친구들과 이야기를 나누기도 했으며, 스스로도 많은 고심을 했습니다.

'내가 원하는 것은 무엇이며, 내 인생은 어떤 방향으로 흘러가야 할까? 내가 더 이상 원하지 않는 것은 무엇이며, 앞으로의 내 인생에서 중요한 것은 무엇일까?'

물론 이러한 질문들은 며칠 사이에 급하게 생각한 건 아닙니다. 이제 그럴 때가 되었을 뿐이죠. 어느 순간 갑자기 물러남과 고요함이라는 주제가 내게 중요해졌고, 나는 언젠가 한 번 입을 다물고 내 안의 목소리에 귀를 기울이고 싶다는 큰 욕구를 날이 갈수록 느꼈습니다.

여러분은 이 책에서 내가 어떻게 이런 질문을 하게 되었는지, 어떤 결정을 내리게 되었는지 그리고 그 결정이 어떤 결과를 가져왔는지 읽게 될 겁니다. 보통 우리는 결과를 미리 머릿속에 그리거나 신중하게 따져보곤 하죠. 하지만 일단 노의 방향을 바꾸거나 밧줄을 끊거나 발을 내디뎌야 내 미래를 가늠할 수 있게 됩니다. 즉, 계획대로 혹은 계산된 대로 일어나는 것은 아무것도 없다는 말이지요. 인생이 그토록 흥미진진한 것은 바로 이러한 이유 때문입니다. 인생은 여러분이 완전히 다른 계획을 세우는 동안에도 일어납니다. 비틀즈의 존 레논이 남긴 유명한 한 마디가 생각나는군요.

인생이란 당신이 다른 계획을 세우느라 바쁠 때 당신에게 일어나는 것이다. Life is what happens to you while you're busy making other plans

이 같은 일이 나에게도 일어났습니다. 이에 대해 여러분에게 이야기하려고 합니다. 내가 엄청나게 인생 경험이 풍부하다고 생각해서가 아닙니다. 오히려 인생이라는 것이 미리 계획할 수 없을 정도로 얼마나 큰 힘을 발휘하는지 매우 놀랐기 때문입니다.

나는 삶의 원동력과 대처 방식을 보다 근본적으로 알아보고 싶었습니다. 그래서 바로 실험에 나섰습니다. 처음 들었을 때는 정말로 미친 게 아닌가 싶었던 그런 실험에 말입니다. 그 실험은 바로 하필이면 내가 묵언 수도원에 가서 격식을 차리지 않고, 말하자면 입을 닥치고 있어야 한다는 모험이었습니다. 침묵, 좀 더 구체적으로 말하자면 고요함을 찾는 것, 쉼에 대한 갈망은 최근 몇 년 동안 많은 사람에게 중요한 주제가 되었습니다. 나를 비롯해 친구, 지인, 동료 등 거의 모두가 소위 '재충전의 시간'을 한번 갖고 싶어 하던 찰나, 묵언 수도원 체험이라는 아이디어가 흥미진진하게 느껴져서 시도해 봐야겠다고 생각했습니다. 하지만 몇 가지 조건들이 있었습니다. 내가 준비되지 않은 상태여야 하고, 수도원 주소도 출발 전날 받는 조건이었습니다. 내가 알 수 있는 건 오로지 체험 기간뿐, 나에게 무슨 일이 (어디서) 일어날지 정말로 아무것도 몰랐습니다.

나와 나의 오랜 친구이자 작가 틸 호헤네더^{Till Hoheneder}는 이를 이 책《루헤의 시간》에 녹여보자고 제안했습니다. 이 경험이자 실험은 과연 어떻게 흘러갔을까요? 결론적으로 말하자면, 뭐 별로 놀랄 일도 아니겠지만 결과는 또다시 완전히 다른 방향으로 흘러갔습니다.

어쩌면 이러한 실험조차도 실제 삶처럼 계획할 수 없다는 것은 좋은 것일지도 모릅니다. 바로 이것이 이미 첫 번째 중요한 깨달음 아닐까요? 우리는 아직 아무것도 제대로 시작하지 않았습니다. 그렇기에 나는 여러분이 이 책을 읽기 전에 다음과 같은 이야기를 하는 것이 중요하다고 생각합니다. 즉 이 책은 인생 지침서도, 난해한 안내서나 지도서도 아니며, '여기 내면의 고요함과 평화를 위한 처방전이 있습니다'와 같은 모토에 따라 구상된 책도 아닙니다. 그보다 이 책은 고요함과 평온을 찾으려는 나의 노력에 대한 성찰을 담은 개인적인 일기에 가깝습니다. 다시 분명하게 말하자면 나는 이 책에서 오로지 내 위주로 이야기하고 있습니다. 내 생각들, 내가 경험한 일들, 그리고 그 경험들을 어떻게 소화했는지 말입니다.

　나는 수도원에 있을 때 나와 어울리지 않는 곳에 있다는 사실을 분명하게 알게 되었습니다. 나는 수도원에도, 그곳의 강좌와 사람들에게도 어울리지 않는 사람이었습니다. 그렇습니다. 나는 그러한 곳에 잘 맞는 사람도 아니었고, 정해진 퍼즐에 잘 맞는 사람도 아니었습니다. 이러한 이유에서 내가 미리 분명하게 말하고 싶은 사실, 다른 사람들은 이 수도원의 이러한 환경 속에서도 내면의 평화를 찾을 수 있다는 것입니다. 정말입니다!

　수도원에서 머문 경험은 나에게 정말로 도움이 되었습니다. 수도원에 가지 않았다면 내 마음을 뒤흔드는 것이 무엇인지 전혀 알지 못했을 것입니다. 나는 어떤 존재이고 어떻게 행동하고 생각하는지, 내 인생에서 중요한 것은 무엇인지, 내가 정말로 고요함을 원하는지 등을 말입니다. 모든 사람은 서로 다르며, 내면의 평온에 대한 생각도 고요함에 이르는 방법도 저마다 다릅니다. "모든 길은 로마로 통한다"는 말이 있습니다. 고요함도 마찬가지입니다. 말하자면 고요함에 이르는 왕도는 없으며, 모든 길은 서로 다르며 각각의 장단점이 있습니다. 저는 이 사실을 분명히 알게 되었습니다. 어떤 길이 올바른 길인지는 여러분 스스로 찾아야 합니다. 이 과정에서 어쩌면 목표를 찾기 전에 이런저런 갈림길에 갈 수도 있습니다. 나 역시 내 안의 고요함을 찾는 일에서 생긴 결과에 깜짝 놀랐습니다. 정말입니다!

내가 더 현명해졌는지, 내가 '고요한' 사람이 될 수 있을지, 내가 내 안의 고요함을 찾는다면 앞으로 더 발전할 수 있을지는 잘 모르겠습니다. 나는 그렇게 되기를 바랍니다. 하지만 한 가지 확실한 것은 어떤 것도 추구하지 않는 사람, 자신의 마음속에서 어떤 노력도 하지 않는 사람, 아무것도 시도하지 않고 눈 감은 채 자신의 인생을 살아가는 사람, 그런 사람은 아무것도 찾을 수 없다는 것입니다. 몸조심하고 건강하기를 바랍니다.

마음을 담아,

호르스트

1
누구나 사소한 침묵의 시간이 필요하다

조금 짧은 여행을 하겠습니다

착하고 충성스러운 나의 포드 소형 밴은 구불구불한 회색빛 콘크리트 도로를 성실하게 내달렸다. 내 눈앞에는 멋진 여름 풍경이 끝없이 펼쳐져 있었고, 간혹 도로가 막히면 나는 깊은 생각에 잠겼다. 한동안 묵언 수도원에서 지낸다는 생각에 몹시 들떠 있었고 그곳에서의 아주 멋진 생활을 상상했다. 나는 대중과 매체, 나를 알고 있다고 생각하는 모든 사람에게서 '쾌활하고 명랑한 국민 삼촌', '라인^{Rhein} 지역에서 유쾌함을 전달하는 기계', '사람들의 마음을 읽는 사람', '몸과 마음이 쾌활한 독일 사람' 등으로 불린다. 또 나에 대해 이렇게 묘사한 글도 읽었다. '익살스럽게 말려 올라간 콧수염과 금테 안경 뒤로 꼭 껴안고 싶은 강아지 같은 눈빛을 지닌 멋진 사람.' 마치 '이런 눈이 거짓 말을 할 수 있을까? 이런 발이 배신할 수 있을까?'라는 노래 가사를 의인화한 순수함의 화신처럼 말이다. 물론 나는 내 감정을 숨김없이 솔직하게 드러내는 사람이다. 그래서 사람들과 이야기하는 것을 워낙 좋아하는 내가 한동안 입을 다물고 지낼 수 있을지 스스로도 무척이나 궁금했다. 말없이 '그냥' 조용히 있는 것. 아마도 내 생각에는 며칠도 못 갈 것이며, 차마 하지 못한 수많은 말들이 내 안에 차곡차곡 쌓여서 과열된 증기기관처럼 지붕을 뚫고 나갈 것이다. 하지만 어떻게 될지 뚜껑을 열어봐야 안다.

나는 이미 겸손하고 경건한 마음을 가진 수도사가 되어 유서 깊은 수도원 벽을 따라 차분하게 걷는 모습을 상상했다. 고된 노동으로 내면이 채워지고, 수도복을 입은 다른 수도사들과 함께 긴 식탁에 앉아서 소박하지만 맛있는 음식에 만족하며 말없이 행복하게 먹을 것이다. 물론 나는 아침에도 일찍 일어나서 수도사들과 함께 예배당에서 기도하고 목가적인 수도원 정원에서 고된 작업을 하며 기쁨을 느낄 것이다. 가끔은 낮잠도 자고 산책도 하며 깊은 생각에 잠길 것이며, 며칠 지나면 당연히 삶의 의미를 깨달을 것이다. 내 안의 고요함을 발견하며, 오로지 인정받기 위해 분주하게 애쓰는 우리 인간들이 무엇을 잘못하고 있는지 포괄적으로 이해하게 될 것이다. 이 고요한 날들이 지나면 나는 끊임없이 말하기를 좋아하는 호르스트 리히터에서 깨달음을 얻은 '달라이^{Dalai} 리히터'로 탈바꿈할 것이다. 이렇게 내 상상 속에서는 모든 것이 너무나도 멋졌다. 나는 이러한 멋진 계획에 완전히 감동했고, 수도원에 도착하기도 전에 이미 가슴이 벅차올랐다(내가 이때 예감했더라면… 하지만 이제 겨우 책의 초반부니까. 그래, 하나씩 차근차근 이야기하는 것이 좋겠다).

목적지에 가까워질수록 내 행복감은 점점 커졌다. '좋았어, 이제 나는 고요함이 존재하는 곳에 곧 도착할 거야. 거기에는 자동차도 없고 아무것도 없을 거야. 거기에서는 모두가 마음이 편안하고 여유로울 거야. 너무 좋다. 정말 기대되고 정말 대단할 거야.' 〈호르스트 리히터, 행복을 찾다$^{Horst\ Lichter\ sucht\ das\ Glück}$〉(독일에서 2017년부터 매년 크리스마스 시즌에 방송되는 TV 프로그램으로 호르스트 리히터가 오토바이를 타고 여행하면서 사람들을 만나고 이야기를 나누며 행복을 찾아가는 내용-옮긴이)의 또 다른 버전일 수도 있겠지. 오토바이를 타고 몇 주 동안 여기저기를 다니지 않고서도 인생 계획과 이 모든 것을 포착할 수 있다니. 정말 꿈같이 엄청난 생각이었다. 나는 이런 생각을 뒤로 하고 휴게소에 또 한 번 들러서 햄버거와 감자튀김을 와작와작 먹었다. 마치 사형수의 마지막 식사처럼. '빨리빨리' 사회의 상징인 햄버거와 감자튀김을 먹는 것은 마지막으로 세속적이고, 상징적인 행위였다. 나

누구나 사소한 침묵의 시간이 필요하다

는 다시 차에 올라타서 세상 떠나갈 듯 크게 음악을 틀었다. 우리가 매일 서로 퍼붓는 무의미하고 쓸데없는 온갖 소음에 얼마나 넌더리가 났는지, 이제는 떨쳐내고 싶었다. 나는 이렇게 침묵 미션에 제대로 빠져들었고 이 작은 모험을 가슴 벅차게 상상했다. 하지만 한 가지 사실만은 사탕발림으로 말할 수가 없다. 나는 일에 완전히 지쳤고 벼랑 끝에 서 있었다. 피곤하고, 망가지고, 기가 완전히 다 빨린 상태였다. 8주 동안 쉼 없는 촬영 작업으로 지칠 대로 지쳐 있었다. 하루에 최소 열두 시간씩 촬영했으니 내 몸과 마음은 완전히 녹초가 된 상태였다. 그렇지 않았다면 나는 수도원에서 보내게 될 시간을 이렇게 크게 부풀려서 생각하지 않았을 것이다.

또 이런 엄청난 피로감 말고도 내가 또 뼛속 깊이 느꼈던 감정은 애매모호한 불안함이었다. 이러한 고강도의 촬영 작업을 시작하기 전, 그러니까 지난(2020년) 3월 15일 이후 몇 주 몇 달 동안, 아마 다른 많은 사람도 마찬가지겠지만 코로나에 따른 봉쇄에 온갖 신경을 곤두세우고 있었다. 우리 모두가 알던 세상이 어느 순간 갑자기 더 이상 존재하지 않게 되었다. 하룻밤 사이에 독일의 수백만 명이 넘는 사람이 집 소파에만 앉아 있게 되었고 대체 무슨 일인지 이해할 수 없었다. 바이러스가 우리의 삶 전부를 위협하고 경제적으로도 생존이 위태로워졌다. 상점은 문을 닫고, 학교와 유치원도 휴교하고, 병원은 비상 사태에 빠졌다. 행사도, 축구도, 문화생활도 없었으며, 안정적인 직업이 없던 사람은 한순간에 집에 틀어박혀 이런저런 깊은 생각에 빠져 많은 시간을 보내야 했다. 당연히 나도 그랬다. 나는 재택근무를 하는 사람도 아니고, 돌봐야 할 어린 자녀가 있지도 않았으니 말이다. 나는 TV 케이블이 끊어지고 나서야 이 세상이 얼마나 조용하고 고요할 수 있는지를 갑자기 깨달은 일 중독자일 뿐이었다. 우리 세상은 도대체 어디로 흘러가고 있는가? 실제로 어떤 일이 벌어지고 있으며, 이 질병은 얼마나 심각한 것일까? 사람들은 이 질병과 봉쇄 조치에 어떻게 대처해야 하는가? 끔찍하고 무시무시한 이 모든 사태는 언제쯤 사라질까? 어쩌면 절대 코로나 이전으로 다시 못 돌아가는 걸까?

사람들은 매일 새로운 어떤 것을 경험했다. 어제는 거의 확실했던 것이 다음 날이 되면 다시 쓸모없고 한물간 어제의 뉴스가 되어버렸다. 아무도 정확히 예측하지 못하는 상황인데도 많은 사람이 토크쇼에 등장해 여기저기서 떠들었다. 마치 숟가락으로 이 세상 지혜를 마구 퍼먹은 양. 내로라하는 토크쇼에서는 각각 유명한 바이러스 학자를 섭외했다. 그들에게 무엇보다 중요한 것은 경쟁 프로그램에 등장한 동료 학자를 반박하는 것이었다. 어쨌든 나한테는 그렇게 보였다. 저녁마다 내가 온갖 생각에 잠긴 채 들판을 거닐며 산책할 때 세상은 여느 때와 다르지 않았다. 새들이 지저귀고 해가 지고 저녁노을이 비단 카펫처

누구나 사소한 침묵의 시간이 필요하다

럼 널리 펼쳐졌다. 잠자리에 들 때 나는 자주 이런 생각을 했다.

'언제나 그렇듯이, 내일 아침 세상은 다시 시작된다!'

하지만 알람시계도 울리지 않았고 나를 기다리는 일도 없었으며 온종일 이상하리만큼 조용했다. 어느 정도 시간이 흐르면서 나는 코로나 봉쇄가 좋은 효과도 일으킬 수 있을 것이라는 희망에 기대를 걸었다. 결국 사람들 모두 한배에 탔으니, 서로 돕고 서로에게 정중하고 친절하게 대할 것이라고 말이다. 하지만 몇 달이 지난 후 사람들이 의미 없이 화장지를 사재기하는 급급한 광경을 보면서 나는 다수가 공동체 의식이 없고 뻔뻔하고 공격적이고 악해졌다는 사실을 간과할 수 없었다. 심지어 나는 봉쇄가 다시 어느 정도 풀리고 상황이 적어도 조금은 정상으로 되돌아온 후, 오히려 사람들의 공격성이 부분적으로 더욱 강해졌다는 인상을 받았다.

어느 날은 시내에 가는 것이 갑자기 이상하게 느껴진다는 생각이 들었다. 사람들이 다시 거리낌 없이 가깝게 앉아 있는 모습이 보였지만 어딘지 모르게 그들의 얼굴에 짜증이 스며들어 있다는 인상을 받았다. 한마디로 뭔가 낌새가 이상했다. 나는 이 장면을 보면서 아주 자연스럽게 이런 생각을 했다. '경찰차가 와서 사람들에게 마스크를 쓰고 거리를 유지하라고 요구하면 화약고가 폭발하듯 싸움이 일어날 것이다!' 나는 묘한 기분이 들었다. 그 이후로 나는 시내를 크게 우회해서 다니기 시작했고, 처음에는 고요함에 익숙하지 않았지만 점점 시간이 지나면서 친숙해졌다. 이제 여러분은 '리히터가 고요함을 찾은 것인가. 몇 달 동안 소파에 앉아서 아주 좋은 생각들을 많이 할 수 있었나 보다.' 뭐, 그렇게 생각할 수도 있을 것이다. 하지만 그렇게 간단한 문제가 아니다. 그렇게 간단했다면 첫 봉쇄 후에 완전히 깨달음을 얻은 자들만 돌아다녔겠지. 진정한 자신의 내면은 자기 집 소파에 앉아서 그렇게 쉽게 찾을 수 있는 것이 아니다. 소파에서는 딴생각도 하고, TV도 보고, 책도 읽고, 저녁에 무슨 요리를 할까, 재활용 쓰레기를 버리러 화요일에 갈지 수요일에 갈지 고민하기도 한다. 심지어 자기 집에서 묵언 수도원 생활을 할 수 있는 사람도 있을 것이다. 하지만 내 경우에는 일상생활에서 제대로 '단절'되는 것이 도움이 된다.

고요를 찾아서 ────────

코로나 봉쇄 후 어느 정도 지나자 다시 일상에 활력이 붙기 시작했고, 나 역시 내가 좋아했던 일과 속에서 분주하게 움직였다. 조금은 정상 상태로 되돌아왔고, 마치 이전과 거의 다를 바 없는 것처럼 느껴지기까지 했다. 단지 손을 더 자주 씻고 마스크를 더 많이 쓸 뿐이었다. 그런데 고요함, 이 고요함만이 나에게 평온함을 주지 못했다. 이상하게 들리지 않는가? '고요함이 나에게 평온함을 주지 못한다.' 하지만 다른 표현으로 설명할 수가 없다. 나는 어쨌든 강제적으로 천상의 고요함을 조금 경험했고 더 많은 고요함을 경험하고 싶었다. 나는 도대체 왜 평온함, 평화로운 고요함에 매료되었을까? '평화롭다'는 것은 본래 긍정적인 의미였을까? 나는 나의 쳇바퀴 속에서, 온갖 야단법석과 많은 사람들 그리고 그들의 멋진 이야기와 함께 즐겁게 내 일을 즐기고 있었다. 그런데 말이지, 하나가 다른 하나를 배제하지는 못한다고 생각했다. 내가 요란하고 활기찬 연예계 일을 정말 좋아한다고 해서 조용히 어딘가에서 고요함을 즐기면 안 되는 걸까? 자연 속에서, 내 안에서, 아니면 그 어딘가에서? 그렇지 않다. 이 고요함 프로젝트 아이디어는 정확히 제때 나를 찾아왔다. 고요함, 은둔, 절대적 평온…. 나는 이런 것들이 아주 멋지다고 생각했다.

그런데 우리는 '고요함', '평온함'이라는 단어 '루헤^{Ruhe}'를 얼마나 자주 사용할까? 독일어에는 '고요함', '평온함'이라는 단어가 들어간 수많은 단어와 관용구가 있다.

이를테면 내버려 두다$^{in\ Ruhe\ lassen}$, 침착하지 못하다$^{keine\ Ruhe}$ ^{finden}, 고이 잠들다$^{Ruhe\ in\ Frieden}$, 혼자 있고 싶다$^{Ruhe\ haben}$, 안정을 찾다$^{zur\ Ruhe\ kommen}$, 나를 내버려 둬$^{Lass\ mich\ in\ Ruhe}$, 안정 시 심박수

Ruhepuls, 은퇴 생활Ruhestand, 휴식 시간Ruhezeit, 휴지기Ruhestand 등.

이 '루헤'는 본래 무슨 뜻일까? 사전에는 이렇게 나와 있다.

Ru.he(/Rúhe/)

명사, 여성

1a. [거의 완전한] 고요함; 아무런 소리가 없는 상태

혹은 방해받지 않은 상태, 예를 들면 '기분 좋고 평화

로운 고요함'

거의 완전한 고요함, 기분 좋고 평화로운 고요함. 우리는 원기, 즉 몸의 활력을 회복하기 위해 평온함을 찾는다. 평온함은 일종의 마음의 상태다. 다시 말해 우리가 자기 자신에게서 평화로움을 느낄 때의 감정 상태다. 이러한 상태에서 우리는 스트레스와 불안, 분노나 짜증 같은 부정적인 감정을 느끼지 않는다. 나에게 평온함은 일종의 배터리 같은 것이다. 우리가 자신의 삶에 만족하고, 자신이 하는 일에서 즐거움을 느낄 수 있다면 우리는 매일 이 배터리의 에너지를 사용하는 동시에 우리의 만족감과 행복감을 통해 배터리가 다시 충전된다. 우리는 행복 호르몬이라고 불리는 엔도르핀을 방출하는데, 이 호르몬은 스트레스 지수를 감소시켜준다. 참 좋은 시스템이다.

누구나 사소한 침묵의 시간이 필요하다

하지만 내 경우 스트레스 지수가 너무 높아서 이를 완화시켜 줄 만큼 충분한 행복 호르몬이 방출되지 않았다. 이것이 나의 문제였다. 나는 언제나 그렇듯이 아주 재미있게 일을 한 후에도 편안하게 쉬지 못했을 뿐 아니라, 집에서도 장기간 머무르는 호텔에서도 원기 회복에 필요한 안정을 찾지 못했다. 건강한 신체에 건강한 정신, 모든 것은 균형을 이루어야 한다. 하지만 나의 정신이 쉬지 못하고 평온해지지 못한다면 어느 순간 문제가 된다.

우리는 자신에게 너무 많은 기대를 하지 않도록 유념해야 한다는 말을 수도 없이 귀로 듣고 눈으로 읽었다. 일, 스포츠, 살림, 육아, 여가, 주말 활동 등 무언가 끊임없이 우리를 가만두지 않는다. 때로는 강제적으로, 때로는 자발적으로. 우리는 쉬는 사람은 녹슨다고 생각하며 늘 무언가를 하고 있고 무언가를 놓칠까봐 두려워한다. 우리는 매일 빠른 속도로 우리의 현대적인 삶, 거의 자기도취에 빠진 삶을 살고 있다. 그리고 그날그날 우리에게 주어지는 얼마 되지 않는 휴식 시간에는 휴대폰을 집어 들고 멋진 셀피와 행복한 삶을 보여주는 사진들을 SNS에 게시한다. 모퉁이에 있는 이탈리안 카페에서 에스프레소를 마시면서 빡빡한 2분의 시간을 쪼개 #재충전 #자기애 #휴식 #자기돌봄이라는 해시태그Hashtag를 단다. 사람들은 오랜 시간 공들여서 수천 개의 해시태그를 달아서 완벽한 환상을 게시한다. 실제로 어느 행사장에서 내 옆에 한 사람이 앉아 있었는데, 거짓말 안 보태고 30분 동안 완벽한 셀피를 찍으려고 애를 썼다. 그 행사는 사람들과 좋은 대화도 나눌 수 있고 훌륭한 음식이 제공되는 정말로 멋진 파티였다. 한마디로 말하자면 '그 순간'에 있는 것만으로도 충분히 가치가 있는 파티였는데, 그 사람에게 중요한 것은 오로지 '겉'으로 드러나는 모습뿐이었다. 마침내 완벽한 셀피를 찍더니 자신의 팔로워를 위해 몇 분 동안 분주하게 휴대폰을 터치하면서 몇 개의 해시태그와 함께 사진을 게시했다. 그러고는 재빨리 자리를 떴다. 이것은 진정한 삶이 아니라고 생각한다. 물론 그 사람은 이 사실을 전혀 알지 못하겠지. 우리가 이처럼 삶을 재촉하면 너무 많은 에너지를 소모하고, 동시에 배터리를 재충전할 휴식 시간을 거의 갖지 못하게 된다. 속도가 너무 빠르면 우리의 모터도 너무 빨리 회전한다. 그렇게 되면 신체적, 정신적 피로 상태에 가까워진다. 번아웃^{Burnout}, 이는 우리 시대에 새롭게 등장한 국민 질병이 되었다.

어린 시절 이야기를 해보자면, 나는 장난꾸러기였으면서도 혼자 있는 시간을 무척 좋아하기도 했다. 우리집은 언제나 시끄러웠고, 부모님의 걱정과 고민이 늘 끊이지 않았다. 할머니,

할아버지, 삼촌까지 작은 집에 함께 모여 살았기 때문에 늘 다 사다닌했다. 반면 집 앞 거리는 무척 평화로웠고, 저녁이 되면 항상 이곳저곳에 사람이 모였다. 어른들은 집 앞에 서서 담소를 나누고, 아이들은 자전거를 타고 도로 위아래로 질주했다. 특히 낮이 길고 더운 여름에는 사람들이 항상 밖에 나와서 이야기도 하고 시원한 맥주를 마시면서 소소한 즐거움을 느꼈다.

그래도 나는 조용한 것을 더 좋아했다. 지금도 생생히 기억나는데, 나는 어렸을 때 혼자서 아이펠Eifel로 보내진 적이 있었다. 그 당시 아버지는 단순직 노동으로 가족의 생계를 책임지는 상황이었고, 때문에 우리는 돈이 많지 않아서 휴가를 자주 가지 못했다. 가족끼리 휴가를 간 적이 거의 없었기에, 나 혼자 에른스트 삼촌과 게르다 이모가 있는 아이펠에서 며칠 쉬다 온다는 것은 놀라운 일이었다.

나는 매일 혼자서 작은 자루, 물 한 병, 빵 몇 개와 하모니카를 들고 밖으로 나갔다. 나는 그냥 마을 여기저기를 돌아다니고 숲을 거닐었다. 정말 재미있었다. 나는 혼자로도 매우 만족했고 멋진 자연을 즐겼으며 내가 종알종알댈 필요가 없다는 사실이 무척 기뻤다. 나는 이 기억을 늘 소중히 여기면서 지금까지 간직하고 있다. 많은 사람이 놀랄 만한 사실이겠지만 나는 가끔씩 사람들이 나에 대해 실제로 알고 기대하는 것과 정반대인 사람이 되기도 한다. 특히 나는 혼자 있을 때는 고요함을 즐긴다.

누구나 사소한 침묵의 시간이 필요하다

그럴 때는 마치 엄청나게 포근한 목욕 가운에 폭 감싸지듯이 완전히 빠져든다. 하지만 혼자가 아닐 때는 내가 사람들을 즐겁게 해줘야 한다는 생각이 늘 든다. 그렇다고 이것이 극심한 모순이라고 생각하지 않는다. 내 안에는 양면성이 공존하며 살고 있다. 사람들과 이야기하고 즐겁게 해주는 것을 엄청 좋아하는 호르스트도 있고, 조용한 것을 즐기고 혼자 있는 시간을 즐기는 호르스트도 있다. 이는 마치 한 사람에 내재된 낮과 밤과 같다. 나는 이에 대해 아내에게 이렇게 설명한 적이 있다.

"이건 쾰른Köln과 뒤셀도르프Düsseldorf와 같은 거야. 이 두 도시는 서로를 그렇게 좋아하지 않지. 하지만 나에게는 이 두 도시가 서로 짝을 이루고 있어. 쾰른에 없는 것이 뒤셀도르프에 있고, 또 반대로 뒤셀도르프에 없는 것이 쾰른에 있어. 두 도시 중 하나가 내일 없어진다면 다른 한 도시에는 뭔가 부족한 것이 생길 거야. 물론 이 도시의 사람들은 절대로 인정하지 않겠지만 말이야."

모든 것은 서로 다른 관점에서 대조를 이루며 살아간다. 3성급 요리가 지겨울 때도 있고, 그저 신선한 빵과 맛있는 버터만으로도 충분할 때가 있다. 행복은 언제나 값비쌀 필요는 없다.

그렇다고 사람들이 나를 잘못 이해하는 것은 아니다. 나는 내가 잘나가는 방송인이라는 사실에 매우 만족하며, 이야기하

는 것을 좋아하고, 실제로 많이 이야기하기도 한다. 하지만 다른 누군가가 이야기를 담당하고 나는 그저 듣기만 할 수 있는 모임도 굉장히 즐긴다. 또한 나 혼자 집에 있는 시간도 매우 즐겁다. 나는 혼자 집에 있을 때 사흘 동안 한 번도 집 밖에 나가지 않고 한 마디도 말하지 않는 경우가 허다하다. 라디오도 켜지 않고, 휴대폰도 무음으로 해두고, TV도 안 본다. 한마디로 그냥 평화롭게 고요함을 즐기는 것이다. 나는 고요함을 정말 훌륭하게 즐길 수 있고, 나에게 고요함이 없다면 나는 살아갈 수 없을 것이다. 나에게는 '시끄러운' 호르스트만큼 '고요한' 호르스트도 절실히 필요하다. 이 둘은 서로 싸우지 않는다. 시골 출신인 내가 유일하게 가끔 힘들어하는 것은 대도시의 번잡함과 소음이다. 아주 많은 사람이 돌아다니고, 이야기하는 소리가 뒤섞여 들리고, 음악이 시끄럽게 흘러나오면 나는 금세 신경이 곤두서고, 이러한 장면은 나에게 너무 강렬하게 다가온다. 나는 오히려 차분한 시간대의 도시가 가장 좋다. 그러면 나는 카페에 앉아서 커피를 마시면서 사람들을 구경한다. 이는 나에게 마치 영화 한 편을 보는 것처럼 느껴진다. 이 시간에는 말을 할 필요가 없다. 말은 그저 방해될 뿐이다.

하지만 고요한 면과 시끄러운 면의 균형을 유지하는 것이 인생의 위대한 기술이라면 기술이다. 우리는 고요함이 그 권리를 보장받도록 주의를 기울여야 한다. 그런데 우리가 사는 자기 도취적 시대에는 그렇게 하는 것이 점점 더 어려워지고 있다. 최근에 한 전문가는 우리가 영원한 행복을 약속해주는 사회에 살고 있다고 말했다. 온라인 쇼핑, 40유로짜리 런던·파리·밀라노행 주말 여행, 콘서트 관람, 미식 체험, 와이너리 여행, 버라이어티 쇼, 휴가, 놀이공원, 넷플릭스, 아마존 프라임, 소셜 미디어 등. 이 모든 것은 지금 즉시 이용 가능하며 우리를 쉴 새 없이 행복하게 해준다. 또 아침에는 바느질 강좌와 요가를, 퇴근 후에는 애프터워크After-Work 파티, 저녁에는 피트니스 클럽에 간다. 또는 알록달록하고 딱 달라붙은 사이클 복장을 하고 엄청나게 비싼 경주용 자전거를 타며 동네를 질주하는 배불뚝이 노인들을 보기도 한다. 매달 온갖 일정으로 가득 차 있으며, 모든 일정이 몇 주 전부터 미리 계획되어 있기 때문에 갑작스러운 약속을 잡기가 거의 불가능하다. 이를테면 "크리스마스와 새해 사이에 한 번 만날까요?" "좋아요. 내년 일은 그때 가서 생각하죠, 뭐" 와 같은 대화는 있을 수 없는 일이다. 우리는 1년 내내 정신없이 움직이고 번아웃이 찾아오기 직전에야 이 섬 저 섬으로 휴가를 간다. 그렇게 1~2주 휴가를 보내고 나서 휴가 동안 우리의 몸과 마음이 완전히 회복되었다고 진지하게 믿는다. 그리고 다시 일상으로 되돌아오지만 사흘만 지나도 완벽했던 '원기 회복'은 다시 완전히 사라지고 만다. 이러한 신호는 당연히 우리가 충분히

누구나 사소한 침묵의 시간이 필요하다

쉬지 못했다는 것을 의미한다.

아주 솔직하게 말해보자. 우리 중 누가 지루함을 참을 수 있을까? 가을의 어느 일요일 오후에 느껴지는 정말 아름다운 지루함을 생각해 보자. 밖에는 비가 억수같이 쏟아지고 바람은 차갑고 폭풍이 거세게 분다. 우리 중 누가 한두 시간 동안 그냥 아무것도 하지 않고 있을 수 있을까? TV도 보지 않고 휴대폰이나 태블릿도 손에 쥐지 않는다. 청소도, 요리도, 통화도 하지 않는다. 그저 가만히 앉아서 되도록이면 많은 생각을 하지 않는다. 또는 창밖을 바라보면서 나무가 바람에 흔들리는 모습, 나뭇잎이 공중에서 소용돌이치는 모습을 바라보거나 웅덩이에 떨어지는 빗방울을 센다. 어떤 생각이 머리에 스치는지, 어떤 기억들이 떠오르는지, 갑자기 누가 혹은 무엇이 생각나는지를 기다리면서 자신의 내면에 귀 기울인다. 나는 정말 행복한가, 피곤한가, 울적한가, 슬픈가? 그렇다면 그 이유는 무엇인가? 이러한 것을 진지하게 생각해 본 적이 있는가.

많은 학자는 지루함이 특히 아이들에게 매우 중요하다는 사실을 밝혔다. 지루함은 창의적인 생각을 발생시킨다. 이는 당연히 성인들에게도 마찬가지다. 하지만 우리는 지루함을 허용하지 않는다. 아이들도, 어른인 우리들도. 우리는 지루함을 느끼면 그 즉시 닌텐도나 플레이스테이션, 인스타그램, 페이스북, 스포츠 등 취미에 몰입한다. '아무것도 하지 않는 것', '자기 자신

에게 몰두하는 것'을 못한다. 우리 마음은 신호를 보내면서 이렇게 말할지도 모른다.

'나는 더 이상 할 수 없어. 뭔가 잘못되고 있어. 나는 지쳤어. 휴식이 필요해. 나는 이미 오래전부터 말하려고 했어. 하지만 너는 내 말에 전혀 귀 기울이지 않아. 너는 내 말을 듣지 않으려고 매일 귀를 막고 있어.'

유감스럽게도 나는 일하는 중이나 낮 시간에는 자리를 비우거나 막간을 이용해 휴식을 편하게 하지 못한다. 이건 내 방식이 아니다. 나는 늘 약간의 긴장을 유지하고 있어야 하고, 흐름이 끊기는 것을 좋아하지 않는다. 나는 주변이 시끌벅적하면 긴장을 늦추지 못하기 때문에 모든 것을 통제해야 한다는 절대적인 감정을 느낀다. 이를테면 나는 촬영장이나 의상실에서 다른 몇몇 동료들처럼 잠깐 잠을 청하는 일을 절대 하지 못한다. 이건 나에게 불가능한 일이다. 하지만 일을 마치고 하루가 끝나면 상황은 완전히 달라진다. 〈희귀품에 현금을 Bares für Rares〉 프로그램을 함께 촬영하는 많은 동료는 내가 촬영이 끝나고 호텔로 가면 저녁에 외출하지 않고 무엇을 하면서 쉬냐고 종종 물었다. 아주 단순하다. 나는 쉬고 싶으면 욕조로 간다. 따뜻한 물에 목욕하는 것은 내가 모든 일에 완전히 신경 끄고 아무 생각도 하지 않을 수 있는 유일한 방법이다. 눈을 감고 몸을 감싸고 있는 포근함과 따스함에 그저 집중하는 것이다. 나는 한 시간 넘게 아무 문제 없이 이렇게 욕조에 있을 수 있다. 정말 기분이 좋다. 목욕을 하고 나면 나는 몸이 깨끗해졌다는 느낌뿐만 아니라 따뜻한 물에서 느껴지는 아늑한 온기와 경쾌함이 내 마음도 진정시켜준다. 다른 사람들은 조깅이나 명상을 하거나 할리갈리 게임을 할 수도 있겠지만, 나는 아주 조용한 분위기에서 따뜻한 목욕을 하는 것을 가장 좋아한다. 이것이 나의 명상법인 셈이다.

우리는 모두 쉴 새 없이 빡빡하게 짜인 일상 속에서 살아가고 있어서 즉흥적인 행동이나 모험이 설 데가 더 이상 존재하지 않는다. 그리고 우리는 점점 더 통제를 받는다. 그렇다면 누가 통제하는가? 그 대답은 아주 간단하다. 바로 우리가 우리 자신을 끊임없이 통제한다. 이 얼마나 피곤한 일인가. 이렇게 우리가 자신을 통제하는 이유는 놀라움이나 두려움, 예측하지 못하는 감정, 정신적 불안감으로 이어질 수 있는 상황에 빠지지 않기 위해서다. 실제로 내가 아는 어떤 사람은 여행을 떠나기 전, 집이 아닌 다른 곳에서 묵어야 할 때마다 자신을 불안하게 하는 모든 사항을 꼼꼼히 체크한다. 이를테면 묵는 호텔 방이 고층에 있으면 안 되고, 비상계단에서 너무 멀어서도 안 되며, 에 어컨을 개별적으로 끌 수 있어야 하고, 침대는 토퍼가 깔린 매트리스여야 한다. 그리고 개인용 깃털 베개를 직접 가지고 다닌다. 그렇지 않으면 몹시 예민해진다. 그는 어떤 특정한 의식에 따라 물건들을 배열해놓고, 집에는 그만이 알 수 있는 질서가 지배하고 있다. 그는 항상 나에게 이렇게 말한다.

"호르스트, 내 머릿속은 아주 뒤죽박죽이야. 그래서 나한테는 이런 의식과 구조가 필요해. 그렇지 않으면 내 머릿속은 쉴 수가 없어."

이러한 의식이 그에게 너무 버겁게 느껴지고 정신적인 안정을 계속 취할 수 없어서 언젠가 그는 심리치료를 받기도 했다. 심리치료는 큰 도움이 되었다고 한다. 그를 통해 다른 방식으로 자신을 진정시키는 법을 배웠고, 두려움의 목소리가 조용해지고 통제 욕구가 급격히 줄어들었다.

다행스럽게도 나는 이러한 점에서는 꽤 강인한 편이다. 여행을 다닐 때는 즉석에서 맞부딪히는 상황에 아주 잘 적응할 수 있다. 나는 묵언 수도원에서 지냈을 때 이 사실을 다시 한번 확인했다. 수도원에서 나에게 벌어질 일을 한 치도 예상하지 못한 상태에서 그곳으로 갔으니 말이다. 그리고 나는 한마디로 아주 잘 적응했다. 앞에서 말한 (심리치료를 받기 전의)지인이었다면 완전히 미쳐버렸을 것이다. 아마도 그는 리셉션으로 내려가서 수도원에 있는 모든 방을 다 보여 달라고 했을 것이다. 그리고 모든 방이 그가 배정받은 방과 똑같다면 그는 즉시 돌아서서 수도원을 떠났을 것이다. 그는 미치지 않고서는 이 수도원에서 하루도 버티지 못했을 것이다. 하지만 나는 완전히 다르다. 내가 이곳의 상황을 바꿀 수 없고, 바꾸고 싶지도 않다는 것을 알고 있기 때문이다.

자, 수도원! 이제 묵언 수도원에서의 첫날에 대해 이야기하려 한다.

누구나 사소한 침묵의 시간이 필요하다

2
인생에 루헤 한 번쯤

미쳐버리기 일보 직전

　수도원으로 이어지는 마지막 길은 정열적인 성격의 소유자
인 나도 눈물을 찔끔 흘릴 정도로 감격스럽고 멋졌다. 정말 황
홀하고 마법같이 느껴졌다. 조금 더 운전해서 들어가니 마을 한
복판에 교회와 함께 수도원이 나타났다. 무척 아름다웠다. 믿기
지 않을 정도로 너무나 아름다웠고, 고요한 천상 낙원이 내 눈
앞에 펼쳐진 듯했다. 그런데 도대체 주차장은 어디에 있는 거
지? 나는 주차장도 찾지 못하는 내가 바보 같다는 생각이 들었
다. 우편함 근처만 빙빙 돌면서 멍청이 같은 나의 지성을 한탄했
다. 신경질이 슬슬 나기 시작할 때쯤 내 차는 수도원 마당 한가
운데로 들어가고 있었다. 물론 수도원 마당에는 '차량 진입 금

지' 표지판이 세워져 있었지만 말이다. 이런 제길, 어쨌든 도착했다.

주변을 둘러보았지만 붙잡고 이야기할 만한 사람을 찾을 수가 없었다. 드문드문 스쳐 지나가는 사람들이 보였지만, 그들의 시선은 누군가를 찾는 것이 아니라 대부분 바닥을 향해 떨궈져 있었다. 마치 모두가 되도록 사람들 눈에 띄지 않고 무아지경에 빠져 이리저리 방황하는 것처럼 보였다. 살짝 당황한 나는 본관처럼 보이는 건물로 들어가서 운에 맡겨보기로 했다. 평소처럼 누군가가 나를 알아보고 "드디어 유명한 분이 오셨군요!"라고 반응해주길 기대하지는 말자고 양심적으로 자신을 타일렀다. 그런데 이런 나의 걱정은 쓸데없었다. 아무도 나에게 주의를 기울이거나 관심을 두지 않았다. 솔직히 말하면 그래서 마음이 아주 편했다. 이곳에서는 모두가 자기 자신에게만 몰입한 것처럼 보였다. 내가 카니발 공룡 복장으로 나타나도 아무도 관심을 가지지 않았을 것이다.

놀랍게도 본관 내부는 수도원처럼 보이지 않았다. 천장은 아주 높고 사방 벽면은 모두 석고 보드로 훌륭하게 마감되어 있었다. 유리도 많고 여기저기에 기둥이 보였으며, 바닥에는 1.5미터 거리두기를 의무적으로 알리는 발자국 모양이 그려져 있었다. 첨단 시설을 갖춘 리셉션 뒤쪽으로 두 명의 직원이 있었다.

그들은 전혀 성직자처럼 보이지 않았고, 내가 생각했던 수도사의 이미지와 거리가 멀었다. 아마도 나는 영화 〈장미의 이름^{The Name of the Rose}〉에 나오는 그런 장면을 기대했었던 것 같다. 가운데 머리를 삭발하고 갈색 수도복을 입은 수도사들, 풍성한 배에 둘린 밧줄 같은 끈, 낡은 버켄스탁^{Birkenstock}(독일의 샌들 브랜드-옮긴이) 샌들을 신은 굳은살 박인 맨발 등. 그런데 내 눈앞에는 아주 친절하고 평범한 여성이 서 있었다. 나는 마치 내가 주민센터에 와 있는 것처럼 느껴졌다. 그런데 내 앞에 줄을 선 사람들도 모두 여성들이었다. 나는 이 사실을 의아하게 생각했다. 여기에는 왜 여성들만 있는 걸까? 여기서 무슨 일이 일어나는 걸까? 이게 그저 우연인 걸까? 내가 제대로 찾아온 걸까? 혹시 수녀원에 잘못 찾아온 것은 아닐까?

마치 세 시간처럼 느껴진 15분이 지나자 드디어 내 차례가 되었다.

나는 내가 지을 수 있는 가장 매력적인 미소를 지으며 유쾌하고 낭랑한 목소리로 아주 다정하게 말했다.

"안녕하세요? 리히터입니다. 제 이름으로 예약된 내용이 있을 겁니다."

리셉션에 있는 직원은 나를 유심히 바라보았다. 그의 시선은 나를 45년 전의 소년으로 되돌리는 듯했다. 나는 풀이 죽은 채 그 앞에 서 있었다.

"네, 뭘 예약하신 거죠?"

그가 꺼낸 짧고 단조로운 말에도 역시 반가움의 감정이 딱히 담겨 있지 않았다. 살짝 불안한 마음으로 나는 대답했다.

"죄송하지만, 저도 잘 모르겠어요. 예약 내용이 어딘가에 적혀 있을 텐데요."

이 말이 그의 질문에 대한 최적의 대답이 아니라는 사실은 나도 인정한다. 그러자 그는 나에게 다시 물었다.

"네, 어떤 강좌를 예약하신 건데요?"

제길, 또 내가 제대로 대답하지 못하는 질문이다.

"제가 강좌를 예약했는지 아닌지 모르겠어요. 강좌라고 말씀하신 게 무엇인가요?"

나는 더 다정하게 대답하려고 노력했다. 이런 나의 대답은 그에게 다정함을 전해주기는커녕 오히려 짜증을 유발한 것 같았다.

"네, 저희가 한번 알아보겠습니다"라는 그의 대답은 상냥하게 들리기는 했지만, 그의 눈빛에서는 매서움이 느껴졌다. 몇 분이 지난 후 나는 다시 조심스럽게 물었다.

"제 이름으로 예약된 내용을 조금이라도 찾으셨는지요?"

그는 예상외로 신속하게 대답했다. 하지만 나는 그의 대답이 무슨 말인지 전혀 이해할 수가 없었다.

"네, 잠깐만요…. 아, 선생님은 명상 강좌에 예약되어 있네요. 그런데 이 건물은 선생님이 주무실 곳이라 나중에 오셔야 해요. 먼저 저 옆에 있는 다른 건물에서 등록하셔야 합니다. 죄송합니다."

나는 죄송하다는 그의 대답을 정말이지 믿고 싶지 않았다. 나는 한숨을 내뱉으며 "아하"라고 말한 후 '저 옆에 있는' 다른 건물로 발걸음을 옮겼다. 내가 이 건물에서 잠을 자야 한다고 해서 내 여행용 가방은 리셉션에 맡겨두었다. '저 옆에 있는' 건물에 도착해서 나는 다시 줄을 섰다. 내 앞에는 아홉 명의 여성이 서 있었다. 나는 어떻게 하면 저들의 관심을 사지 않고 앞으로 갈 수 있을지 여러 가지 방법을 생각해 보았다. 예를 들면 아주 느긋하게 앞으로 걸어간다. 만약 앞에 줄 서 있는 여성 중 한 명이 "저기요, 뒤에 줄 서세요"라고 말하면 나는 아주 다정하게 이렇게 대답할 수 있을 것이다. "이미 뒤에서 줄을 서 봤는데요. 너무 지루해요." 내가 줄 선 자리에서 단 1초도 벗어나지 않고 이런 비슷한 여러 시나리오를 머릿속으로 그려봤지만, 기다리는 시간은 마치 담배 34개비를 피울 시간만큼 길게 느껴졌다. 마침내 내 앞에 한 젊은 남성이 모습을 드러냈다. 적어도 그는 나를 알아보았다.

"아, 리히터 씨, 이곳에 오신 걸 환영합니다. 명상 강좌를 들으시는군요. 정말 멋집니다."

드디어 누군가가 나를 알아봐 주었다는 사실이 무척이나 기뻤지만, 한편으로는 명상 강좌가 도대체 무엇일지 서서히 궁금해졌다. 나는 조심스럽게 다시 한 번 물었다.

"제가 무엇을 한다고요?"

그의 대답은 간단했지만, 나는 그게 무엇인지 좀체 알 수가 없었다.

"명상 강좌요, 리히터 선생님. 그나저나 선생님은 무슨 작업을 하고 싶으신데요?"

나는 그의 질문을 외면하고 똑같은 말을 반복했다.

"이봐요, 젊은 친구, 처음부터 다시 이야기해 봐요. 나는 정말 당신이 무슨 말을 하는지 전혀 모르겠어요."

그는 이마를 찡그리며 약간 비난하는 듯 나에게 설명했다.

"네, 리히터 씨. 선생님은 명상 강좌를 듣고 저희와 함께 할 작업을 선택해야 한다고요…!"

나는 그의 불쾌감을 더 부채질하고 싶지 않아서 시큰둥하게 협조적인 태도를 보였다.

"그렇다면 어떤 작업을 선택할 수 있어요?"

"정원에서 일할 수도 있고 아니면 주방에서 일할 수도 있고요…. 그런데 주방일은 지금 코로나 때문에 불가능해요."

나는 간단명료하게 대답했다.

"그럼 정원 일을 선택하겠습니다."

뭐, 코로나 때문에 주방은 안 된다니까. 나는 내 대답이 논리적이라고 생각했다. 좋았어. 하지만 이 젊은 친구 역시 내 논리를 능숙하게 피해갔다.

"정원 일은 이미 다 찼어요. 그러면 선생님은 청소를 해야겠네요."

나는 탈색한 금발 머리로 유명한 귀도 칸츠$^{Guido\ Cantz}$(독일의 코미디언이자 쇼 진행자-옮긴이)가 모퉁이에서 나타나 이 모든 일이 그가 진행하는 몰래카메라 예능 프로그램 〈재미를 아십니까?$^{Verstehen\ Sie\ Spa\beta?}$〉에서처럼 멋진 장난으로 나타나길 그저 바라고 또 바랐다. 하지만 그럴 가능성은 없었다. 나는 이미 오래전에 이 몰래카메라 프로그램의 주인공이 된 적이 있었으니까. 완전히 망연자실한 나는 다시 꼬치꼬치 캐물었다.

"이미 청소 자리만 남았는데 왜 나한테 무슨 일이 하고 싶냐고 물은 거죠?"

무응답도 대답이다. 이 젊은 친구는 냉담한 표정으로 내가 아침 식사 후에 청소해야 한다고 말했다. 그런 다음 나에게 열쇠 하나를 주었고, 나를 여행 가방을 맡겨둔 본관 건물로 다시 보냈다. 마지막 지시사항도 잊지 않고 말해주었다.

"청소 집합 장소는 분수대예요. 이제 오후 5시면 식사 시간이고, 선생님의 첫 강좌는 오후 7시에 시작합니다."

나는 놀라서 몸을 움찔했고 마지막 질문을 시도했다.

"무슨 강좌인데요?"

"그러니까 선생님은…, 선생님은 명상 강좌를 예약하셨다고요."

"내가 예약했다고 하는 그 명상 강좌는 어디서 하나요?"

이제는 그저 웃음만 나왔다. 지금까지 보였던 그의 태도에 비해 이번 대답은 아주 장황했고 게다가 귀에 쏙쏙 잘 들리기까지 했다. 그의 대답에는 본관에 있는 내 방으로 가는 길과 명상 강좌가 진행되는 강의실로 가는 길까지 포함되어 있었다. 나는 고개를 흔들면서 내 방으로 발길을 돌렸다. 나는 큰 기대를 하지는 않았지만, 이런 나의 기대마저 무너졌다. 6제곱미터 크기의 소박한 방 때문이 아니었다. 당연히 이곳에서 대통령이 머무는 스위트룸을 기대하지는 않았으니 말이다. 사람들은 나 같은 연예인이 2층으로 탑을 쌓은 것 같은 두꺼운 매트리스와 부드러운 소재로 된 킹사이즈 고급 침대 없이는 잠을 못 잔다고 생각하지만 그건 사람들이 나를 몰라서 하는 말이다. 나는 아주 얇은 매트리스 위에서도, 아주 요상한 상황이나 희한한 공간에서도 잠을 잘 잔다. 말하자면 내가 눕지 못하는 공간은 없다는 말이다. 나는 피곤하면 어디에서든 잘 잔다. 피곤하지 않을 때는 깨어 있지만 말이다.

방의 모습은 내가 묵언 수도원에 대해 기대했던 것과 대략 비슷했다. 작은 방, 옷장과 작은 싱글 침대, 아담한 책상, 전등과 창문. 벽에는 아무것도 없었고, 작은 욕실이 딸린 화장실까지 보니 마치 유스호스텔 같았다. 나는 아래층에 있는 리셉션에서 내가 사용할 침구를 받았다. 코로나 때문에 침대 시트 정리를 본인이 직접 해야 했다. 여기까지는 뭐 그럭저럭 괜찮았다. 시트 정리가 어려운 일은 아니니 말이다. 또 나는 묵언 수도원 숙소에 라디오나 TV가 없다는 사실을 진즉에 알고 있었다. 하물며 무선 인터넷이 있을 리가 있겠는가. 나는 휴대폰을 꺼놓겠다고 굳게 결심했다. 단 혹시 모를 비상사태에 대비해 아내와 통화를 한 번 하고 싶었다.

　나의 TV는 정원이 보이는 창문이었다. 정원은 매우 아름다웠지만 내가 정원 일 대신 청소를 한다는 사실이 이내 유감스럽게 느껴졌다. 내가 청소를 싫어하거나 혹은 양동이를 들고 이리저리 다니기에는 너무 고상한 사람이라서가 아니다. 나는 내 인생에서 잠을 잔 시간보다 청소한 시간이 분명 더 길다고 자신 있게 말할 수 있다. 내 레스토랑에서는 매일 저녁 다음과 같은 일과가 반복된다. 마지막 손님이 자리를 뜨면 내 아내 나다와 나는 레스토랑 구석구석을 반질반질하게 닦는다. 새벽 2시에 청소가 다 끝나면 녹초가 되어 침대에 쓰러진다. 그 당시에는 청소 인력을 쓸 만큼 돈이 충분하지 않았다. 또 내 자동차와 오토바이도 몇 시간 동안 혼과 열정을 다해 광이 나도록 닦고 맨들맨들하게 잘 관리했다.

또 나는 정원 일도 무척이나 좋아한다. 아름다운 꽃들과 우거진 관목들이 가득한 화단을 가꾸는 것은 아주 사랑스러운 일이다. 화단을 가꾸는 상상만으로도 나는 이미 기분이 좋아지고 심박이 60회 정도로 평온해진다. 화단을 가꿀 때는 사람들의 소리도 그립지 않고, 자연의 화음에 흠뻑 취해 나조차도 입을 다물게 된다. 새들의 지저귐, 바람, 곤충들. 이 모든 소리가 꿈처럼 아름답다. 하지만 나는 부정적인 생각에 빠지고 싶지 않아서 청소와 묵언에 집중하기로 결심했다.

어쨌든 내가 와 있는 곳은 묵언 수도원이었다. 비록 아직 수도사를 한 명도 보지 못했지만 말이다. 아마도 모든 수도사는 어딘가에서 일을 하고 있을 것이며, 식사 시간이나 기도 시간이 되면 곧 그들을 만날 수 있을 것이다. 창문 너머 정원을 바라보는 동안 이미 내 생각은 수도원 식당으로 질주했다. 커다랗고 아주 긴 오래된 나무 식탁, 식탁에 말없이 둘러앉은 수도사들. 식탁 한가운데에는 걸쭉한 수프가 가득 담긴 커다란 냄비가 있고, 맛있는 냄새가 신성한 벽을 타고 매혹적으로 진동한다. 냄비 좌우에는 직접 구운 신선한 빵 두 덩어리가 놓여 있고, 빵 옆에는 제대로 만들어진 빵칼이 놓여 있다. 이 빵칼로 각자 원하는 만큼 반듯하게 빵을 썰 수 있다. 망치로 때려 만든 육중한 의자도 썰 수 있을 것 같다. 한 신부가 나에게 반갑게 인사하며 말한다.

"안녕하세요, 호르스트 형제님. 저는 도미닉 신부입니다. 잘 오셨습니다. 우리는 곧 다시 만나서 이야기 나누게 될 겁니다. 그때 제가 형제님께 모든 내용을 설명해드릴게요. 그런 다음 우리는 침묵에 들어갑니다. 지금은 일단 식사를 합시다. 맛있게 드세요."

나는 아주 낭만적인 상상을 했다. 하지만 유감스럽게도 현실은 아주 냉정하다.

오후 5시가 되자 나는 식당으로 갔다. 식당은 아주 현대식으로 지어진 건물에 있었다. 내 숙소와 똑같이 하얗고 소박하게 꾸며져 있었다. 다시 말해 내가 좀 전에 낭만적으로 상상했던 그런 전형적인 수도원의 분위기가 전혀 아니었다.

수도복과 예루살렘 샌들을 착용하고 아늑한 분위기를 풍기는 수도사들의 흔적은 어디에서도 찾을 수 없었다. 그 대신 마스크를 쓴 여성 한 명이 식당 입구에 서 있었다. 그는 무덤덤하게 곧바로 나에게 인사하며 말했다.

"마스크와 고무장갑을 착용해 주세요. 식탁에 보시면 선생님 이름이 적힌 카드가 있어요. 이곳에 머무르는 동안 그 자리가 지정석이에요. 저쪽에 뷔페가 마련되어 있고요. 이제 드실 음식을 담고 저 뒤에 있는 선생님 자리에 앉으시면 돼요. 그리고 말을 하면 안 된다는 점을 유념해 주세요."

이러한 식의 과분한 따뜻함과 환영 인사에 압도되어 나는 다정하게 대답해야 할 것 같은 느낌이 들었다(반어법이다). "저는 말할 생각도 없었어요. 그리고 말해서도 안 된다고 하고, 지금도 더 말하고 싶지 않군요." 참나! 사람들에게 고요함과 편안함을 마련해주는 것이 이곳의 목적이라면 잘 모르긴 하지만 내 생각에는 직원들이 보다 즐겁게, 보다 기분 좋게, 보다 따뜻하게 대해준다면 정말로 도움이 될 것 같다는 생각이 들었다. 그들이 무례했다는 것이 아니다. 나는 그런 인상을 불러일으키고 싶지는 않다. 다만 모든 것이 너무 '사무적'이고 '행정적'이고 딱딱하게 느껴졌다. 어쩌면 그게 좋을 수도 있고, 대부분의 방문객이나 손님들도 이를 좋아할 수도 있다. 하지만 나를 공연이나 TV에서 보거나 아니면 그저 거리에서 마주쳤던 경험이 있는 사람이라면 내가 뻔한 인사말에 익숙한 그런 유형의 사람이 전혀 아니란 것을 누구나 분명히 알 수 있다. 상관없다. 말하자면 내가 그저 운이 없는 것이었으니까.

그런데 이 불행은 뷔페를 보는 순간 시멘트처럼 더 단단해졌다. 그 광경은 내가 상상할 수 있는 가장 절망적인 모습이었다. 말하자면, 교도소 음식과 다를 바 없었다. 물론 사람들이 교도소 음식에 엄청난 못된 짓을 하는지 아닌지 나는 확실히 알지 못한다. 교도소에도 분명히 투철한 직업의식을 가지고 열심히 일하는 많은 요리사가 있을 테니 말이다. 그런데 이곳에서는 그런 요리사가 자리를 비웠거나 그들의 등 뒤에서 몰래 음식이 뒤바뀌었던 모양이다. 이런 제길! 나는 생각했다. 여기로 오는 길에 고속도로에서 맛있는 햄버거를 먹어서 그나마 다행이라고. 뷔페에는 빵 두 종류와 버터, 치즈가 놓여 있었다. 그 옆에는 커피와 차가 있었다. 정말 참담했다. 나는 뷔페 사진을 찍었고는 마음속으로 생각했다(그렇지 않으면 무엇을 할 수 있었겠는가). '호르스트, 아무도 네 말을 믿지 않을 거야!' 뷔페는 내가 머무르는 동안 크게 변함이 없을 것이다. 예상은 했지만, 정확하게도 정말 하나도 바뀌지 않았다.

나는 마스크와 고무장갑을 끼고 빈약한 치즈빵 두 개를 집어 들고 내 자리로 총총 걸어갔다. 혼자 앉는 개인 자리는 없었고, 여덟 명에서 열 명이 함께 앉는 단체석이 있었다. 물론 코로나 위생수칙 때문에 두 사람 사이에 빈 좌석을 하나 남겨두어야 했다. 그런데 90센티미터 떨어진 맞은편에 앉은 누군가가 마스크를 안 쓰고 내 앞에서 뭔가를 먹는 것은 괜찮은지 조금 의아했지만 이 역시 독일 관료주의의 전형적인 예라는 생각이 들었다. 이 모든 수칙을 훤히 알고 있는 사람이 있다는 것은 놀랄 일이다. 분명 아주 성실한 공무원이 몇 시간 동안 책상에 앉아서 고민하면서, 바이러스가 전염성이 강하기는 하지만 90센티미터 떨어진 거리에서 함께 식사할 때는 연기처럼 사라질 거라고 결정했을 것이다.

당혹스러운 표정으로 접시를 앞에 두고 앉았고, 나는 공손한 사람이기도 하고 물론 말을 해서도 안 되기 때문에 식탁에 함께 앉은 사람들을 정중하게 바라보며 인사를 했다. 결과적으로 보면 어떤 운명이 우리를 이 공간에 한데 모이도록 했고, 우리는 적어도 공통의 관심사를 가지고 있었으니 말이다. 다정한 인사, 알고 있다는 듯한 끄덕임은 단어의 진정한 의미에서 볼 때 그렇게 부적절한 행동은 아닐 것이다. 하지만 아무도 거들떠보지 않았다. 나는 그들을 바라보면서 내 마음대로 친절하게 고개를 끄덕이거나 눈을 깜박이고 장난스럽게 웃기도 했지만 아무도 뒤를 돌아보거나 나의 '접촉 시도'에 응하지 않았다. 모두가 그저 생각에 잠긴 채 자신의 접시를 바라볼 뿐 움직이지 않았다. 그 와중에 특히 한 여성이 내 눈을 사로잡았다. 그는 50대 중반 정도 되어 보였고, 탄탄한 체형에 퉁명스러운 표정을 하고 있었다. 새벽 5시에 필라테스로 하루를 시작하고, 자기소개 시간에 분명 "제 이름은 마가레테 쾨르너예요. 제 취미는 필라테스, 비크람 요가, 자율훈련, 하이킹이에요. 좋아하는 음식은 샐러드예요."라고 말할 것 같은 그런 사람. 어쨌든 그는 자신의 접시를 고개 숙여 바라보지 않고 나에게 어떤 의미심장한 시선을 보냈다. '누가 이 제멋대로 행동하는 미치광이를 우리 한가운데에 들여놓은 거지?' 옆 건물에서 등록할 때 그는 내 앞에 서 있었고 바이에른^{Bayern} 억양으로 말했다. 그래서 나는 내 머릿속에서 그를 아무렇게나 '구르켄그레텔'이라고 부르기로 했다.

다른 사람들의 행동이 좀 거슬리기는 했지만, 나는 곧 그럴 만한 이유를 급조해냈다. 아마 대부분의 사람은 여기에 오래 있었기 때문에 이미 일종의 자기 명상과 같은 다른 차원의 의식에 빠져 있을 거라고 말이다. 이를테면 그들은 이 비루한 치즈빵도 감지덕지 생각할 수도 있을 거다. 나는 있는 그대로의 상황을 재빨리 받아들이고 빵을 우적우적 먹었다. 빵을 먹으면서 나는 홀 여기저기를 둘러보았다. 식탁에 앉아 있는 사람 중 80퍼센트가 여성이었다. 나는 홀에서 마치 길을 잃은 듯 우왕좌왕하는 몇몇 남성들에게 눈길이 갔다. 나는 마초도 아니고 상남자를 추종하는 사람도 아니다. 그런데 어떻게 말해야 할까? 이 남성들에게서는 몸의 긴장감이라든가 어떤 남성적인 매력을 전혀 찾아볼 수 없었다. 내 매니저의 톤을 빌려서 말하자면, 몸 안에 남성 호르몬 테스토스테론의 수치가 0인 듯했다. 이 남성들은 영화에서 보면 겁을 먹고 모든 만남을 피하는 그런 유형의 사람들을 떠올리게 했다. 그들은 어딘지 모르게 거의 다 울상이었다. 어쩌면 그들은 한 단계 더 오른 경지에 있는 것일 수도 있다. 말하자면 그들의 육신이 식탁에 편안하게 앉아 식사하는 동안,

탄탄하게 단련된 그들의 정신은 그 순간 샤워를 하고 있거나 낮잠을 자면서 휴식을 즐기고 있을 수도 있다. 나는 빵을 몇 입 먹으면서 이러한 음식을 먹기 위해 '남성적인 몸의 긴장감'이나 테스토스테론이 필요하지 않다는 사실을 스스로 인정할 수밖에 없었다. 솔직히 말하자면 내게 가장 필요한 것은 그저 약간의 미각과 평정심이다.

다음 며칠 동안 나는 식사 시간에 접촉을 계속 시도하거나 "자, 여러분, 얌전히 입 닥치려고 온 사람 여기도 있어요"라고 말하는 듯한 시선을 여기저기 보냈지만, 아무도 어떤 식으로든 나에게 관심을 보이지 않았다. 심지어 가끔 나는 절망감에 빠져 작은 목소리로 "좋은 아침이에요", "안녕하세요" 혹은 "맛있게 드세요"라고 말하기도 했다. 이런 나의 행동은 오히려 더 안 좋은 반응을 얻었다. 사람들은 외면하고 돌아서서 갔고, '구르켄 그레텔'마저도 일어나서 자리를 떴다. 이런, 이런, 이런. 미쳤어. 나뿐만 아니라 다른 사람들도. 고요함과 평온함을 찾으려는 와중에 주변 사람들한테 최소한의 다정한 인사를 보내고 싶은 나도 미쳤고, 이러한 환경에서 인사가 전혀 중요하지 않은 다른 사람들도 미쳤다. 사람들의 욕구가 이렇게도 다를 수 있다니.

내가 묵언 수도원에 도착한 첫날 저녁으로 다시 돌아가서 이야기해 보자. 나는 온갖 생각에 잠겨 사람들에게 여러 번 접촉 시도를 하면서도 빵과 차를 싹싹 다 먹어 치웠고, 그 와중에 내가 오후 7시에 명상 강좌를 예약했다는 사실도 잊지 않고 떠올렸다. 사실 이 책을 쓰면서도 언제 강좌 예약을 했는지 기억나지도 않지만 말이다.

　명상 강좌는 같은 건물에서 진행되었다. 거대한 창문이 있는 큰 홀. 그런데 한 가지 문제가 있었다. 날씨는 대략 35~37도였고 창문이 거대했기 때문에 홀 안이 엄청 더울 것 같았다. 그래서 나는 어떤 옷을 입는 게 좋을지 고민했다. 만약 내가 반바지를 입고 등장하면 사람들의 심기를 건드릴 수도 있으니, 리셉션에 물어보는 것이 더 좋을 것 같았다. 리셉션의 무뚝뚝한 직원이 무표정하게 나를 유심히 바라보면서 아무 감정도 담겨 있지 않은 목소리로 명상 강좌의 복장 규정을 알려주었다. 차분한 색상의 옷만 가능하며 무늬가 있는 옷은 절대로 안 된다고 했다. 아하! 나는 서둘러 내 방으로 돌아와서 마땅한 옷을 가방에서 찾아보았다. 불행하게도 내가 가방에 넣은 티셔츠들은 전부 차분한 색이 아니었다. 분홍색, 빨간색, 파란색, 녹색뿐, 검은색이나 차콜색, 베이지색은 없었다. 나의 색상 공격으로 누군가 내면의 고요함으로 이르는 데 차질이 생기지 않기를 바라면서 나는 비교적 차분한 하늘색 폴로 셔츠를 골랐다. 대담하기는 하지만, 내가 달리 어떻게 할 수 있겠는가.

아래층에 있는 홀 문 앞에 도착해보니 남성 참가자는 나를 빼고 몇 명뿐이라 깜짝 놀랐다. 그리고 적어도 서른 명의 여성이 강좌가 시작하기를 조용히 기다리고 있었다. 모두가 동그랗고 검은 쿠션을 팔에 끼고 있거나 출입문 옆에 있는 선반에서 작은 나무 벤치를 집어 들었다. 나에게도 쿠션이나 나무 벤치 혹은 둘 다 필요할지 고민했다. 사람들에게 대놓고 말을 걸어서 그들을 또 놀라게 하고 싶지 않았기 때문에 나는 공식적으로 질문하는 것이 좋겠다고 생각했다. 그런데 우연히도 한 직원이 우리가 모여 있는 무리 옆에 서 있었다.

"죄송하지만…."

나는 더 얘기하지 않았다. 아니 달리 표현하자면, 그 직원의 경악한 눈빛과 붉으락푸르락 달아오른 얼굴에 나는 입을 다물 수밖에 없었다. 나는 정신을 가다듬고 속삭이는 목소리로 아주 작게 그리고 조심스럽게 말을 걸었다.

"자꾸 말해서 죄송합니다만, 제가 지금 도대체 무엇을 해야 하는지요? 저는 이 명상 강좌를 듣는 사람 중 하나인데요."

직원은 여전히 조금은 불안한 모습으로 대답했다.

인생에 루헤 한 번쯤

"자리를 찾아서 앉으세요. 안에 보시면 누가 어디에 어떻게 앉아야 하는지 전부 적혀 있어요."

나는 속으로 한숨을 쉬었다. 도대체 여기 이곳에서는 구체적이고 정확한 대답을 얻는 게 그렇게 어렵단 말인가?

"어디 위에 앉아야 하죠?"

그는 대답하는 대신 나에게 되물었다.

"네, 선생님은 어디 위에 앉는 것을 가장 좋아하죠?"

나는 사실대로 대답했다.

"집에서는 주로 안락의자나 소파에 앉아요. 하지만 안락의자나 소파는 여기 선반에는 없네요."

인정한다. 이 말은 유머라고 생각하면 재미있는 말이지만, 내 입장에서 보면 도움이 될 만한 발언은 아니었다. 하지만 상관없었다. 어쨌든 뭔가를 알려줄 마음이 있는 이 직원은 나의 무례한 발언을 덤덤하게 무시했으니 말이다.

"전에 명상 강좌를 들어본 적이 있나요?"

나는 솔직하게 대답했지만, 내 목소리에는 약간의 비꼼이 섞여 있었다.

"아니요, 그런데 저한테 더 이상 질문을 하지 않으셨으면 합니다."

"그럼 나무 벤치 위에 앉으시는 것이 좋겠어요!"

그는 갑자기 몸을 돌려 나를 두고 가버렸다. 나는 나무 벤치를 하나 집어서 다른 사람들과 함께 강의실로 들어갔다. 직원과 이야기하는 사이에 강의실 문이 이미 안쪽에서 열려 있었다. 나는 구르켄그레텔의 따가운 시선을 느꼈다. 그는 입구 옆에 있는 작은 바닥에서 다리 근육을 살짝 스트레칭하고 있었다. 강의실 안에서 나는 내 이름표를 찾아보았고, 정말로 금방 찾을 수 있었다. 유일한 문제는 내 자리에 이미 옷이 놓여 있었다는 것이다. 나는 즉흥적으로 가장 간단한 해결책을 선택했다. 즉 이 옷을 옆자리로 밀어두었다. 그런데 불과 1분 만에 하필이면 구르켄그레텔이 내 앞에 나타났다. 그는 불쾌한 표정으로 양손을 허리춤에 올리고 있었다. 나는 이름표를 가리킨 다음 나를 가리키며 어깨를 으쓱했다. 그는 언짢은 얼굴로 고개를 끄덕이고는 자신의 소지품을 팔에 끼고 다른 곳으로 갔다.

나는 내가 들고 온 나무 벤치에 앉아, 다음에는 누가 나한테 싸움을 걸까 생각하며 기다렸다. 나는 신발만 밖에 벗어두고 소지품을 전부 가지고 들어왔다. 휴대폰, 담배, 방 열쇠. 종일 신고 돌아다닌 양말을 계속 신고 있었기 때문에 혹여나 양말에서 고약한 냄새가 나지 않기를 간절히 바랐다. 내 생각에 내 뒤편에 앉아 있는 구르켄그레텔은 절대로 내 발 냄새를 용서하지 않을 것이다. 나는 직사각형의 거대한 강의실을 눈으로 둘러보았다. 강의실 중앙에는 직사각형의 매트가 1.5미터 간격으로 놓여 있었다. 한쪽 벽에는 받침대가 높게 쌓여 있었고, 그 뒤로는 안마당이 보이는 창문이 있었다. 폭이 아주 넓은 받침대에는 더 많은 매트가 놓여 있었고, 그 위에도 각각 사람들이 앉아 있었다. 강의실 뒤쪽에는 양초가 켜져 있는 커다란 촛대가 있었고, 벽에는 막대와 열쇠가 걸려 있었다.

10분이 지나니 나는 살짝 피곤해졌다. 아마도 각자의 자리에서 마스크를 착용해야 했기 때문이었다. 깜빡 잠이 들 때처럼 내 눈이 계속해서 저절로 감겼다. 이 공간에서 느껴지는 명상의 아우라 때문일까, 아니면 내가 마신 차에 수면제 성분의 양귀비라도 들었던 것일까? 졸음 때문에 고개가 푹 떨어지려고 하는 찰나, 어떤 소리에 화들짝 놀랐다. 한 여성이 클라베^{Clave}(한 쌍의 두껍고 짧은 나무 막대로 구성된 체명 악기-옮긴이) 두 개를 서로 맞부딪치며 소리를 내고 있었다. 잠시 후 키가 크고 마른 체형의 남성이 맨발에 흰색 옷을 입은 채 강의실에 들어왔다. 통이 넓은 하렘 바지(발목 부분이 좁고 통이 넓은 바지-옮긴이)를 입고 있었는데, 밖으로 보이는 그의 발은 관리가 아주 잘 되어 보였고 매우 깔끔했다. 그 남자는 자신감이 넘치고 자기애에 빠져 있는 인상을 내게 풍겼다. 모두가 어느 정도는 자기 자신을 사랑하니 뭐 전혀 나쁘지는 않다. 그런데 흰 옷을 입은 이 남자는 뭐랄까…, 너무 공작새 같은 느낌이었다. 이것 말고는 달리 표현할 수가 없다. 나처럼 오랫동안 공연을 다니다 보면 이런 유형의 사람들을 분별할 수 있는 감이 생긴다. 이 '공작새 남성'은 강의실로 들어와 자리에 앉은 다음 먼저 힘차게 기침을 했다. 나는 여전히 빈정대며 생각했다. '우리 모두 마스크를 쓰고 있는데 이 사람은 안 쓰고 있다니.' 하지만 이렇게 비꼬기에는 그는 나와 너무나도 멀리 떨어져 있었다. 그는 기침을 크게 할 때 기도하듯 양손을 포갰고 시종일관 침묵했다.

이러한 침묵은 좌불안석이었던 나에게 꽤 적절했다. 내적으로는 말이다. 나는 고개를 살짝 한번 끄덕였다. 그런데 지금 또 다른 것이 나를 불안하게 했다. 나무 벤치가 정말 너무 불편했다. 나는 쿠션을 가져오는 게 더 낫지 않았을까 고민하기 시작했다. 조금 더 높이 앉을 수 있을까 해서 나무 벤치를 매트 위에 올렸더니 착석감이 조금 나아져서 한결 마음이 가벼워졌다. 저 기침하는 명상 스승은 그사이에 완전히 무아지경에 빠져 아무 소리도 내지 않았다. 이제 뭔가 시작하는 것 같았다. 내가 아까 울상에 '몸의 긴장감이 없다'고 낙인찍었던 남자들은 양초처럼 똑바른 자세로 미동도 없이 딱딱한 의자에 앉아 있었다. 나는 이 의자에 앉은 지 얼마 되지도 않았는데 벌써 디스크 증상이 나타나는 것 같은데 말이다. 나는 여전히 뭔가 감명을 받지 않을까 내심 기대하면서 부동 상태에 빠져보려고 노력했다. 그런데 명상 스승이 몇 분 지나서 또 기침을 하는 바람에 아쉽게도 성공하지 못했다. 누군가 명상 스승에게 물 한 잔을 건네주었다. 곧장 물을 마신 스승은 기침을 멈추었다. 그는 수련생 격인 우리에게 갑자기 말을 하기 시작했다. 독자 여러분, 내가 이 모든 내용을 여러분이 어느 정도 이해할 수 있도록 내 머릿속에서 이 지면으로 잘 옮길 수 있을지 모르겠지만 한번 시도해 보겠다.

"오늘 우리는 배웁니다. 아니, 오늘 우리는 배우지 않습니다. 오늘 우리는 앉아 있습니다. 여러분은 물론 아직은 올바르게 앉아 있을 수 없습니다. 올바르게 앉는 법을 배우기란 그렇게 간단하지 않지만 저절로 배우게 될 것입니다. (나는 내가 곧 그렇게 되기를 간절히 바랐다. 나무 벤치가 내 엉덩이를 제대로 짓누르고 있었으니 말이다.) 여러분은 '지금 이 순간'에 있으니까요. 지금의 여러분은 아직 저절로 배울 수 없습니다. 단 여러분이 '지금 이 순간'에 있으면 언젠가 저절로 배울 수 있습니다."

내 기억에 뭐 대략 이런 비슷한 이야기를 했다. 지금 적으면서 생각해 보니 나는 그 당시에 그의 말을 정말로 '이해하지' 못했다. 그리고 지금도 여전히 이해가 되지 않는다. 뭐랄까, 나는 정말로 아무에게도 상처를 주고 싶지 않지만, 한마디로 그의 말은 하나도 이해할 수가 없다. 내가 사는 세계에서는 언제나 명확한 지침들이 있었다. 이를테면 주방에서 일할 때 언제나 구체적인 지침이 있다. "이렇게 해, 저렇게 해, 지금 당장." '지금 이 순간'에 있든 다른 시공간에 있든 전혀 상관없이 말이다. 어쨌든 중요한 것은 내 할 일을 마쳤다는 것이다.

명상 스승은 아마도 나의 당혹감을 눈치챘는지 보다 잘 알아들을 수 있게 다시 설명하기 시작했다. 그는 약 45분 동안 올바르게 '앉기'에 대해 이야기했다. 올바르게 앉는 것이 그의 관심사였던 것 같았다.

"앉아 있을 때 당신은 당신 자신과 가까이 있습니다. 당신이 올바르게 앉아 있는지 아닌지 깊이 생각하지 않는 것, 그것은 가장 훌륭한 기술입니다. 오직 중요한 것은 언젠가 올바르게 앉는 것을 배운다는 것입니다."

그는 홀에 있던 다른 사람들과 나, 우리가 어느 날 갑자기 올바르게 앉게 될 것이므로 전혀 걱정할 필요가 없다고 했다. 하지만 우리가 당연히 아직은 올바르게 앉을 수 없다고 했다. 내가 제대로 이해했다면, 우리가 올바르게 앉게 되면 당연히 '지금 이 순간'에 있게 될 것이지만, 아직은 아니라는 것이다. 그는 정말로 아주 오랫동안 이 이야기를 했다. 어느 순간 내가 이자리에 더 있기 싫어질 정도로 아주 오랫동안. 나는 손을 들고 그가 지금 자신이 말하는 '지금 이 순간'에 앉아 있는지 아닌지 질문해 볼까 잠시 고민했다.

하지만 나는 정말로 누군가에게 상처 주고 싶지 않았기 때문에 그렇게 하지 않았다. 이 시점에서 분명하게 말하자면, 나는 그 남자가 하는 말을 내가 제대로 이해할 수 없어서 혹은 이해하고 싶지 않다는 이유만으로 그가 정신이 나갔거나 바보 같다는 인상을 불러일으키고 싶지는 않다. 나는 상황을 아주 객관적으로 판단하고 있었다. 그의 말은 나에게 와 닿지 않았고, 귀에 쏙쏙 들리지도 않았다. 그렇다고 해서 홀에 있던 모든 사람이 명상 스승이 하는 말에 만족하지 못했다는 것은 아니다. 나는 구르켄그레텔이 작은 목소리로 중얼거리는 소리를 들은 것 같기도 했다. 아마도 다른 사람들은 그의 말을 아주 정확하게 이해했을 수도 있다. 뭐, 전혀 상관없다. 내가 이런 상황에 대해 조금 비아냥거려도 좀 이해해 주길 바란다. 그래야 나도 버틸 수 있으니까. 인생이 늘 그렇듯이, 어떤 사람은 감자튀김을 좋아하고, 또 어떤 사람은 감자볶음만 좋아하지 않는가. 모두가 각자의 즐거움이 있고, 모두가 서로 다르다.

나는 그가 올바르게 앉는 법을 우리에게 시연하기 시작할 때는 감격스럽기까지 했다. 이 작은 검은색 쿠션으로도 올바르게 앉기에 충분했다. 유감스럽게도 이 사실을 나는 전혀 몰랐지만 쿠션은 다양한 크기로 구비되어 있었다. 명상 스승의 말에 따르면, 쿠션 위에 비스듬히 앉아야 한다는 것이다. 그는 다리를 꼰 상태에서 중력을 허벅지에 두고 앉을 수 있도록 쿠션을 얼마나 비스듬히 배치해야 하는지에 대해서 자세하게 설명했다. 엉덩이 뒤쪽을 높게 해서 앉아야 한다는 것이다.

그의 말이 어느 정도 이해가 되었을 때 불행히도 이미 다음 단계가 시작되었다. 나는 그의 유연성에 정말 놀랐다. 농담처럼 말하자면, 그는 반^半가부좌 자세를 취한 후 마치 다리를 능숙하게 부러뜨리듯이 발을 어깨 위로 올리고 손으로 자신의 발을 어루만졌다. 정말로 아주 기이한 모습이었다. 마치 그의 손에 다른 사람의 발이 있는 것처럼 보였다. 나는 그가 어떻게 발을 어깨에 올릴 수 있는지 정말로 알 수가 없었다.

그런 다음 그는 어떻게 하면 우리도 그렇게 할 수 있는지에 대해 오랫동안 설명했다. 그의 말인즉, 허벅지가 항상 바닥에 닿는 것, 그리고 우리가 당연히 '지금 이 순간'에 있는 것이 중요하다는 것이다. 그리고 우리가 언제 그렇게 할 수 있을지에 대해 깊이 생각하지 말라는 것이다. 지금 이 순간과 저절로 그렇게 되리라는 것, 그런 비슷한 것만 생각하라고 했다.

어느새 그는 불상처럼 양발을 꼬아 완전한 결가부좌 자세로 앉았다. 가부좌 자세를 하려면 상체에 억지로 집중하지 않으면서 상체를 꼿꼿하게 유지해야 한다고 했다. 한쪽 다리가 저려도 완전히 무시하라고 했다. 그때 나는 생각했다. '이런, 저게 가능하다고?'

머리에서 김이 날 지경이었다. 내가 묵언 수도원에 대해 했던 상상이나 평온함은 어느 순간 나락으로 떨어졌다. 마치 바이에른 뮌헨^{Bayern München}이 분데스리가^{Bundesliga}에서 꼴찌로 곤두박질치는 것처럼 말이다. 모든 것이 점점 더 모호해지는 것 같았다.

적어도 나한테는. 미리 말하지만, 이 시간 이후로 나는 개미에게 큰 동정심을 품게 되었다.

이제는 올바르게 앉는 것, 저런 다리와 발이 문제가 아니라 앉아 있을 때 올바른 손의 자세가 문제였다. 머리와 어깨를 포함해서, 즉 손을 편할 정도로 느슨하게 쥐되, 아래팔에는 약간의 긴장을 유지해야 한다는 것이다. 손가락 끝은 서로 맞닿게 해서 눌러야 하는데, 또 너무 세게 눌러서도 안 된다고 했다. 그러니까 맞닿은 손가락 사이에 개미 한 마리가 있을 정도로 말이다. 다시 말해 우리가 손가락 끝을 너무 세게 누르면 개미를 으스러뜨려서 죽일 거라는 것이다. 그렇다고 또 너무 느슨하게 눌러도 안 되는데, 그렇게 하면 개미가 빠져나갈 것이기 때문이라는 것이다. 하지만 전혀 걱정하지 않아도 된다고 했다. 다행히도 우리 곁에는 개미가 충분히 많으니까 그렇게 나쁜 상황은 아니라는 것이다. 즉 다른 개미를 잡으면 된다는 것이다.

이 글을 지금 읽는 사람은 이런 생각을 할 것이다. '대체 무슨 말을 하고 있는 거야?' 뭐 그렇게 생각해도 나는 화를 낼 수가 없다. 나도 그때 거기에 앉아 있으면서도 무슨 소리를 하는 건지 당최 알아들을 수가 없었으니까. 하지만 나는 정말로 이렇게 생각했다. '자, 호르스트, 저 명상 스승은 최대한으로 친절을 베풀고 있는 거라고. 스스로 알아 들을 수 있게 노력해 봐.'

저 앞에 있는 명상 스승이 손가락 사이에 있는 상상 속의

개미에 대해 계속해서 이야기하는 동안 나는 손 자세에 더 많은 노력을 기울여야 한다는 생각을 했다. 오랜 동물애호가인 내가 개미를 죽이고 싶은 마음은 없으니까. 비록 상상 속에서 벌어지는 일이라고 해도 말이다. 잠시 후 그는 또다시 올바르게 앉는 것에 대해 설명했다(하나님 맙소사). 휴우, 그 후 그는 우리에게 잠시 화장실에 다녀오라고 했다. 하지만 자리에서 일어날 때 아주 조심해서 천천히 일어나야 한다고 했다. 다리가 저리면 조심스럽게 다리를 깨우라는 것이다. 하지만 이때 다리를 자연스럽게 무시하고 외면하는 것도 잊지 말라고 했다. 나는 미쳐버리기 일보 직전이었다. 하라는 대로 올바르게 해보려고 최선을 다해 노력했지만 수천 개의 질문이 내 머릿속을 떠나지 않았다. 도대체 이놈의 다리를 어떻게 하라는 거야? 깨우라는 거야, 말라는 거야? 다리가 깨어날 수 있게 살짝 꼬집어도 되나? 아니면 내가 어떤 규칙을 위반했나? 하지만 이와 동시에 몇몇 사람들에게는 전혀 문제가 없다는 사실을 알게 되었다. 내 옆에 있는 남자는 여전히 무아지경에 빠진 채 양초처럼 꼿꼿하게 앉아 있었다. 마치 그는 다른 어딘가에 있는 것처럼 보였고, 나는 그의 이런 모습에 다시금 매료되었다.

　이렇게 다른 사람들이 평온하게 자기 자신을 발견하고 고요한 곳에서 자신의 내면을 느낀다면, 사람들이 흔히 말하는 명상이라는 것은 참 훌륭한 것이다. 고요해지는 것, 내 안의 평온을 발견하는 것, 시끄럽고 수다스러운 주변 세계에서 벗어나는 것, 정신없이 빠르고 분주한 번잡함에서 멀어지는 것, 바로 이것이 수도원 프로젝트에서 중요한 것이었다.

하지만 이미 말했듯이 나는 명상 스승과 그의 방식을 따라가지 못했다. 심지어 내가 정말로 흥미롭게 생각하는 것에 대해 그가 이야기하기 시작했을 때 사태는 더 심각해졌다. 그는 대부분의 사람이 '자기 본연의 모습에 가깝게' 살아가지 못한다고 말했다. 일단 나는 그의 말에 동의할 수 있고, 나아가 이 견해를 함께 한다. 또 그가 우리 인간들이 대부분 과거나 미래에 '살고 있다'고 말했을 때도 그의 말이 옳다고 생각했다. '지금 이 순간을 살아가는 것'은 수많은 사람에게 아주, 아주 어려운 일이니까 말이다. 우리는 과거에 어땠고 내일과 모레, 그러니까 미래에는 무엇을 이루려고 하는지에 대해 끊임없이 이야기한다. 하지만 의식적으로 '지금 여기'의 순간을 즐기고 경험하는 것, 이것은 많은 사람이 하지 못하는 것이다. 여기까지는 그럭저럭 괜찮았다. 그런데 그는 다음과 같은 이야기를 했다.

즉 인간이 평균 80년을 살면서 정말로 '지금 이 순간'을 사는 기간은 고작해야 8개월뿐이라는 것이다. 이때 나는 그의 말이 더 이상 귀에 들어오지 않았고 그만 듣고 싶어졌다. 나는 속으로 생각했다. '잠깐만, 친구. 내 생각에는 당신이 잘 모르는 것 같은데. 당신이 지금 한 말은 완전히 엉터리야.' 나는 오히려 아

인생에 루헤 한 번쯤

이들이 대부분 '자기 본연의 모습에 가깝다'고 생각한다. 아이는 자신의 순간적인 욕구가 즉시 만족되는 것을 보고 싶어 하니까. 말하자면 아이는 여기, 지금 이 순간에 있다. 그저 서너 살까지지만 말이다. 내 생각에 아이는 이기주의자다. 말하자면 아이는 사랑이 필요할 때 울고, 배고플 때 울고, 지루할 때 불평한다. 이것이야말로 자기 본연의 모습에 가까운 것이 아닐까? 아니면 내가 잘못 생각하고 있는 걸까? 잘은 모르겠지만, 어쩌면 명상 스승에게 아이는 아직 제대로 된 인간이 아닐 수도 있다.

　이런 생각이 들면서 나와 명상 스승 사이의 연결이 끊어진 것 같다는 느낌이 들었다. 그와 나를 연결하고 있는 선은 더 이상 존재하지 않았고, 그 순간 그 선을 다시 복구하고 싶다는 생각도 들지 않았다. 이 모든 것이 나에게는 너무 빠르고 너무 혼란스럽고 조금은 교만하다고 느껴졌다. 명상 스승이 마치 자기는 다 알고 있고, 우리는 모른다고 말하는 것 같았다. 적어도 나는 그렇게 느꼈다. 뭐 그럴 수 있다고 생각했다. 하지만 나는 확신하건대 수많은 시간들을 '지금 이 순간'에서 보냈단 말이다. 내 아기가 죽고 난 후의 수많은 시간들, 낮과 밤들. 어제도, 퇴근 후도 생각하지 않고 다음 날 아침에 눈 뜨면 느낄 끝없는 피로감도 생각하지 않은 채, 내 레스토랑의 화덕 앞에 서서 그냥 고되게 일만 하면서 보냈던 세월들. 명상 스승님, 부디 내 말을 언짢게 생각하지 마시길. 한마디로 나는 그냥 넘어갈 수가 없었다.

나는 아이들에 대해 나만의 이론을 가지고 있는데, 이 이론은 명상 강좌 동안 더욱 분명해졌다. 어린아이는 자기 본연의 모습에 완전히 가까이 있으며 언제나 '지금 이 순간'에 존재한다는 나의 믿음 말이다. 그렇기 때문에 어린아이들에게는 "금방 줄게", "지금은 아니야, 나중에", "그건 내일 하자"와 같은 전형적인 말이 전혀 통하지 않는다. '지금 당장' 아이스크림을 얻는 것이 가장 절실한데 내일이라니? 누구나 아는 사실이지만, 어른에게는 1년이라는 시간이 순식간에 지나가지만, 아이에게 1년은 무한한 시간이다. 아이는 생후 몇 년 동안 매일 새로운 것을 경험하는 반면, 우리 어른들은 매일 똑같이 반복되는 일상과 싸우고, 우리가 이미 모든 것을 경험했으며, 더 이상 '아무것'에도 놀라지 않는다고 종종 생각한다. 우리가 먹어보지 못한 것, 마셔보지 못한 것은 없으며, 거의 모든 것을 맛보며 웃고 울었고, 추위도 더위도 모두 겪었다. 그렇다. 우리는 이미 모든 것을 가졌다. 그리고 우리가 가진 이 모든 것에 일상적으로 거의 관심을 기울이지 않으며, 이것들을 판단할 때 대부분 과거의 기억을 따른다. 우리는 구름 모양을 보고 갑자기 어떤 형상을 떠올린다. 그 이유는 우리의 뇌가 그와 비슷해 보이는 사물이나 생물에 대해 저장된 정보를 신속하게 분류하기 때문이다.

아이들은 매일 많은 새로운 것을 경험하며, 내일 뭔가 불쾌한 일을 경험할 수 있다는 '걱정'을 안고 다음날을 생각하는 것을 아주 늦게 배운다. 아이들은 '지금 이 순간' 자기 본연의 모습 가까이에 있는 반면, 어른은 내일 아침 걱정 때문에 잠을 이루지 못하는 경우가 허다하다.

아마도 명상 스승은 우리를 각성시키려고 일부러 다소 과격하게 표현했을지도 모른다. 어쨌든 나는 우리 어른들이 대부분 과거나 미래에 '살고 있다'는 그의 말이 비논리적이라고 생각하지는 않았다. 예를 들어 우리가 친구를 만나면 마지막으로 만난 이후로 무슨 일이 있었는지 서로 이야기한다. 말하자면 우리는 '이전'에 대해 이야기한다. 그런 다음 다가올 며칠 동안 반드시 처리해야 할 일, 해결해야 할 일에 대해 이야기한다. 그러니까 우리는 '내일', 즉 미래를 말한다. 그러고 나면 우리의 꿈, 앞으로 다가올 일에 대해 말하는 게 보통이다. 하지만 친구를 만날 때 '지금 이 순간'의 우리에 대해서는 거의 이야기하지 않는다. 지금 이 순간 우리가 구체적으로 어떤지를 말이다. 우리가 지금 이 순간 함께 앉아 있다는 사실, 우리가 지금 좋은 시간을 보내고 있다는 사실, 우리가 웃고 만족한다는 사실, 아니면 어쩌면 그렇지 않다는 사실은 생각하지 않는다.

아주 솔직히 말하면, 여러분, 나는 실제로 많은 사람들이 '내일'에 대한 생각으로 '오늘'의 많은 것을 망치면서 살아간다는 인상을 오래전부터 받았다. 우리는 누구나 주말 날씨가 좋기를 간절히 바란다. 주말에는 파티도 하고 소풍도 가고 멋진 레스토랑이나 콘서트에도 가야 하니까. 그리고 오늘 하루를 빨리 마감한다. 사람들과 함께 앉아 있는 분위기가 좋아도, 와인 한 잔을 더 마시고 싶어도 그렇게 하지 않고 잠자리에 든다. 그렇지 않으면 내일 너무 피곤하고 머리가 묵직할 것이고 아침에 잘 일어나지 못할 테니까. 하지만 우리가 늘 '내일'만 생각한다면 우리가 어떤 멋진 것들을 놓치고 있는지 누가 알까? 와인 한 잔을 더 마시지 않는다면, 분위기가 아주 좋은 지금 대화를 끝낸다면, 우리 둘 다 사랑을 느끼고 있는데 사랑하지 않는다면 우리는 무엇을 놓치게 될까? 어째서 우리는 모든 것을 주말이나 휴가 전날 저녁, 휴가 때로 미루려고 할까? 왜 항상 모든 일은 계획대로 일어나야 할까? '오늘 할 수 있는 일을 내일로 미루지 말라', '지금 이 순간을 살아라' 등의 말로 설명이 될지 나도 잘 모르겠다. 물론 피곤해서 그냥 잠을 자러 갈 수도 있다. 이것도 자기 본연의 모습에 가까운 행동일 수 있다. 우리는 모두 '지금 이 순간' 자신에게 가장 좋은 것, 가장 적절한 것이 무엇인지 알아내도록 노력해야 한다. 이것이야말로 훌륭한 기술이다. 나는 멋진 것을 나중으로 미루는 일보다 이 기술이 훨씬 더 중요하다고 생각한다. 주말이 오기만을 기다리면서, 그때까지의 시간을 즐기지 못하고 이 시간을 견뎌야 하는 필요악이라고 생각하는 것, 우리는 이러한 생각에 너무나 많이 빠져 있다. 그 결과 우리는 제대로 쉬지 못한다. 고요함을 참지 못하는 것. 바로 내가 묵언 수도원에 오고 싶었던 근본적인 이유였다.

다시 명상 강좌 이야기로 돌아가 보자. 나의 집중력은 완전히 사라졌고, 나는 속으로 '80년 중 8개월'이라는 명상 스승의 주장에 반대 이론을 펼치며 그에게 반감이 생겼다. 그의 주장이 옳지 않고 완벽하지 않다는 내 생각에는 변함이 없었다. 그런데 내가 우리 명상 스승에게 더욱 호감을 느끼지 못하게 만든 또 다른 상황이 추가로 발생했다.

양초처럼 꼿꼿하게 앉아 있던 남성의 오른쪽에 앉은 한 여성이 손을 들었다. 그는 명상 스승이 말한 대로 앉으려고 정말 무척 애를 쓰고 있었다. 쿠션을 깔고 앉아 있던 그의 표정은 만족스럽지 못했다. 그는 명상 스승의 영상을 유튜브에서 이미 보았고 그에 관한 책도 읽었으며 '올바르게' 앉는 연습을 혼자서도 해봤다고 했다. 그는 명상 스승에게 말했다.

"선생님, 질문이 있는데요. 거울 앞에서도 수도 없이 연습했는데 항상 두 다리가 저려서 너무 불편해요. 그러면 이 불편한 느낌 때문에 다리에 자꾸 집중하게 돼요. 제가 어떻게 해야 하나요? 제가 잘못 앉아 있는 건가요? 뭘 바꿔야 할까요?"

나는 명상 스승의 입에서 어떤 대답이 나올지 매우 긴장되었다. 그는 곧바로 다정하게 바라보며 이렇게 말했다.

"다리에 집중하는 순간 다리를 잊으세요. 그 순간에 당신은 자기 자신 가까이에 있지 않은 겁니다. 다시 일어설 때 다리를 늘어뜨려야 합니다. 다리가 다시 깨어날 때까지 말입니다."

그때 나는 생각했다. '이게 무슨 헛소리야. 저런 말로 강좌 첫 시간에 저 여자의 기를 꺾어버리다니!' 나는 마치 어느 은둔자가 나에게 이렇게 말하는 것 같았다. '자, 호르스트, 차가운 땅바닥의 흙구덩이에 앉아봐. 첫해에는 엉덩이가 떨어져 나갈 것 같을 거야. 하지만 이듬해부터는 환상적으로 느껴질 거야. 그냥 굳게 믿어봐!'

나는 분명 나처럼 속내를 감추는 것을 별로 좋아하지 않는 것 같은 질문에 그가 그렇게 시시껄렁하게 얼렁뚱땅 넘어간 사실을 머릿속에서 지울 수가 없었다. 명상 스승은 도대체 무슨 생각이었을까? 그가 좀 더 공감 어린 행동을 보여주길 바랐다. 이를테면 스트레칭이나 요가를 먼저 한다면 '올바르게' 앉기 위해 몸이 더 잘 준비가 된다거나 말이다. 내가 요리할 때 이렇게 말한다면 그건 요리 레시피가 아니다. "자, 여기에 재료들이 있으니까 이제 아주 맛있어질 때까지 잘 만들어 봐." 그 '레시피'대로 해봐도 통증이 생겼다는데 그렇게 애매모호한 말로 지껄일 수는 없지 않은가. 그사이에 나는 속으로 너무 화가 나서 밖으로 나가야겠다는 생각만 했다. 이 해결책 말고는 없었다. 나는 화를 가라앉히고 마음은 진정시키고 싶었다. 하지만 차마 밖으로 나가지는 못했다. 나는 흰 도복을 입은 명상 스승과 '앉기와 지금 현재'라는 그의 이론에 너무 분개해서 클로스터프라우 멜리센가이스트^Klosterfrau Melissengeist(독일의 유명한 생약으로 두통, 복통, 긴장 완화, 수면장애 등 만능으로 사용되는 물약-옮긴이)를 물잔으로 벌컥 벌컥 들이키며 화를 진정시키고 싶은 마음이 간절했다. 그것도 두 잔이나.

여러 참가자가 통증이 있다는 반응을 보이자 명상 스승은 좀 더 알기 쉽고 친절하게 설명했다. "그럼 통증이 생기지 않도록 앉아야 합니다." 하지만 나는 이 말을 들었을 때 굳게 결심했다. '다음 쉬는 시간에 나가버리겠어!' 명상 강좌는 9시까지였지만 나는 이미 8시 15분쯤에 너무 화가 나서 아무것도 할 수가 없었다. 게다가 '올바르게' 앉기인지 뭔지 때문에 다리도 아팠다. 하지만 통증이 없었어도 이 강의실에 앉아 있고 싶지 않았을 것이다. 명상 스승을 참을 수 있는 내 배터리가 방전됐고, 일단 마음을 진정시켜야 했다. 그래서 나는 다음 쉬는 시간이 시작될 때 신발과 벤치를 들고 밖으로 나갔다.

'어떡하면 좋지? 끝내주는군! 여기에 온 지 다섯 시간밖에 안 되었는데 벌써 질려버렸다니.'

저 명상 스승이 무슨 말을 하는지도 못 알아듣겠고 영적인 소리만 해대는 것 같았다. 다른 참가자들이 강좌가 끝난 후 완전히 감격한 상태로 나에게 달려와 "저는 너무 좋았어요, 호르스트. 그런데 당신은 왜 그렇게 빨리 나갔어요? 저 명상 스승 말이 맞았어요. 그 이후에 내가 아주 편안하게 '지금 이 순간'에 있었더니 다리에 통증이 전혀 느껴지지 않았어요"라고 말하면 뭐라고 대답하지? 나는 생각했다. "우와"라고 대답하겠지. 그런 다음 그들과 나는 서로 한심하게 바라보겠지.

나는 머리를 맑게 하려고 내가 즐겨 하던 것을 했다. 나는 그냥 산책을 나섰다. 문 앞에는 정말로 멋진 숲이 펼쳐져 있었다. 이보다 더 좋을 수는 없었다. 수도원 부지는 여러 산책로가 있는 숲으로 둘러싸여 있었고, 몇 걸음만 성큼성큼 걸으면 불과 몇 분 만에 우리가 상상할 수 있는 가장 아름다운 자연을 마주할 수 있었다.

내가 뭐 감금된 죄수도 아니었기 때문에 나는 길을 나서서 산책하고 주변을 감상했다. 간혹 어리둥절한 시선으로 나를 바라보는 사람들도 마주쳤지만 곧 익숙해졌다. 나처럼 독특한 콧수염을 가진 얼굴이라면 누구나 쳐다볼 것이다. 그리고 솔직히 말하면, 노을 지는 여름 저녁 어느 묵언 수도원 부지에서 고요함이나 평온과는 전혀 어울리지 않는 TV 진행자가 나를 향해 다가온다면 나도 깜짝 놀라서 쳐다볼 것이다. 100퍼센트!

산책을 하면서 나는 생각했다. 이 실험은 이제 어떻게 흘러

인생에 루헤 한 번쯤

갈 것인가? 내가 명상 스승에게 한 번 더 기회를 줘야 할까? 이 실험은 나하고 어울리지 않아서 더 이상의 의미를 찾지 못했다. 나에게는 그렇지만 다른 사람들은 아닐 수도 있다. 나는 이 점을 여기서 다시 한번 확실하게 말하고 싶다. 이 사실을 어떻게 설명할 수 있을까? 이렇게 한번 설명해보겠다. 나는 오래된 자동차를 정말 좋아한다. 내 '올디테크^{Oldiethek}'에는 여기저기 클래식카가 있었다. 내 인생을 그렇게 자세히 모르는 사람들을 위해 말하자면, 나는 한때 올디테크라는 식당을 운영했다. 이곳은 각종 잡동사니가 모여 있는 창고인 셈인데, 나는 이곳에서 수집 열정을 불살랐다. 이 식당에는 클래식카, 오토바이, 키치^{Kitsch}한 물건, 잡동사니들이 가득 채워져 있었고, 사람들은 그 사이사이에 앉아서 멋진 음식을 먹을 수 있었다.

클래식카가 '아프면' 정비사를 찾는다. 그리고 항상 그렇듯이 그냥 정비사가 있고 훌륭한 정비사가 있다. 내가 존경하고 감탄하는 정비사는 '호평을 받는' 정비사다. 예를 들어 오토바이가 이상한 소리를 내거나 어떤 다른 이유로 결함이 생겼다고 치자. 훌륭한 정비사는 소음이나 문제를 분석하고 원인을 찾는다. 실력 없는 정비사는 일단 부품 몇 개를 바꾸면 아마 문제가 저절로 해결될 것이라고 말한다. 하지만 그렇게 되면 아직 상태가 양호한 부품도 교체될 수 있다. 이러한 방법으로는 문제 증상을 없앨 수는 있지만, 원인을 없애지는 못한다. 철저한 분석을 거쳐 원인이 무엇인지 알아야 비로소 바르게 수리할 수 있다.

묵언 수도원에 가면 나를 비롯한 많은 사람이 미친 듯이 시끄럽고 빠르게 돌아가는 이 세상에서 더 이상 잘 살아가지 못한다는 생각을 효율적으로 분석할 수 있을 거라고 생각했다. 시끄럽고 빠르게 돌아가는 이 시간이 우리를 깔아뭉개고 있기 때문에 일상생활에서 하는 인터넷, 일과 생활 방식, 여가 활동, 소비 등을 점점 더 많은 사람이 따라잡지 못하며, 극도로 복잡한 질문에 대해 단순한 해답을 찾는다. 나는 1960~70년대에 성장했는데, 이때는 지금 시대와는 완전히 달랐다. 우리는 그저 부모와 학교, 일간지에서 세상에 대한 정보를 얻을 수 있었다. 그런데 요즘 아동과 청소년은 스마트폰과 태블릿에서 클릭 한 번으로 '미친' 세상 전체를 화면으로 볼 수 있다. 나의 어린 시절과는 완전히 다르다.

나는 이런 순진한 마음으로 묵언 수도원행을 결정했다. 한동안 수도원에서 지내면 한없이 평온해질 수 있을 거라고 말이다. 이곳에서 지내면 이러한 평온함을 곧장 발산할 수 있고, 내 주변의 누군가가 분주해지거나 공포에 빠지면 나의 평온한 아우라만으로 당장 그를 진정시킬 수 있을 거라고 생각했다. 정말 멋지지 않은가? 사실 나는 이런 생각이 그저 희망 사항이라는 것을 스스로 알아차려야 했다. 그래야 했다, 그랬어야 했다.

두 시간 동안 숲을 산책하면서 이러한 생각들이 내 머릿속을 스쳤다. 어느 순간 나는 의자에 앉아 나 자신을 책망했다. 어떻게 하다가 이 지경까지 왔을까? 나는 서늘한 숲의 냄새를 맡았다. 아름다운 시냇물을 듣고 바라보는 것만으로도 나의 신경이 진정되었다. 그리고 나는 결정을 내렸다. '좋아, 호르스트, 명상 강좌는 잊어. 그건 나한테 맞지 않다고 생각하자. 자, 결정 끝.' 그런데 명상 강좌가 정말로 그렇게 별로인가? '고요해지기' 위해서 나한테 명상 강좌가 필요한가? 물론 그렇지 않다. 명상 강좌가 도움이 될 수도 있고, 경우에 따라 목표에 더 잘 도달하기 위해 유용한 수단이 될 수도 있을 것이다. 하지만 어떤 이유에서든 나한테 맞지 않는다면, 그것이 곧 내가 이 모험 전체를 그만두어야 한다는 것을 의미하는 것은 아니다. 그 반대다.

어쩌면 강좌나 가르침, 요가, 명상, 단식요법 없이 더 흥미진진하게 평온함을 얻을 수도 있을 것이다. 이러한 모든 활동에 시간과 돈, 용기를 쏟을 사람이 얼마나 되겠는가? 나는 만약 내가 코로나 시대에 두 아이를 홀로 양육하는 워킹맘이 신문 어디에선가 호르스트 리히터가 '고요함'을 찾기 위해 이런저런 강좌를 추천한다는 글을 읽으면 어떨까 상상해 봤다. '일상의 스트레스 속에서 평온함 찾기.' 독자는 단연코 이렇게 생각할 것이다. '이봐요, 호르스트. 제 말 좀 들어봐요. 나는 하루 종일 중노동을 하고, 내 아이들을 가르치고 요리하고 빨래하고 청소하고 장을 봐요. 이런 내가 몸과 마음을 편안하게 해주는 어떤 강좌를 감당할 수 있을까요. 침대에서 여섯 시간 더 잘 수 있는 행운 강좌라면 모를까. 알람시계가 울리고 미친 듯한 일상이 다시 시작되면 다시 현실이라고요.'

용감한 그의 말이 맞다. 나는 고되게 일을 하고 있고 나도 그 사실을 알고 있다. 하지만 나는 감사하게도 '고요함'을 추구하고 싶은 마음의 여유가 있는 상황이다. 문제는 내가 독자들에게, 그리고 나 자신에게 '고요함'을 찾는 데 도움이 되도록 어떤 생각과 자극을 줄 수 있냐는 것이다. 자기 안에 있는 평온함 찾기? 내가 할 수 있을까? 나는 우연히 TV에 출연하게 된 평범한 사람일 뿐이다. 리하르트 다비트 프레히트Richard David Precht, 에카르트 폰 히르슈하우젠Eckart von Hirschhausen, 페터 볼레벤Peter Wohlleben과 같은 현명한 철학자, 의사, 숲 전문가가 나보다 훨씬 더 잘 하지 않을까? 그렇지 않다. 그 이유는 무엇일까? 모든 생각이 중요하기 때문이다. 어쩌면 나와 같은 평범한 사람도 평온함과 고요함을 찾는 많은 사람에게 저 훌륭한 사람들에게서 얻지 못한 자극을 줄 수 있을지도 모른다.

그렇게 멋진 숲속의 벤치에 앉아 있는 동안 나는 결정을 내렸다.

'호르스트! 강좌 시간에 어떤 일이 일어나든, 청소할 때 어떤 일이 일어나든 혹은 다른 행사에서 어떤 일이 일어나든 고요

함과 평온함의 흔적을 찾기 위해 이곳에서의 나날이 도움이 될 거야. 모든 것을 보고 생각한 다음, 이것이 정말로 너한테 맞는지 아닌지 결정해. 다른 사람들과 대화를 하려고 노력해 봐. 호기심을 잃지 말고 오만하고 거부하는 마음가짐을 갖지 마. 네가 왜 고요함을 추구하려고 하는지 자신에게 물어봐. 이것이 정말 흥미로운 프로젝트일 뿐인지, 아니면 그 배후에 더 많은 것이 숨어 있는지 생각해봐. 어머니가 돌아가신 후 최근 몇 년 동안 무슨 일이 일어났지? 너 스스로에게 질문하고 솔직하게 답해봐. 자신에게 조금 엄격하게 구는 거야. 여기서 지내는 동안 휴대폰을 보지 않고, 이메일이나 왓츠앱WhatsApp(우리나라의 '카카오톡'과 비슷한 어플로, 미국과 유럽 등지에서 활발히 사용하는 모바일 메신저-편집자)을 열어보지 않고 문자 메시지도 열어보지 않는 거야.'

믿거나 말거나 나는 정말로 내 다짐대로 했고, 이 사실이 매우 자랑스럽다. 나는 며칠 동안 디지털 기기들을 열어보지 않았고, 그저 아내 나다와 몰래 몇 번 통화한 게 전부였다.

이렇게 숲을 산책하면서 온갖 생각을 하고 결단을 내리니 마음이 정말 한결 가벼워졌다. 나는 일단 내 방으로 갔다. 그리고 침대 시트를 가지런히 정리했다. 방은 정말 더워서 시원한 밤공기에 방이 쾌적한 온도가 될 수 있도록 창문을 열었다. 하지만 밖에 바람이 한 점도 불지 않아서 별로 효과가 없었다. 그런데 얼마 지나지 않아 작은 모기떼가 잠든 나를 공격하기 시작했다. 아침에 일어나보니 모기에 물린 자국이 대략 열다섯 군데나 보였다. 내 피를 도대체 얼마나 빨아먹은 거지? 매일 밤이 이렇다면 큰일이겠다 싶었다. 왜냐하면 창문을 닫으면 방이 곧바로 사우나로 같이 더워지기 때문이었다.

나는 전날 밤 쪽지를 하나 발견했는데, 그 쪽지에는 나의 다음 강좌에 대해 적혀 있었다. 5시 15분에 정원에서 시작되는, '올바르게 걷기'에 관한 강좌였다. 그때 이미 나는 웃음이 조금 나왔다. 올바르게 앉기, 올바르게 걷기…. 뭐 상관없다. 나는 어쨌든 결심한 바가 있으니까. 나는 알람시계를 5시에 맞춰두었다. 기분이 썩 좋지는 않았지만, 새벽 일찍 시작되는 강좌 때문은 아니었다. 문제는 다른 곳에 있었다.

어울리지 않는 오만함

문제는 물론 나 자신, 즉 나의 유별난 습관이었다. 나의 좋은 습관 중 하나는 아침을 먹는다는 것이다. 나는 아침 식사와 커피가 필요한 사람이다. 커피는 가급적이면 두 잔. 진지하게 나의 하루는 이렇다. 아침에 잠에서 깨면 화장실에 가서 소변을 본다. 그런 다음 진한 커피 한 잔을 마시면서 뭔가를 먹는다. 그 다음 담배를 피우면서 블랙커피를 한 잔 더 마신다. 모든 사람 앞에서 솔직하게 말하자면 나는 커피를 먼저 마셔야만 화장실에도 가고, 도자기도 보러 가고, 내 친구가 운영하는 그릇 가게 빌레로이앤보흐$^{Villeroy \& Boch}$에도 갈 수 있다. 사람들이 뭐라고 말하든 이건 나한테는 아주 중요하다. 나는 원래 그렇다. 커피를 먼저 마셔야만 모든 일을 할 수 있다. 내 몸은 내가 좋아하는 이 순서에 맞춰져 있다. 하지만 수도원에 머무는 동안에는 이 모닝 루틴을 전혀 지킬 수 없었다. 작다면 작고 크다면 큰 해프닝 때문에. 수도원의 모든 문과 곳곳에 있는 표지판에는 이렇게 적혀 있었다. '조심성을 연습하세요. 문을 닫을 때는 문소리가 들리지 않도록 열쇠를 사용하시기 바랍니다.'

　나도 문이 계속해서 쾅 닫히는 소리에 정말로 예민하기 때문에 '정말 좋은 말이야'라고 생각했다. 하지만 불행히도 이미 다음 날 아침 나는 대부분의 사람이 긴장이 너무 풀어졌다는 것을 알았다. 그들은 표지판을 읽고 그 내용을 곧장 머릿속에서 지워버린 것 같았다. 내가 수도원에 있었던 전체 기간 동안 하루도 빠짐없이 시끄럽게 닫히는 문 소리에 잠에서 깼기 때문이다. 게다가 방들도 방음이 정말 잘 안 되었는데, 건너 건너 방에 있는 사람이 의자를 바닥에 끄는 소리가 들릴 정도였다. 그것도 아주 작게 들리는 것이 아니라 그가 의자를 4분의 3박자에 맞춰 움직이는지 4분의 4박자에 맞춰 움직이는지를 알 수 있을 정도로 정말 또렷하게 들렸다. 그러니까 모닝송이 〈모닝 해즈 브로큰Morning has broken〉이었는지 〈웨이크 미 업, 비포 유 고 고Wake me up, before you go go〉이었는지가 다 들렸다. 나는 지금도 이해가 되지 않는다. 자기 자신을 찾고 싶어서, 평온함과 고요함을 갈망해서, 일상을 둘러싸고 있는 소음과 스트레스를 잘 극복할 수 있도록 유익한 자극을 얻으려고 이곳 수도원의 객실과 강좌를 예약한 사람들이 저렇게 행동한다니 말이다. 그들은 책상에서 일어날 때 시끄러운 소리가 나지 않도록 의자를 바닥에 끌지 않고 살짝 들어 올리는 행동을 아무리 노력해도 못 하나보다. 그리고 명상 강좌를 들으러 내려갈 때도 곧 너무나도 많은 내면의 고요함과 마주할 테니 그 전에 문에다가 공격성을 제대로 발휘해 보자는 생각을 하나보다. 정말 믿기 어렵지 않은가? 여러분, 나는 이 소리가 너무 힘들었다. 어제 아침에는 이 의자 소리와 문 소리에 정말 짜증이 나서 자제력을 잃고 말았다.

나는 너무 화가 나서 잠옷 바람으로 복도에 나가 쿵쿵 걸으면서 큰 소리로 분노를 터뜨렸다. 세상에, 나는 정말 크게 고함을 쳤다. 물론 불과 몇 분 만에 후회하긴 했지만 나 말고도 분명 몇몇 사람들은 이런 문제를 알고 있었을 것이다. 참을 만큼 참았고, 언젠가 터질 일이 터진 것이다. 하지만 지금 생각해 보면 의자를 시끄럽게 끌고 문을 쾅쾅 닫는 저 사람들 중 누군가가 내 뜻을 알아들었는지 전혀 알 수가 없다. 만약 그랬다면 그들에게 미안하다는 말을 전하고 싶다. 누군가는 잠옷을 입은 채로 복도에서 고래고래 소리 지르는 나를 보고 이렇게 생각하겠지. 'TV에 나오는 리히터는 언제나 친절하고 다정하던데. 여기서는 아침마다 복도에서 미치광이처럼 소리를 질러대네.' 그렇

게 생각했다면 정말 죄송하다. 결국 나도 시끄러운 소리에 지칠
대로 지쳐 잠에서 깨는 다른 여느 사람과 다름없다. 불행히도
더 이상 잠을 잘 수 없었으니까.

수도원의 둘째 날 아침으로 돌아가 보자. 아침도 아직 먹
지 못한데다가 모기에 열다섯 방이나 물려서 가렵고, 덜컹대는
문소리에 엄청나게 열 받은 나는 복도를 지나 계단에 있는 창
문 옆을 비틀비틀 걸었다. 창밖으로 안뜰이 훤하게 보였다. 안뜰
에는 이미 수강생들이 원을 그리며 걷고 있었다. 원 안에는 명
상 스승이 있었는데, 그는 물론 거기에 있는 사람들 중에서 원
을 가장 잘 그리면서 걸었다. 누가 봐도 그랬다. 그는 걷는 것이
아니라 둥둥 떠다니는 것 같았다. 그렇게 나는 5분 동안이나 창
가에 서서 안뜰을 내려다 본 후 결심했다. '나는 절대 저기에 안
내려갈 거고 맨발로 원을 그리며 걷지도 않을 거야.' 나는 모질
게 마음먹었지만 내 안에선 적어도 시도는 해보자며 반항했다.
하지만 발꿈치에 느껴지는 통증과 배에서 나는 꼬르륵 소리, 게
다가 쾅쾅거리는 문 소리에 잠이 깬 탓에 부정적인 감정이 더
강했다. 그리고 당연히 명상 스승에 대한 나의 잠재적인 공포증
도 한몫했다. 동시에 나는 다른 사람들과 묵묵히 원을 그리며

걷고 싶지 않은 나, 그 자체로 자신을 극복하지 못하는 내 모습에 또다시 화가 났다. 젠장! 그래서 나는 이렇게 마음을 다졌다.

'저 의식적인 원 걷기는 이미 내 마음을 떠났다. 그 대신 나중에 더 큰 원, 아주 큰 원을 그리며 걸을 거다. 몇 제곱미터 정도의 큰 원을 그리면서.'

나는 창가에서 콧수염을 만지작거리며 생각했다. '이제 어떡하지, 호르스트?' 나는 안뜰에서 벌어지고 있는 저 기이한 행동을 조금 더 지켜보았다. 그리고 나는 다시 침대에 누워 있기로 결정했다. 아침 식사가 7시부터 시작된다고 하니 그때까지 조금 더 졸면서 생각할 수 있을 것 같았다. 게다가 다른 사람들이 전부 밖에서 원을 그리며 걷고 있으니까 적어도 문을 쾅 닫을 사람은 없겠지. 나는 내 방으로 터벅터벅 돌아가 안에서 조용히 문을 닫고 작은 침대에 몸을 다시 뉘었다. 그리고 이 생각 저 생각에 빠졌다. 나는 곰곰이 생각했다.

'여기에 왜 왔지?', '내가 진정으로 원하는 것은 무엇일까?', '내가 여기에 온 진짜 이유는 무엇일까?'

진짜 이유는 '침묵'이었다. 나는 요즘 같은 시대에 절대적인 고요함에 직면하면 어떨지 알고 싶었다. 나는 매일 나에게 퍼부어지는 소음도 듣고 싶지 않았고, 토론도 하고 싶지 않았다. 나는 새로운 뭔가를 얻고 싶었고, 고요함과 평온함을 찾기 위해 도움이 될 수 있는 것들에 이끌렸다. 그래, 이것이 진짜 이유였지. 이 이유는 아직 유효해. 그런데 내가 이곳에서 받은 새로운 인상과 어쩌다 듣게 된 강좌로 인해 변화가 생겼다. 나는 명상 스승과 강좌가 나와는 맞지 않는다는 사실을 아주 빨리 깨달았다. 다시 말하지만, 이 모든 책임은 오로지 나에게 있다. 나는 뭔가에 즉시 열광하든가, 그렇지 않으면 금방 시들해지는 사람이다. 명상 스승의 메시지는 나에게 고요함을 주지 못하고 오히려 반감을 불러일으켰다. 무엇보다도 나는 그렇게 앉고 싶지도 않았고 다리에 통증을 느끼고 싶지도 않았으며, 하렘 바지와 예루살렘 샌들도 내 스타일이 아니었다. 게다가 '언젠가는 잘 될 거야'라는 그런 분위기도 나와는 맞지 않았다.

이런저런 생각을 하다 보니 배가 고파졌다. 7시가 되어 나는 아침 식사를 하는 곳으로 내려갔다. 바깥은 벌써 따뜻해지고 햇살이 좋아서 나에게 배정된 자리가 아닌 바깥 어딘가에서 아침을 먹고 싶었다. 밖으로 나가자마자 곧바로 내 자리로 돌아가라는 제지를 받았다. 하지만 나는 적어도 시도는 했다. 나도 뭐 특별 규칙을 원한 것은 아니었기 때문에 반항 대신 자리로 순순히 돌아가는 것을 택했다. 매우 이른 시간이라서 그런지 홀에 사람이 그렇게 많지는 않았다. 하지만 차츰차츰 사람들이 몰려들자 나는 밖으로 나왔다. 눈도 마주치지 않고 말없이 조용히 앞만 보고 식사하는 저 많은 사람이, 나는 적응이 되지 않았다.

어쩌면 나는 저들 중 누군가에게 좋지 않은 짓을 했을지도 모른다. 나는 그들을 오래 관찰할수록 모호한 영화를 보고 있다는 느낌을 강하게 받았다. 뭔가 뜬구름 잡는 것 같은, 프랑스와 러시아가 합작해서 만든 것 같은 그런 영화. 나는 어릴 때부터 사람들을 좀 오래 관찰하고 그들에 대한 영화를 머릿속으로 만드는 것을 좋아했다. 그들 대부분은 나와는 달리 이곳에서 벌어지는 일에 대해 매우 감응하는 것처럼 보였다. 그들은 이곳에 제격인 사람들이었다. 그리고 나는 내가 이곳에 맞지 않는다는 사실을 다시금 깨달았다. 하지만 이곳을 떠나야겠다는 생각은 하지 않았다. 나는 다시 마음을 다잡았다.

'그래 좋아, 호르스트. 어쩌면 이런 분위기가 아주 좋을 수도 있어! 만약 내가 이곳의 모든 것에 호감을 느꼈다면 예전 내 버릇대로 이 사람들에게 말을 걸고 이야기하려고 했을 거야. 사람들과 그들의 이야기에 지대한 관심을 갖고 있는 내가 구석구석에서 대화를 시작하려고 했을 거야. 그래, 차라리 지금 이대로가 더 나을 수도 있어. 지금 이 상태라면 나는 혼자가 되어 이 상황을 잘 헤쳐 나갈 수 있을 거야.'

자신이 잘 알고 있는 것에만 둘러싸인 사람은 실제로 자신을 더 발전시키지 못한다. 이러한 환경에서는 자신의 안전지대를 떠날 필요도 없고, 전부 자신이 아는 것이며, 위험 요소도 존재하지 않는다. 하지만 새로운 것을 마주할 때 틀에 박힌 사고 방식에서 벗어나는 것은 흥미로운 일이다. 나는 이 묵언 수도원에 대해서도 이런 결정을 내렸다. 이곳의 모든 것들을 받아들이기가 솔직히 쉽지는 않지만, 적어도 나는 일단 이곳에 머물면서 관찰하고 나 자신의 행보를 나아가기로 과감히 결심했다. 내가 이곳에서 배울 수 있는 것이 분명히 있을 것이다. 배움의 길은 끝이 없으니까.

이 책을 위한 최선은 분명 내가 모든 것을 객관적으로 바라보는 것이었다. 그렇지 않으면 나는 이해조차 되지 않는 이런저런 명상 가르침에 이미 한참 전에 짜증이 났을 것이다. 하지만 내가 어떻게든 이곳에 적응할 수 있다는 희망을 저버리지 않았다. 나는 처음 이곳에 들어와 청소 작업을 신청했다. 정원 '작업 강좌'에 이미 인원이 다 찬 탓에 청소 작업만 남아 있었다. 나는 좋은 청소부가 되기로 굳게 다짐했다. 이미 말했듯이 청소는 나한테 어려운 일이 아니다. 청소는 내가 레스토랑을 운영했던 시기에 나의 가운데 이름$^{Middle Name}$으로 넣을 수 있을 정도로 익숙한 일이다. 나는 청소를 좋아하고, 집과 마당에 대해서는 언제나 과하다 싶을 정도로 꼼꼼했다. 아내와 나는 모든 것이 최고의 상태로 유지되도록 얼마나 많은 휴일을 바쳤는지 모를 정도다. 한마디로 청소는 내 몸에 배어 있었다. 부모님으로부터 물려받은 이런 천성은 나중에 셰프 수습 기간에도 무척 중요했다.

조심스럽게 나는 다시 자신감과 낙천적 마음가짐을 안고 '청소할 준비가 되었음'을 알리려 발걸음을 옮겼다. 그런데 저 멀리에 나처럼 보고하려는 사람들의 긴 줄이 보이자 살짝 짜증이 밀려왔다. 저 사람들은 저기서 뭐 하는 거지? 왜 이렇게 오래 걸리는 거지? 저 사람들은 뭐 기다리는 거지? 줄을 서는 것이 무의미하다는 생각이 들어서 나는 무슨 일인지 사태를 파악하기 위해 뒤로 돌아갔다. 이들은 정말로 청소 작업에 참여하기 위해 온 사람들로, 자신의 청소 임무가 무엇인지 설명을 듣기 위해 기다리고 있었다. 뒤로 돌아가 보니 이미 몇몇 사람들이 청소 '작업'을 하고 있는 모습이 보였다. 여러분, 미안하지만 이제 그 당시에 내 머리에 맴돌았던 단어를 그대로 떠올려서 적어보려고 한다. 나는 유리문 앞에 서 있는 한 여성을 보았다. 그는 한 손에 유리 세정제가 든 스프레이 용기를 들고 유리문을 바라보고 있었다. 내 눈에는 그가 마치 문에 '인사'하는 것처럼 보였다. 그러더니 유리문에 아주 가까이 다가가서 스프레이를 뿌리고 병을 내려놓은 다음 천을 집었다. 그리고 열정적으로 유리창을 닦았다. 마치 매 순간 유리창이 되살아나기를 바라기라도 하는 듯이. 그 모습에 완전히 사로잡힌 나는 본의 아니게 조금 이상하게 느껴졌다. 다른 사람들은 빗자루로 바닥을 쓸고 있었다. 그들은 마치 빗자루에 허락을 구하듯이 빗자루 앞에 경건하게 서 있었다. 이봐, 빗자루야! 너만 괜찮다면 내가 너를 가지고 비질을 할 수 있다면 정말 좋을 텐데! 그리고 그들은 마치 마녀들의 의식처럼 빗자루를 이리저리 움직였다. 나는 고개를 저었다. 그런 모습은 내가 알고 있는 청소 방식, 말하자면 효율적이고 신속하고 깨끗한 청소 방식과는 전혀 관계가 없었다.

솔직히 말해서 나는 그들을 꽃에 인사하며 화환을 만들 수 있는 초원으로 보내고 싶었다. 그리고 그들이 없는 좋은 시간 동안 나 혼자서 바닥을 반질반질하게 쓸고 닦고 싶었다. 나는 그들에게 왜 그렇게 이상하게 비질을 하는지 정말 묻고 싶었지만, 항상 그렇듯이 그들은 나를 쳐다보지도 않을 것이다. 조심해, 저기 호르스트다! 그는 또 말을 걸 거야! 나는 정말 그렇게 느껴졌다. 물론 모두가 노골적으로 나에게서 시선을 돌리고 있다고 착각하는 걸 수도 있다. 말이 나온 김에 하는 말이지만 수도원에 있는 내내 나는 이런 인상을 떨쳐버릴 수가 없었다. 거의 한 시간 동안 사람들이 청소하는 광경을 보고 난 후 나는 또다시 결정을 내렸다. 그리고 생각했다. '좋아, 호르스트. 너는 함께 할 수 없어. 너도 지금 느끼고 있잖아. 이 상황이 이해가 안 된다는 것을. 여기에 뭔가 더 배울 게 있을 거야. 이 모든 것이 이해되면 내일이라도 행복하게 함께 하면 돼. 빗자루를 돌리고 유리창을 어루만지고 조용히 〈모닝 해즈 브로큰〉을 흥얼거리면서 말이야.'

물론 나도 이 모든 상황을 처음부터 완강하게 받아들이지 않으려는 마음은 아니었다. 하지만 동시에 모든 것이 엉뚱해 보여서 큰 소리로 웃고 싶을 지경이었다. 하지만 이때 나는 빵과 물, 그러니까 좀 더 안 좋은 음식만 있는 어두운 지하 감옥에 갈 수도 있겠다는 어처구니없는 두려움이 느껴졌다. 나의 다음 역은 정원 작업을 하는 무리가 있는 정원이었다. 하지만 그곳마저 완전히 코미디가 펼쳐지고 있었다. 5제곱미터 넓이의 잡초들 한 가운데 누군가가 서 있었고, 그는 어울리지 않는다고 생각하는 풀을 찾아서 하나씩 뽑고 있었다. 물론 아주 신중하고 조심스럽게. 그런 다음 그는 자신의 손에 든 풀을 바라보더니 다른 쪽에 있는 더미 위에 조심스럽게 올려놓았다. 나는 눈을 비비면서 이 명작 무언극을 거의 15분 동안이나 바라보았다. 여러분, 이건 그야말로 느림의 발견이었다. 어느 순간 그의 옆에는 잡초 더미가 조그맣게 쌓였다. 하지만 고작 화단의 8분의 1 정도만 작업이 진행됐을 뿐이었다. 세상에! 나였으면 그 시간에 화단 전체에 있는 잡초를 말끔하게 뽑았을 것이다. 도대체 이 사람들한테는 무슨 문제가 있는 거지? 저런 식으로 하다간 절대로 끝이 나지 않을 것이다. 저렇게 하면 절대로 안 된다. 내가 알고 있는 방식은 가능한 한 신속하면서도 제대로 된 방식이다. 시간은 돈이니까 얼른 잡초를 베어내!

물론 이제는 모든 것을 좀 더 차별화된 시선으로 본다. 그러니 여러분, 나를 나쁘게 생각하지 말기 바란다. 나는 내가 느낀 것을 조금은 버릇없고 재미있게 이 책에 쓰고 있다. 하지만 이제는 이곳에서의 일들을 다르게 평가해보려고 한다. 분명 수도원에서 이 '작업'의 의미가 되도록 효율적으로 일해야 한다는 뜻이 결코 아닐 테니까. 그보다는 '작업'을 의식하고 몸으로 느낀다는 것이 중요했다. 자신이 누구인지, 무슨 일을 하고 있는지를 깨닫고 그것을 '의식적'으로 경험하는 것이다. 그리고 조금이라도 깨끗하게 만들면서 자신이 이룬 성과가 유용할 수 있음을 경험하고 느끼는 것이다.

점심 식사는 굉장했다. 이 문장만 읽으면 정말 좋은 뜻 같다. 그렇지 않은가? 잘 읽히는 문장이다. 그렇지 않은가? 굉장했다. 정말 굉장한 실망이었다. 물론 나는 이러한 평가를 상대화해서 말하고 싶다. 말하자면 나에게 점심 식사는 꽝이었다. 유감스럽게도 달리 표현할 수가 없다. 채 썬 채소들이 들어간 곤죽이었다. 맛있어 보이지 않았는데, 그렇다 할 반전없이 실제로 맛이 없었다. 어차피 나는 푹푹 찌는 더위에는 음식을 잘 못 먹는 사람이라 '괜찮아, 한 끼 굶어도 돼'라고 생각했다. 아침에 정말 맛있는(?) 빵으로 배를 잘 채웠으니 배고픔은 문제가 되지 않았다. 나는 수도원 주변을 좀 더 둘러보고 싶었다. 다니다 보면 괜찮은 식당이 보이겠지. 그런데 정말로 산책을 시작한 지 몇 분 만에 꽤 괜찮아 보이는 작은 식당이 보였다. 게다가 이 식당은 수도원에 속해 있었다. 나는 식당 안쪽을 잠깐 들여다보았는데 모든 게 정말 마음에 들었다.

나는 기쁜 마음에 곧장 안으로 들어갔다. 상냥한 한 직원이 내게 다가와 수도원 강좌를 예약한 사람만 식당을 이용할 수 있다고 신속하게 알려주었다. 나는 강좌를 예약했다고 말했다. 물론 내가 오늘 이미 강좌를 전부 안 들어가고 어제는 강좌 하나를 듣다가 나와 버렸다는 말은 빼고.

아무도 나를 방해하지 않았고 나에게 말을 걸거나 나를 찾지도 않았다. 나는 어떤 직원이라도 나에게 다가와 "리히터 씨, 무슨 일이에요? 명상 강좌에 있던 선생님 자리가 오늘 비어 있던데 뭐 마음에 안 드는 거라도 있는지요? 선생님이 궁금해하시는 내용이 있으면 강좌와 강좌 내용을 좀 더 상세하게 설명해드릴 수 있어요"라고 말해주기를 살짝 기대했다. 하지만 아무도 오지 않았다. 그렇게 해도 나한테 해를 끼치는 것은 아닌데. 그래도 괜찮다. 그들이 나를 따라다니는 것은 아니니까. 자기 자신에 대한 책임은 자신에게 있는 법이다. 내가 그냥 사무실에 가서 직원들한테 이상한 점을 발견했는지 아닌지 물었어도 되었다. 그러니까 얼마 전부터 내 자리가 비어 있다는 것이 눈에 띄지 않았는지, 명상 스승의 발톱이 왜 저렇게 완벽하게 관리되었는지를 내가 궁금해한다는 것, 그는 왜 그토록 자기애가 강하며 우리는 왜 닭처럼 꼬꼬댁거리며 그의 꽁무니를 쫓아다녀야 하는지, 이곳 수도원에서는 진짜 청소를 하는 것이 아니라 그저 청소를 연기하고 있다는 것, 그리고 누군가 이 모든 것을 나에게 설명해줄 수 있는지를 그들에게 물어봤을 수도 있었다(농담이다). 하지만 나는 그렇게 하지 않았다. 그렇기에 불평하려고도 하지 않았다. 더욱이 이미 수강료를 낸 강좌에 참석하고 싶은 마음이 없다는 것, 그것은 내 개인적인 문제다. 뭐 수도원이 군대는 아니니까. 나는 친절한 식당 직원에게 모든 게 정확하다고 확인시킨 다음 일단 커피 한 잔을 주문했다. 돈을 갖고 나오지 않아서 내 방이나 내 이름을 대도 되는지 정중하게 물었다. 대답은 짧고 명확했다.

"죄송하지만 안 되는데요."

"알겠어요. 하지만 지금은 정말 커피 한 잔이 간절하군요. 그럼 얼른 방에 가서 돈을 가져와도 될까요?"

분위기가 점점 이상해졌다.

"아니요, 그건 안 돼요. 곧 문을 닫을 거라서요."

나는 순식간이면 내 방에 뛰어가서 돈을 가지고 올 수 있고, 식당 문을 닫기 전에 금방 올 수 있다고 생각했다. 나는 다른 전략을 펼쳐보기로 했다.

"우리가 왜 언성을 높여야 하는 거죠?" 나는 아주 상냥하게 소곤거렸다. "저는 정말 커피가 마시고 싶어요."

나는 내 간절함을 더욱 강조하려고 금빛 안경테 너머로 천진난만한 강아지 같은 눈망울을 지었다. 이 전략은 효과가 있었다.

"흠…. 그럼 목요일에 돈을 가져오세요."

나는 뛸 듯이 기뻤다. 하지만 동시에 당황스러웠다.

"왜 목요일인가요?"

"네, 우리가 이제 나흘 동안 문을 닫거든요."

두둥! 충격이었다. 이제야 수평선 너머에 있는 아늑한 커피 오아시스를 발견했는데 신기루처럼 내 눈앞에서 사라져버리다니. 궁지에 몰린 기분이었다. 나는 "아쉽네요"라고 중얼거렸다. 야외 테이블에서 커피를 다 마신 후 잔을 안으로 가져다주고, 고맙다는 인사와 함께 목요일에 다시 오겠다고 말했다. 부끄럽지만 고백해야겠다. 나는 지금까지 커피값 내는 것을 잊어버렸다. 어쩐 일인지 완전히 깜빡하고 말았다. 그래서 정말 양심의 가책을 느낀다. 식당 요정님, 화내지 마시길요. 제가 당신에게 커피 한 잔을 빚졌습니다.

수도원 부지를 탐방하던 길에 뒤늦게 도서관을 발견했다. 나는 조금이나마 희망을 되찾은 느낌이었다. 그리고 앞으로 며칠 동안 유서 깊은 고서들에 파묻혀 나의 지성에 양식을 주는 내 모습을 상상했다. 하지만 대부분 비건 식단, 비건 요리법, 요가 지침과 같은 주제의 책이었다. 물론 이 책들도 아주 훌륭하지만, 아쉽게도 나에게는 읽고 싶을 만큼 매력적이지는 않았다. 이 주제들은 물론 자신과 하나가 되고 안정과 균형을 발견하는 데 분명 도움이 될 수 있다. 그저 나에게만 매력적이지 않을 뿐이었다. 이 수도원 부지에서는 '빵 부스러기만큼의 행복'도 나를 위해 존재하지 않는다는 생각에 실망감을 안고 도서관에서 나왔다. 그런데 도서관 옆에 작은 농장 가게를 발견하고는 좀 전에 느꼈던 실망감이 사라졌다. 계산대 뒤에 있던 직원은 무척 친절했고 공손했다. 가게에서는 몇 가지 물건을 팔고 있었다. 명상 강좌에서 본 검은색 방석, 담요, 매트 등. 나는 이런 물건에 이제 더 이상 관심이 가지 않았다. 또 몇몇 기념품들도 팔고 있었는데 그것들도 내 관심 대상이 아니었다. 내가 정말로 관심을 가진 것은 바로 초콜릿이었다. 아주 특이한 초콜릿, 비건 초콜릿, 카카오 함량이 높아서 맛이 아주 쓴 고급 초콜릿 등. 나는 정말 가슴이 벅찼다. 드디어 나를 행복하게 만들어 주는 것을 만났구나, 나에게 정말로 필요한 것을! 초콜릿을 먹으면 행복해진다는 것을 누구나 잘 알고 있다. 나는 이 수도원에서 꼬박 하루를 지내고 나서야 드디어 행운을 만날 수 있었다. 나는 어떻게 했을까? 나는 초콜릿 두 개를 사서 정말 맛있게 먹었다. 매일 저녁 나는 초콜릿 한 조각을 입속으로 넣으며 행복을 느꼈다. 이것은 영적인 힘을 북돋는 나만의 방식이었다.

나는 남아 있는 시간 동안 계속해서 수도원에서 정말 많은 산책을 했다. 이런 기본적인 생각은 여전히 변함이 없었다. 즉 나는 스트레스와 일상에서 벗어나 평온함을 찾고 싶었고 고요함을 몸으로 느끼고 발견하고 싶었다. 좋은 것들을 생각하고 싶었다. 이를테면 화창한 날씨, 자연 그대로 아름답게 흐르는 개울 등. 그리고 마을 사람들에 대해서도 생각했다. 그들은 이곳 수도원에 와서 이런 기이한 강좌들을 듣는 사람들을 어떻게 생각할까? 어느 순간 이해를 하겠지. 누가 무엇을 하든, 다른 사람들이 어떻게 생각하든 전혀 상관없다. 모두가 자기 문제를 스스로 해결해야 하니까. 내가 명상 스승과 그의 철학을 이해하지 못한다면 그건 나의 문제다. 그러므로 강좌가 훌륭하다고 느끼는 사람들은 행복하고 만족스러울 수도 있다.

중요한 것은 서로 자기 방식대로 살아간다는 것이다. 이를테면 신에 대한 믿음이 마음을 충만하게 해주고 기도를 하면서 평온함과 고요함을 발견할 수 있다면, 그런 사람들에게는 분명이 프로그램이 좋다. 불교 가르침이든 명상이든 자율훈련법이든 그냥 가벼운 산책이든 자기 자신을 발견하는 데 도움이 되는 것이면 무엇이든 좋다. 여기에서 비질을 하든, 올바르게 앉든, 유리창을 닦든, 화단에서 기공체조 하듯 잡초를 뽑든 그들에게 도움이 된다면야. 물론 나에게는 이상하다는 생각이 들 수도 있지만, 그렇게 생각하면 내가 너무 융통성이 없는 사람이 된다. 그러니 그냥 저들이 자기 일을 평화롭게 하도록 내버려 두자. 오만함은 이곳과는 전혀 어울리지 않으니까. 몇몇 사람들과 이야기를 나누면서 이곳 강좌에 대한 내 생각을 전하고 싶었다. 하지만 그러려면 먼저 강좌를 들어야 하는데 그렇게 하고 싶지는 않았다. 한마디로 강좌는 나와 맞지 않았고, 진정한 '나'와는 거리가 멀었다. 그리고 나를 다른 길로 안내했다. 나는 생각했다. 나는 왜 여기에 앉아서 수도원과 강사, 강좌를 이렇게 격렬하게 거부하고 있지? 이곳의 모든 것에 관심이 없다면 내면의 고요함을 찾기 위해 나는 무엇을 하고 싶은걸까? 이런 생각 끝에 나는 숲 산책이라는 나만의 계획이 옳다는 사실을 다시 한 번 확인했다. 나는 최선을 다할 것이고 이곳에서 달아나지 않을 것이다. 강좌는 그저 강좌로 남겨두고 사람들에게 질척대지 않을 거다. 대신 주변을 탐방할 것이다. 이렇게 생각하니 정말로 마음속에 복받치는 감정이 느껴졌다.

나한테 정말로 도움이 되었던 것은 스마트폰과 아이패드의 전원을 끄고 그냥 방에 놔둔 것이었다. 이메일이나 문자 메시지, 왓츠앱 메시지도 읽지 않았다. 돌이켜보면 이 조치가 내 안의 평온함을 찾기 위한 가장 중요한 열쇠였음을 인정한다.

스마트폰은 축복인 동시에 저주다. 스마트폰이 있으면 모든 것을 단 몇 초 만에 처리할 수 있다. 결제, 구매, 통화를 비롯하여 전 세계의 사람과 메시지도 주고받을 수 있으며 길 안내, 지식 검색은 물론 우리 건강까지 체크할 수 있다. 그 외에도 더 많은 것을 스마트폰으로 할 수 있다. 그런데 나는 이런 기적적인 소통에도 불구하고 우리가 어느 때보다 더 말문이 막혀 있음을 가끔 느낀다. 말하자면 우리는 예전보다 서로 더 말을 하지 않는다. 전에는 생일이 되면 끊임없이 전화가 울렸고, 옛 친구와 오랜만에 통화하기도 했다. 내 생일에 한 번, 그 친구의 생일에 한 번, 이렇게 1년에 딱 두 번. 이런 연락은 우리에게 전통처럼 자리 잡았다. 물론 오늘날에도 여전히 전화를 거는 사람들이 몇몇 있기는 하지만 많은 이들이 왓츠앱으로 생일 축하 메시지를 전한다. 내가 그걸 어떻게 아느냐고? 나도 가끔 그렇게 하니까.

하지만 이런 방식은 엄청나게 많은 것을 잃게 한다. 어느 레스토랑에 한 가족이 앉아 있다. 아이들의 손에는 닌텐도가, 어른들의 손에는 핸드폰이 들려 있다. 모두가 말없이 화면만 바라보며 아무도 이야기하지 않는다. 이제 이런 모습은 낯선 장면이 아니다. 기차에서, 버스에서, 학교 운동장에서, 어디에서나 이와 똑같은 현상을 관찰할 수 있다. 학생들은 아무것도 외울 필요가 없으며, 몇 초 만에 이 세상의 모든 지식을 불러낼 수 있다. 만약 알렉산더 폰 훔볼트^{Alexander von Humboldt}(독일의 지리학자이자 자연과학자이자 탐험가-옮긴이)에게 아이폰이 있었다면 그는 분명 자기적도를 건너지도, 노예 제도를 비난하지도, 목숨을 잃을 위험을 무릅쓰고 낯선 대륙의 동식물을 탐구하지도 않았을 것이다. 그가 없었다면 위키피디아에 이런 내용이 실리지도 않았을 것이다. 쉽게 말해 모두가 그저 모니터 앞에 앉아 소비만 하고 아무도 세상 밖으로 나가 탐구하지 않는다면, 우리는 더 이상 아무것도 배우지 못한다.

우리가 작은 전화기 속에서 세상의 무한한 지식을 얻을 수 있는데도 디지털 세계에 있는 대부분의 사람들은 편협한 고정관념에 갇혀 새로운 사고를 잘 하지 못한다. 정말 말도 안 된다. 현대의 소통 기술 덕분에 시간을 절약할 수 있게 되었지만, 그렇다고 절약된 시간을 가족이나 친구와 함께 즐겁게 보내는 것이 아니라 완전히 쓸데없는 것에 소모한다. 이를테면 다 큰 어른들은 가만히 앉아서 빨간 캔디 다섯 개를 나란히 모아서 터뜨리는 캔디 크러쉬 사가^{Candy Crush Saga} 게임을 한다. 이게 정말 당신들의 진심은 아니겠지?

나는 〈대학살의 신^{Der Gott des Gemetzels}〉이라는 제목의 영화가 생각난다. 몹시 분노한 아내가 남편의 휴대폰을 물이 가득한 꽃병 속으로 내던지는 장면이 있었다. 그러자 남편은 완전히 경악하며 이렇게 소리쳤다. "당신 미쳤어? 휴대폰에 내 인생이 전부 담겨 있잖아!" 우리는 스마트폰을 하루에 몇 시간 동안 사용하지 않는 노력을 더 할 필요가 있다. 평온함과 고요함을 얻기 위해. 그리고 이 시간을 견디도록 노력해야 한다. 물론 소처럼 고되게 일하고 몇 주에 걸쳐 이 프로그램 저 프로그램을 촬영한 후 마침내 휴식 시간이 내게 주어져도 휴대폰을 끄지 못한다는 사실을 물론 잘 알고 있다. 나는 쉬는 동안에도 뒹굴뒹굴하는 법을 잊어버린 것처럼 안정을 찾지 못한다. 그건 내 전문이 아니었으니까. 나는 예전에도 지금도 늘 바쁘게 사는 것을 즐기며 게으름을 잘 피우지 못한다. 하지만 시간의 압박을 받지 않고 의식적으로 휴식을 취하면서 그냥 더 편하게 지낼 수도 있었다. 바쁘지 않게. 진부한 소리로 들리는가? 그렇다. 하지만 쉬운 일은 절대 아니다. 이를테면 해먹에 누워 그냥 잠만 자는 것, 이것을 먼저 견뎌낼 수 있어야 한다. 우리 중 대부분은 휴가 첫날이나 금요일 오후가 되면 공구 매장이나 마트로 곧장 달려가 휴가나 주말 프로젝트에 필요한 재료들을 비축한다. 숨 돌릴 틈 없이 항상 뭔가를 계속해야 한다. 새로운 정원 창고, 취미 공간, 손님방을 위해 한순간도 멈추지 않는다.

'쉬는 사람은 녹이 슨다', '정지 상태는 후퇴 상태다', '시간은 금이다', '오늘 할 수 있는 일을 내일로 미루지 말라' 등 우리는 모두 이런 속담을 알고 있다. 우리가 잔디를 짧게 깎는 일을 소홀히 하면, 앞마당에 난 잡초를 뽑지 않는다면, 자동차가 바람에 날려 온 사하라 사막의 모래에 잔뜩 뒤덮여 있는데도 차주가 게을러서 세차를 안 한다면, 이를 본 이웃은 무슨 생각을 할까? 이렇게 우리는 휴식 시간에 휴식을 설계하는 대신, 자발적이든 비자발적이든 뭔가를 만들고 망치질을 한다.

　　고요함을 찾아야겠다는 마음을 내게 불러일으킨 일이 있었다. 그해 초에 한 보도를 보고 나는 매우 어리둥절했다. 독일에서 2020년만큼 정신 질환이 많이 발생한 적이 없었다는 것이다. 그해 말에 발생자 수가 급격하게 늘어난 것은 물론 코로나 팬데믹과 관련이 있었다. 코로나 팬데믹으로 많은 사람이 두려움을 분출했다. 질병에 대한 두려움, 직업에 대한 두려움, 실직에 대한 두려움, 안정적인 수입이 없는 미래에 대한 두려움. 하지만 코로나 이전에도 번아웃 증후군을 비롯한 중증 만성피로증후군으로 진단되는 각종 질병이 꾸준히 증가하고 있었다. 나는 그냥 입을 다물고 세상에서 벌어지고 있는 이 모든 현상에 대해 생각하고 싶었다. 이것이 바로 내가 이 책을 쓰게 된 또 다른 이유였다. 나와 내 주변 사람들에게 무슨 일이 벌어지고 있는 거지? 이렇게 미친 듯이 빠르게 돌아가는 시간 속에서 우리에게 도움이 되는 것은 무엇일까? 왜 그토록 많은 사람들이 번아웃 증후군에 시달리는 걸까? 두려움? 공황 발작? 왜 그렇게 많은 사람들이 우울증에 시달릴까? 왜 점점 더 많은 사람들이 버거움을 느낄까? 사람들은 왜 서로 지켜주고 지지하지 않고 상처를 주는 걸까? 왜 항상 소리치는 사람의 목소리는 그렇게 크고, 질문하고 경청하는 사람의 목소리는 그렇게 작은 걸까? 나는 끊임없이 말을 하는 사람이라서, 내가 일정 시간 동안 말을 하지 않으면 어떨지 정말로 알고 싶었다. 말을 안 하면 정말로 평온함과 편안함, 만족감을 찾게 될까? 나 자신을 찾으면 평온함이 나의 일상에 힘이 되어줄까? 그렇게 되면 더 균형 잡히고 더 만족을 느끼고, 더 행복하고 더 의식적으로 내 삶을 꾸려갈 수 있을까?

여러분도 이런 질문을 한번 던져보라. 물론 한 번쯤 입을 다무는 것은 나에게 매력적이고 좋게 느껴졌다. 나는 직업적으로 끊임없이 입을 열고 있다. 나는 1년에 150~160일을 내가 진행하는 프로그램 〈희귀품에 현금을〉에 몰두한다. 그렇다. 내 일은 전적으로 말하는 것이라고 볼 수 있다. 그리고 나는 언제나 내 의견을 표현하는 사람이다. 문제를 해결하고 나를 이해시키기 위해서는 의사소통이 매우 중요하기 때문이다. 하지만 솔직히 말하자면 끊임없이 말하지 않고서도 서로를 잘 이해할 수도 있다. 다른 층위의 소통도 있으니까. 애정 관계에서는 말을 하지 않더라도 상대방을 아주 잘 '읽을' 수 있다. 이를테면 아내 나다가 눈썹만 찡긋해도 나는 그게 어떤 상황인지 곧바로 안다.

그리고 지긋지긋한 말을 하지 않도록 매우 조심해야 한다. 애정 관계에서뿐만 아니라 정치에서도 말이다. 말을 아주 많이 하는 내가 이런 소리를 하는 것이 조금 우습게 보일지는 몰라도, 나한테는 정말 엄청 신경에 거슬리는 일이다. 브렉시트^{Brexit}, 기후변화, 코로나, 도널드 트럼프와 같은 주제는 모두에게 신물이 날 정도로 많이 오르내리는 이야기다. 이는 중요한 주제이기는 하지만 사람들은 신경질적으로 거부하며 이렇게 말한다. "그런 헛소리는 이제 좀 집어치워."

하지만 그렇게 말하는 것은 좋지 않다. 왜냐하면 앞에서 말했듯, 지구에 사는 우리 미래를 위해 너무나도 중요한 주제이기 때문이다. 고요함과 평안함이라는 주제에 대해 이러한 여러 가지 생각을 하면서, 그리고 4분의 4박자 자장가 〈구텐 아벤트, 구테 나흐트^{Guten Abend, Gut' Nacht}〉에 맞춰 조용히 달그락거리는 금속 의자 소리를 들으면서 수도원에서의 둘째 날이 저물었다.

나에게 진정 필요한 것은

다음 날 아침 눈을 떴을 때 내 몸은 또다시 밤새 모기들의 최고 뷔페가 되었음을 확인했다. 모기한테 선택받은 사람은 매우 에로틱하다는 글을 어디선가 읽은 적이 있다. 믿거나 말거나. 여하튼 어제 잠들기 전에 한 친구가 생각나서 이 생각을 바로 종이에 적었다. 그 친구는 고요함에 관해 이렇게 말한 적이 있다. "호르스트, 정말 고요했어. 나한테는 이런 고요함을 견디기가 정말 참을 수 없을 정도로 어려운 것 같아. 거의 미칠 지경이었어!"

나는 그런 문제를 겪은 적이 한 번도 없었다. 예를 들어 나는 사흘 동안 쉬면 정말 집 밖으로 나갈 필요가 없을 때 비로소 행복감을 느낀다. 나를 제대로 아는 사람들은 이런 나의 성향을 잘 알고 있다. 만약 어쩌다 아내마저 집에 없다면 나는 분명 사흘 동안 꼬박 차고에 있을 게 뻔하다. 물론 먹고 자는 시간 빼고는. 이 시간 동안에는 내가 하고 싶은 것, 나를 정말로 행복하게 만드는 것만 한다. 청소하고 뭔가 손으로 직접 만들고 나사를 조이고 실내 배치를 바꾸고 공간을 꾸미고, 앉아서 담배를 피우고, 옛 신문이 눈에 띄면 완전히 푹 빠져서 읽는다. 또 낡은 물건을 다시 광이 날 때까지 반질반질 닦을 때 믿을 수 없을 정도로 편안함을 느낀다. 말하자면 나는 혼자 있는 시간을 아주 잘 즐길 수 있다. 어떤 사람들은 내가 끊임없이 나서기를 좋아하고 사람들의 시선을 받는 것을 좋아한다고 생각할 수도 있는데, 일부분만 맞는 말이다. 다시 말하지만 나는 사람들을 좋아한다. 그리고 이 말을 이미 어렸을 때부터 해왔다. 나는 실제로 모든 사람들이 잘 지내기를 항상 바랐다. 그래서 나는 사람들을 즐겁게 하고, 웃게 하고, 사람들로 하여금 깊이 생각하게 만들고 싶은 억제하기 어려운 욕구가 있다. 그런데 오래전부터 나를 불안하게 만드는 한 가지는 우리를 교묘하게 조종하는 무자비한 시간이다. 말하자면 뭐든지 빨리빨리 되어야 한다. 24시간 이내에 메시지에 응답하지 않는 사람은 (좀 과장하자면) 곧바로 사망한 것으로 간주된다. 소셜 미디어에서의 말투는 사교적이라기보다 공격적이고 무례하고 못된 경우가 많다. 일상에서의 더불어 삶은 더 분주하고 더 냉정해지고 있다. 더구나 코로나 팬데믹은 '사회적 거리두기'라는 특수 명령을 만들어 냈다. 이로 말미암아 노숙인, 요양원과 집에서 지내는 노인, 가족이 없는 사람들, 일하지 못하는 많은 사람에게 더 냉정해졌다.

나는 내 작은 방에 앉아서 이 책을 쓰기 위해 도움이 될 만한 이런저런 생각을 메모하다가 문득, 이런 나의 모든 질문에 대한 해답을 얻을 수 있을지 무척 궁금해졌다. 저 사람들은 어떤 사람들일까? 그들은 이곳에서 무엇을 찾고자 하며 무엇을 얻으려고 할까? 이런 수많은 수도원에 사람들이 몰려드는 이유는 뭘까? 나는 오늘 고요함을 찾는 과정에서 무엇을 경험하게 될까?

나는 옷을 갈아입고 아침 식사 후에 자전거를 구해야겠다고 결심했다. 기분 전환도 좀 하고 싶고, 아름다운 주변 지역을 계속 탐색하고 싶었다. 게다가 '스포티한' 활동도 하고 싶었다. 가만히 생각해 보니 내가 자전거를 타본 지 40년이 넘었다는 사실을 깨달았다. 정말 믿을 수 없었다. 마지막으로 자전거를 탔던 때가 열네 살이나 열다섯 살 무렵이었던 것 같다. 그래, 그때는 오로지 오토바이가 타고 싶었고, 무조건 오토바이를 갖겠다는 생각 말고는 다른 생각을 하지 못했으니까. 물론 오토바이를 수도원에 가지고 갈까 하는 생각도 했지만 이런 생각은 금방 포기했다. 가져가면 분명 다른 생각에 빠질 것이 뻔했기 때문이다. 물론 내가 수도원 생활을 '불편'하게 느낀다면 도중에 그만둘 위험도 컸다. 자신의 약점에 대해서는 자기 자신이 제일 잘 아니까. 수도원 프로젝트는 당연히 휴가로 계획된 것이 아니라, 경우에 따라 이런저런 불편한 경험을 할 수도 있는 내면 성찰로 계획되었다. 수도원에서 몇 시간 동안 기쁨을 만끽하며 오토바이를 타고 야외정원 카페에서 커피와 케이크를 먹으면서 휴가 기분을 느끼는 그런 유혹에 갑자기 빠져드는 일을 당하고 싶지 않았다. 나는 침묵하고 작업하고 잠을 자고 싶었다.

그런데 이제는 수도원에서의 모든 것이 계속해서 혹독한 시험대에 올랐다. 이를테면 나는 어느 날 저녁 안뜰의 벤치에 앉아 아주 심오한 책을 읽었던 그때를 결코 잊지 못할 것이다. 신에 대한 아주 훌륭한 책이었다. 그런데 그때 갑자기 엄청 큰 굉음이 울렸다. 깜짝 놀란 나는 주위를 두리번거렸다. 3미터도 떨어지지 않은 곳에 이상하게 생긴 종이 달려 있었고, 한 노부인이 망치로 미친 듯이 종을 두드리고 있었다. 그것만으로는 성에 차지 않다는 듯이. 게다가 종소리가 듣기 좋은 것도 아니었다. 마치 프라이팬을 두들겨 패는 소리처럼 들렸다. 덩덩덩덩…. 나는 미쳐버릴 것 같았다. 그러다가 시계를 보았다. 혹시 무슨 특별한 시간일까? 매일 저녁 8시 뉴스가 항상 종소리로 시작되는 것처럼 말이다. 하지만 그때의 시각은 정확히 11분 전 9시였다. 그러니까 특별한 시각도 아니었다. 그리고 노부인이 두드리는 종소리에서 어떤 멜로디나 나름의 규칙 따위를 찾아볼 수 없었다. 혹시 이 특이한 타종 행위에 어떤 이유라도 있는 것일까? 그렇다고 명상 강좌나 어떤 치료의 테두리 안에 있는 것도 아닌 것 같았다. 이를테면 명상 스승이 수련자들과 나란히 서서 "로즈비타, 분노를 표출하세요. 이 종이 만프레드라고 생각해요. 야비한 이기주의자 만프레드"와 같은 말을 하듯이 말이다. 노부인은 차분한 책의 평범한 운동복을 입고 홀로 서 있었다. 교회 성가대에서 노래하고 교구에서 빵을 굽는 것을 좋아하는 사람처럼 보이는 그 노부인은 마치 토르처럼 망치를 둥글게 돌리듯 움직였다. 나는 아직 이 수수께끼를 풀지 못했다. 나는 이 종이 어째서 하루에 두 번씩, 게다가 매번 다른 시각에 울렸는지 지금까지도 모른다. 아무도 나와 이야기를 하지 않았기 때문에 나 역시 누구에게도 물어볼 수 없었다. 게다가 종을 치던 그 노부인은 완전히 무아지경에 빠져 있어서, 말을 걸기에는 너무도 범접할 수 없게 느껴졌다. 게다가 외부 공간 곳곳에도 말을 하지 말라는 표지판이 세워져 있었다. 묵언 수도원이니 납득가지만, 그래도 나에게는 당연히 생소했다.

수도원은 역시나 생소한 곳이었다. 그리고 이런 생각을 더 많이 할수록 이곳 수도원에 있는 많은 사람도 당연히 특이할 거라는 결론에 가까워졌다. 아마도 그 사람들은 이곳에서 '올바르게 앉기'를 제대로 배웠다는 확인을 받으려고 하겠지. 확인을 받는 것, 이것은 모든 사람에게 중요하다. 하루가 끝날 무렵, 우리는 모두 누군가 우리를 안아주며 칭찬해 주기를 바란다. 우리는 직장에서 개인으로서 '눈에 띄기'를 바란다. 하지만 동시에 '확인'은 오늘날 사람들이 더 이상 얻지 못하는 것이기도 하다. 사람들 대부분은 일하면서도 그날 하루 자신이 무엇을 성취했는지 보지 못한다. 항상 그대로거나 계약이 더 이상 성사되지 않으면 사람들은 확인을 받지 못한다. 그리고 아침에 다시 사무실에 와서 일하고, 다음 날도 똑같다. 변하는 것은 거의 혹은 전혀 없고 항상 그대로다. 하루하루가 이렇게 흘러간다. 또 어떤 사람들은 컨베이어 벨트나 기계 앞에 서서 매일 똑같은 순서로 수천 번을 반복한다. 이를테면 몇 달에 걸쳐 수 시간 동안 폭스바겐 골프 자동차의 왼쪽 사이드 미러를 장착한다. 자신의 능력을 증명하려면 많은 에너지가 든다. 나는 탄광에서 광부로 일했을 때 어떤 기분이었는지 아직도 생생하게 기억난다. 내 자신이 로봇인 것처럼 느껴졌는데, 이유는 지겹도록 반복적인 작업 때문이었다. 광부들이 이 수도원에서 지낸다면 아마 믿을 수 없을 정도로 엄청난 편안함을 느낄 것이다. 명상 강좌, 잡초 뽑기, 댄스 강좌 등 이러한 것들은 일상의 슬픔에서 벗어나 기분 전환을 하게 만든다.

요즘 나는 모든 사람이 끊임없이 고도의 압박을 받고 있다는 생각이 종종 든다. 사람들은 자신이 불이익을 당할까봐 혹은 성과를 내지 못할까 봐 직장에서 늘 앞서 나가야 한다고 생각한다. 말하자면 그들은 직장에서도, 사생활에서도 최고의 성과를 얻으려고 한다. 그리고 언제나 권력 아래에 있으며 아무 데서도 평온함을 외칠 공간이 없다. 아마도 이곳에 와서 '나는 이제 오로지 나에게만 집중할 거야. 나는 웃지도, 말하지도 않을 거야. 억지 표정도 짓지 않고, 내가 그러고 싶을 때는 문도 내 맘대로 쾅쾅 닫을 거야. 이제 옷도 편안한 옷만 입을 거야. 여기서는 아무한테도 뭔가를 증명해 보일 필요가 없으니까. 나는 여기서 그냥 편안함만 느낄 거야'라고 말하는 이들이 바로 이런 사람들일 것이다.

반면 나는 청바지를 입어도 헐렁한 바지를 입어도 편안함을 느끼지 못했다. 차라리 작은 농장에 가서 일하는 게 낫지 않았을까 하는 생각도 했다. 그게 나와 더 잘 맞았을 것이다. 외양간을 치우고, 마당을 청소하고, 트랙터로 밭을 갈고, 닭에게 모이를 주고, 마구간 지붕을 수리하는 것, 일찍 자고 일찍 일어나고 고되게 일하는 것. 농부는 계속 일을 해야 하니 어쨌든 나와 이야기할 시간도 없을 것이다. 어쩌면 이것이 나에게도, 그리고 다른 사람들에게도 몇 배는 더 의미가 있을 것 같다. 어쩌면 내가 그런 농장에서 나를 더 '돋보이게' 할 수 있기 때문에 이렇게 생각하는 것일 수도 있다. 하지만 실제로는 내 생각과 완전히 다를 수도 있다. 농장에서 지낸지 이틀 만에 내가 고래고래 욕을 퍼부을지 누가 알겠는가? 농장 일에 대해 낭만적인 상상만 하니까. 봄이 되면 씨를 뿌리고, 여름에는 수확하고, 가을에는 불을 피워 감자를 구워 먹는 상상이나 하지 마구간 일, 휴가가 거의 없다는 것, 재정적 위기를 감수해야 한다는 것은 생각하지 않는다. 요식업에 대한 생각도 완전히 똑같다.

나는 이렇게 말하는 사람들을 이미 많이 봐왔다. "있잖아, 내가 일을 더 이상 하고 싶지 않을 때 작은 카페나 하나 차려야겠어. 지역 특산물로만 오늘의 메뉴 두세 개 정도 만들고 아주 기발한 수제 케이크를 엄청 다양하게 만드는 거야. 생각만 해도 정말 좋다. 그리고 옆에 정말 멋진 정원이 있고, 여기서 작곡가들이 앉아서 악보를 넘기면서 교향곡을 연주하는 거지. 그리고 나는 매일 아침 해돋이를 보며 행복하게 기분 좋게 일어나서 30분 동안 평화롭게 요가를 한 다음 두세 시간 동안 아주 맛있는 케이크를 만드는 거야. 점심쯤 일이 끝나면 빨개진 볼을 하고 하늘색 정원 벤치에 앉아서 더블 에스프레소를 마시면서 카페가 아주 잘 되는 것에 기뻐하겠지."

나는 포복절도를 했다. 여러분, 모든 게 이렇게 아주 간단하고 유혹적으로 들린다면 나도 그런 카페를 진작 차렸을 것이다. 현실과 상상과 현실 사이의 간극은 그랜드캐니언 정도가 될 수 있음을 우리는 여기서 다시 보게 된다. 우리가 존재할 수 없는 그런 낭만적인 세계를 종종 꿈꾸는 이유는 도대체 무엇일까? 나는 이에 대해서도 한번 고민해 보고 싶었다. 진짜 수도사가 있는 그런 진짜 수도원, 이런 수도원이 나하고 맞을지 누가 알겠는가? 끊임없이 기도하고 일하는 것? 아니면 명상 강좌처럼 아시아에서 유래된 분야를 내가 잘못 이해하는 걸까? 나의 사회화 방식이 완전히 달라서 이러한 심오한 개념을 제대로 받아들이지 못하는 걸까? 나는 검소한 가정에서 태어나 항상 열심히 일하면서 살아왔다. 문제가 생기면 일을 더 많이 해서 해결했다. 이로 인해 행복감을 느꼈지만 당연히 많이 지치기도 했다. 사람들은 내가 쉴 새 없이 뭔가 시작하고 빨리 해치우는 사람이라고 알고 있다. 또 내가 항상 뭔가를 해야 한다는 생각을 할 틈도 주지 않으려고 많은 활동을 하는 사람이라고 생각한다. 어느 정도는 사실이지만 완전히 그렇지는 않다.

예를 들면 나는 가끔 알칼리 식이요법을 하는데, 그러면 첫 사흘 동안은 거의 잠만 잔다. 나는 이렇게 잠을 자는 것이 정말 좋고, 가끔씩 산책하는 것을 제외하고는 아무것도 하지 않는다. 말하자면 이때는 나한테 아무 활동도 필요 없다. 이건 정말 확실하다.

그래서 바람이 불었는데
그것도 모르고

　어느덧 수도원은 일상이 되었다. 나는 이미 이곳의 생소한 모든 것을 관찰하고 기록했다. 달리기를 하는 수강생, 명상하는 수강생, 풀 뽑는 수강생… 그 무엇을 보더라도 나는 더 이상 깜짝 놀라지 않았다. 그런데 어안이 벙벙할 정도로 놀란 적이 딱 한 번 있었다. 어느 날 오후 건물 밖으로 나갔는데 징 소리가 들렸다. 주위를 둘러보니 풀밭에 누워서 팔다리를 모두 쭉 뻗고 있는 한 여성이 보였다. 그리고 한 남성이 그 주변을 돌면서 징을 계속 치고 있었다. 나는 한동안 그 장면을 지켜보면서 궁금증이 피어올랐다. '저 두 사람은 뭘 하는 거지? 음파가 그들에게 닿아서 그들을 진정시키고 최면 상태를 만드는 건가? 음파가

땅과 연결되어서 잔디에 누우면 말 그대로 접지되는 걸까?' 도저히 알 수가 없었다. 나한테는 정말 신기하게 보이는 장면이었다. '왜일까? 둘이서 투명 의자 게임이라도 하는 걸까? 이 징 소리를 계속해서 들으면 정말로 마음이 진정되는 걸까? 종을 치면 마음이 충만해질까?' 여러분이 보다시피 내게는 정말 이상해 보였고 전혀 이해가 되지 않았다. 내 눈에는 근대나 현대 예술처럼 보였다. 근현대 예술을 평가하는 것은 예나 지금이나 내게는 무척 어려운 일이다.

한 예술사학자가 나한테 이렇게 말한 적이 있었다. "호르스트, 당신한테는 무언가를 이해하는 통로가 부족해요." 그리고 나는 이 예술사학자 콜마르 슐테 골츠^{Colmar Schulte-Goltz}가 이 '통로'를 어떻게 제공했는지 떠올렸고, 그가 설명했던 것을 이 장면에서 한눈에 인식했다. 말하자면 예술가와 예술 작품에 접근하는 통로를 찾았다. 하지만 나는 여전히 그 상황을 받아들이기 어려웠고, 그래서인지 기분이 조금도 나아지지 않았다.

나는 남아 있는 시간 동안 내 할 일을 했다. 그리고 나만의 하루 리듬을 만들기 위해 자전거를 구했다. '자전거 타는 법은 한번 배우면 절대로 잊지 않는다'는 말이 있는데, 다행히도 사실이었다. 나는 연기처럼 빠르게 자전거를 타고 주변을 여기저기 돌아다녔다. 자전거 덕분에 나는 완전히 독립적인 활동을 할 수 있었고, 먹고 자는 데에만 수도원을 이용했다. 나는 침묵하면서 아무하고도 말하지 않았다. 그런데도 이 상황이 썩 만족스럽지는 않았다. 말하기 좋아하는 국민 삼촌 호르스트가 묵언 수도원에 가서 입을 다물고 지내면서 아주 현명한 깨달음을 얻는다. 지혜롭고 말 없는 수도사가 된 호르스트는 모든 것을 기록하고, 이렇게 시끄럽고 분주한 세상에서 내면의 안정과 평화를 찾는 것이 얼마나 쉬운 일인지, 혹은 어려운 일인지 보고한다. 이런 아이디어는 정말 훌륭했다. 그런데 이 아이디어가 계획대로 되지 않아서 안타까웠던 모양이다. 침묵은 지키고 있지만 내가 아무것도 배울 수 없다면 무슨 소용이 있을까?

나는 자전거를 타고 아름다운 주변 지역을 돌아다니기 시작했다. 자전거를 타고 다닐 때도 아무도 나에게 말을 걸지 않아서 나는 끊임없이 나 자신에게 말을 걸었고, 머릿속으로 나 자신과 멋진 대화를 나눴다. 호르스트와 수다쟁이 국민 삼촌이 서로 대화를 했다.

수다쟁이 국민 삼촌이 말했다.

"호르스트, 뭐 때문에 그렇게 화가 난 거야? 중요한 것은 오로지 하나, 네가 평온하다는 거야. 명상 스승이 가부좌를 틀고 앉아서 너한테 가르침을 주든 말든 그건 전혀 중요하지 않아. 어떤 규칙도, 어떤 왕도도 없어. 그냥 입 다물고 자전거를 타고 돌아다니면서 네 머릿속에 스치는 생각들을 기록해!"

그러자 호르스트가 신경질적으로 수다쟁이 국민 삼촌에게 말했다.

"너는 참 순진하구나. 나는 일종의 달라이 리히터가 되는 것, 그게 계획이었어. 그런데 이제 계획이 물거품이 되었다고. 투덜대기만 하는 네가 강좌는 물론 수도원에서 제공하는 모든 것을 마음에 들어 하지 않으니까. 이곳에서 훌륭하게 안식을 찾는 저 많은 사람, 넌 저 사람들이 안 보여? 너만 불평하고 있잖아! '이건 싫다, 저건 싫다, 저 사람은 바보야, 저건 우스꽝스러워' 등등. 넌 참 피곤한 사람이야."

이 말을 들은 수다쟁이 국민 삼촌은 순순히 받아들일 수 없었다.

"잘 들어봐, 나한테는 가부좌를 틀고 앉지 않을 권리, 손끝 사이에 개미가 있다는 상상을 하지 않을 권리가 있어. 나는 지금 자전거를 타고 이 멋진 자연을 달리고 있고, 이러면서도 평온함과 고요함을 충분히 즐길 수 있어. 적어도 네가 중간중간 계속해서 꽥꽥 떠들어대지만 않는다면."

그때 깨달았다. 바로 그거였다! 그래, 나는 평온하고 평화로워. 다만 내가 생각했던 것과 다를 뿐이야. 그래서 뭐? 앞으로 이 경험이 너를 어디로 이끌지 제대로 흥미로워질 거야. 이제는 플랜 B야! 아마도 이 실험의 목표는 그저 내적 평화와 균형을

찾기 위해 무엇이 필요한지를 알아내는 것 아니었을까? 이때부터 나는 마음이 편안해지면서 비로소 느긋함과 자유를 느꼈고, 양심의 가책을 내려놓을 수 있었다. 그리고 내가 처음 왜 이 프로젝트에 그토록 매료되었는지 생각하기 시작했다. 소통하기를 그렇게 좋아하는 내가, 왜 말을 하지 않고 내 안의 평온함을 찾고 싶었을까? 너무 터무니없어서 흥미롭게 들린 것일까? 아니면 무대에서 수많은 공연을 하고 《똥멍청이를 위한 시간은 없다》라는 책을 쓰고 나니 자기가 무슨 대중 철학자나 국민 작가라도 되었다고 생각한 걸까? 아니다, 그렇지 않다. 하지만 누구나 자신의 허영심이라는 함정에 조금은 빠질 수 있고, 그렇더라도 크게 문제되지 않는다.

나를 사로잡은 건 완전히 다른 생각이었다. 시냇가를 산책하는데 갑자기 이 생각이 머리를 스쳤다. 아무 경고도 없이. 큰 돌 위에 앉아서 졸졸 흐르는 시냇물을 바라보는데 갑자기 어머니가 돌아가신 후 내 인생의 몇 가지를 바꿔야겠다고 결심했던 기억 말이다. 어머니가 병을 앓게되면서 주변 상황이 점점 안 좋아졌다. 그 시기에 나는 TV 정규 프로그램을 네 개나 맡아서 하고 있었다. 〈라퍼, 리히터, 맛있어^{Lafer, Lichter, Lecker!}〉, 〈주방 대전^{Küchenschlacht}(요리 경연 프로그램-옮긴이)〉, 〈슈니첼약트^{Schnitzeljagd}(요리 여행 다큐멘터리-옮긴이)〉, 〈리히터의 진품들^{Lichters Originale}〉. 그리고 또 하나의 작은 프로그램. 모든 사람이 "호르스트, 하지 마, 그런 프로그램은 아무도 원하지 않아. 필요 없는 프로그램이야. 분명히 잘 안 될 거야"라고 말하면서 나를 말렸다. 하지만 나는 그들의 이러한 조언에도 아랑곳하지 않고 이 프로그램을 기어코 시작했다. 바로 골동품 감정 프로그램 〈희귀품에 현금을〉이었다. 정리하면 나는 네 개의 정규 프로그램에다 1년에 60회 정도 무대 공연을 했고, 여러 회사에서 다양한 컨설팅 업무를 맡았으며, 당연히 광고 계약도 했다. 말하자면 나는 숨 쉴 틈 없이 바빴고 사랑과 열정을 갖고 모든 일에 임했다. 하지만 감당하기 너무 힘들었다. 내가 원했으니 누구 탓도 할 수 없었다. 다 내 탓이었다. 그런데 어머니가 돌아가셨고 나는 몇 가지 불미스러운 일에 직면했다. 이 일에 대해서는 《똥멍청이를 위한 시간은 없다》라는 책에서 상세히 설명했기 때문에 지금은 더 이상 들추고 싶지 않다. 여러 일을 겪으면서 나는 다음과 같은 결론에 도달했다.

'모든 것이 잘못됐어. 너무나 많은 것이 잘못 흘러가고 있으니 바꿔야 해.'

그러고 나서 나는 그 당시에 '리셋^{Reset}' 버튼을 눌렀다. 나는 〈희귀품에 현금을〉을 제외하고 모든 프로그램에서 하차했다. 이 프로그램만은 계속하고 싶었다. 이건 정말 올바른 결정이었다. 모든 짐이 사라졌고, 압박감과 일정 스트레스, 부담감에서 벗어나 해방감을 느꼈다. 그리고 매니저에게 모든 무대 일정을 그만두겠다고 말했다. 당연히 모두 당황하고 놀라서 물었다. "호르스트, 무슨 일이야?" 당시 나는 내가 무엇을 원하는지 정확히 알고 있었다. 내 영혼의 모든 것을 담을 수 있는 책《똥멍청이를 위한 시간은 없다》라는 책을 쓰고 싶었음을. 이 책은 내게 필요한 결정을 내리도록 다시 한번 나 자신을 강하게 만들었다. 모두가 놀란 사건이었다.

나는 이미 오랫동안 이런 생각을 해왔다. 그렇게 해도 나한테 아무 문제가 없을 거라는 사실을 너무도 잘 알고 있었다. 내가 '부자이고 유명'했기 때문이 아니라 그보다 아주, 아주 더 중요한 깨달음을 얻었기 때문이었다. 나는 이 시기에 내가 꿈꾸었던 것보다 훨씬 더 많은 것을 이루었다. 나는 평생 바라던 것 이상을 이루었다. 내게 부족한 것은 무엇일까? 아무것도 없었다. 사랑과 공감 말고는. 이것 말고는 사실상 나는 이미 몇 년 전에 '꿈의 목표'를 달성했다. 나는 항상 이렇게 말했다. "내가 65세가 되었을 때 작은 내 집 대출금을 다 갚고, 약간 즐거움을 누리기 위해 오토바이가 차고에 세워져 있고, 아침에 눈을 뜨면 멋진 아내가 내 옆에 누워 있고, 자식들과 손주들이 건강하다면 이보다 더 좋을 수는 없을 거야." 거의 모두 이와 비슷한 삶의 목표를 갖고 있다. 집 대출금을 갚고 모두가 건강하고, 먹고 마시기에 충분한 돈이 매달 수중에 있는 것. 나는 이미 목표를 넘어섰고, 그보다 몇 배 더 많이 가졌다. 그건 확실했다.

　　나는 만족 그 이상을 이미 채운 사람이다. 그래서 나는 그만두겠다고 말했다. 내가 하고 싶은 유일한 프로그램은 〈희귀품에 현금을〉이었다. 나는 이 프로그램을 위해 온 힘을 다했고, 프로그램을 믿었다. 왜 아무도 이 프로그램을 맡지 않으려고 했는지 도무지 이해가 되지 않았다. 방송국의 몇몇 사람들은 프로그램 초기에 이렇게 말했다. "리히터 씨, 이 프로그램이 잘 될 거라고 생각하세요? 골동품으로 성공했다는 프로는 들은 적도 본 적도 없어요."

　　하지만 나는 굳게 결심하고 내 매니저 퇴네 슈탈마이어에게 이렇게 선언했다.

　　"나는 그 프로그램 할 거야. 딱 내가 원하는 거야."

　　매니저는 나에게 이렇게 말했다.

　　"호르스트, 너 미쳤어? 너는 요리사야. 너는 호감을 주는 국민 삼촌 요리사라고. 〈라퍼, 리히터, 맛있어〉에 출연하는 유쾌한 캐릭터란 말이야! 너는 우리 모두에게 맛있는 음식을 만들어주는 사람이지 골동품 삼촌이 아니라고! 독일 어디를 봐도 골동품을 보여주는 프로그램은 없어. 그러니까 할 생각도 하지 마."

나는 첫날부터 이 프로그램의 구상을 듣고 완전히 반해 버렸다. 어느 날 친한 지인이 전화를 걸어 이렇게 말한 것을 결코 잊지 못한다.

"안녕, 호르스트, 나야. 오해는 하지 말고 들어. 어젯밤에 샤워하는데 갑자기 네 생각이 났어. 난 지금 뭔가 구상 중인데 완전 빠져들었어. 그런데 어떤 방송국에서도 하려고 하지 않고, 아무도 맡으려고 하지 않아. 아무래도 추진하지 못할 것 같아. 그런데 구상을 하면 할수록 네가 떠올라. 내 생각엔 네가 적격인 것 같아."

이런 전화를 너무나도 많이 받아봐서 잘 알고 있다. 그래서 나는 조심스러웠고, 그가 어떻게 이런 생각을 하게 되었는지 물었다. 그러자 그는 이렇게 서둘러 대답했다.

"호르스트, 네 열정이 무엇인지 너 자신에게 한번 물어봐. 수집하는 거, 맞지? 특이한 물건들, 고가구, 클래식카, 오토바이, 타자기, 이런 거 전부! 널 알았을 때부터 넌 그저 낡은 커피 주전자만 봐도 오래된 잡동사니에 대해 열정 가득히 이야기해. 그리고 사람들과 그 이야기를 나누는 걸 좋아하지. 자, 상상해 봐. 사람들이 자신의 낡은 잡동사니를 갖고 네게 와서 그 물건에 얽힌 이야기를 하는 거야. 그 물건을 어떻게 갖게 되었는지, 그 물건이 무엇인지, 그들에게 그 물건이 어떤 의미인지를. 세상에, 호르스트, 딱 너야, 너밖에 없다니까? 이런 생각이 이제야 들다니

안타까워!"

뭐라고 말해야 할까? 나는 그가 설명한 내용에 금세 빠져들었다. 그 순간 분명해졌다. '미쳤어, 난 정말 그 프로그램 하고 싶어.'

그래서 나는 합세해 이 구상을 홍보했다. 이미 말했듯 이 구상에 감격한 사람은 만나지 못했다. 사람들은 이렇게 말했다. "네, 좋아요, 리히터 씨. 좋은 생각이기는 하지만 확신이 없어요. 게다가 이런 비슷한 프로그램이 이미 있는데 썩 잘 되고 있지 않아서 예의주시하는 중이에요. 전반적으로 이런 프로그램은 중고물품 마니아를 위한 전문 프로그램이에요." 하지만 이 구상은 내 머리에서 떠나지 않았고, 여기에 제대로 빠져들고 말았다.

시냇가에 있는 돌에 앉아, 내가 도대체 어떻게, 그리고 왜 이곳에 오게 되었는지 곰곰이 생각했다. 가만히 생각해보면 어머니가 돌아가신 후 나는 삶의 방향을 '조용함'으로 전환했고, 이미 한 번 고요함을 찾으려고 했다. 나는 머릿속으로 이마를 쳤다. 그 당시 이미 모든 것이 내게 '시끄럽고 분주'했는데 나는 다른 식으로 표현했던 것이다. 즉 '일을 덜 하려고' 했다. 그래서 내게 즐거움을 주는 일만 하려고 했고, 과감히 실행에 옮겼다.

희미한 의심이 스쳐 지나가면서 이런 결론이 떠올랐다. 그래, 그때 나는 〈희귀품에 현금을〉 프로그램을 만들었다. 비유하자면 이 프로그램은 편안하고 위엄 있는 멋진 클래식카였다. 아무도 예상하지 못했지만 모두가 기뻐할 만큼 위풍당당하게 이곳저곳 누비고 다녔다. 그런데 이 클래식카는 세월이 흐르면서 '미친 듯이 성공적이고 복잡한 스포츠카'가 되었고, 이 스포츠카는 내 삶을 점령하고 차지했다. 정확히 말하자면 내 삶이 다시 '시끄러워'진 것이다. 조용함과는 정반대로. 정확히 내가 몹시 사랑하는 것을 했는데도 '고요함'은 흔적을 남기지 않았다. 끔찍한 무더위에도 불구하고 등골이 얼음처럼 싸늘해졌다. 그때서야 깨달은 것이다.

　'그래서 바람이 불었구나.'

　종종 우리의 무의식은 매우 미묘하게 흐른다. 갑자기 내가 왜 이 수도원 프로젝트에 참여했는지가 분명해졌다. 내 삶이 너무 '시끄러워'졌다는 것이 내 눈에 보였기 때문이었다. 내가 '어느 정도 고요함과 평온함의 시간'을 가진다면 이 시끄러운 삶을 다시 제어할 수 있을지 궁금했다. 그렇다면 평온함과 고요함을 머리가 아플 때 먹는 두통약처럼 의도적으로 사용하고 제어할 수 있을 것이다. 순진하지만 멋진 생각이다. 나는 수도원으로 돌아갔고 여전히 이 생각을 오랫동안 곱씹었다. 내 마음은 왜 고요하지 않은 걸까?

수도원에서 남은 시간은 호텔에서 지내듯이 보냈다. 아주 특별한 호텔. 나는 아무하고도 이야기하지 않았고, 수도원 운영 방식이나 내 눈에는 살짝 특이하게 보이는 행동에도 익숙해졌다. 나는 먹고 자고 자전거도 많이 타고 산책도 많이 했다. 밤마다 나는 계속해서 모기에게 먹이를 기부했다. 방이 여전히 시원해지지 않아서 밤마다 창문을 열어두었기 때문이다. 나는 자전거를 타면서 현재 내 삶의 상황에 대해 많은 생각을 했다. 내 삶에 대해서만 생각한 것은 아니다. 2020년은 매우 특별한 해가 될 것이다. 분명하다. 코로나 팬데믹은 우리의 모든 삶을 송두리째 바꾸어놓았다. 우리의 일상이 갑자기 멈추었고 봉쇄는 많은 사람에게 큰 문제를 안겨 주었다. 일자리를 잃지 않고 재정적 손실을 겪지 않는 특권을 받은 사람들은, 갑자기 돈을 더 이상 벌지 못하거나 불안정한 상태에서 엄청나게 많은 일을 해야 하는 사람들과는 확실히 다른 방법으로 코로나 위기에 대처할 수 있었다.

코로나 팬데믹은 나에게 어떤 영향을 주었는가? 나는 가만히 생각했다. 많은 것을 예측할 수 있겠지만 정확히 설명할 수는 없다. 다만 내가 아는 것은 믿을 만한 치료제가 개발되기 전까지 감염자 수를 가능한 한 낮게 유지하도록 우리가 서로 돕지 않는다면, 이 대유행은 우리가 원하는 것보다 훨씬 더 오래 우리의 숨통을 조이리라는 것이다.

또 나는 무엇보다 나 자신과 지난 5년에 대해 생각했다. 나는 나 자신을 알려고 노력했고 '내 마음은 왜 고요하지 않은 걸까?'라는 질문을 파고들려고 했다. 나는 어머니의 죽음 이후로 내 삶이 어떻게 전개되었는지를 아주 자세히 적어보기로 결심했다. 똥멍청이를 위한 시간은 없다, 나는 이 말을 되새기고 철저하게 따랐다. 나는 당시 미친 듯이 돌아가는 쳇바퀴에서 뛰쳐나왔다. 더 이상 마음에 들지 않아서였다. 그리고 오래되고 멋진 회전목마를 찾았고, 불과 5년 후 이 오래된 회전목마는 마치 윤활유가 잘 발라진 첨단 톱니바퀴처럼 맞물려 돌아갔다. 무슨 일이 있었던 걸까? 어떻게 된 걸까? 내가 주의를 기울이지 않았던 걸까? 내 잠재의식 속에 무언가가 스며들었던 걸까? 내 개인적인 상황은 어떻지? 내 결혼 생활은 훌륭했고, 내 집도 마찬가지였다. 하지만 나는 집에 있는 시간이 거의 없었고 1년 중 대부분의 시간을 호텔에서 지냈다. 그게 좋은 것이었을까? 만족하지 못하는 이유였을까?

나는 내 삶이 진부하다는 단호한 생각에 미치자 묵언 수도원에서 일정 기간 '고요함으로부터 깨달음을 얻고' 다시 나온다는 계획을 마무리지었다. 나는 평온함이 필요했고, 내 마음의 평온함을 찾도록 지지해줄 수 있는 사람은 바로 내 친구이자 오랫동안 작가로 활동하고 있는 틸 호헤네더^{Till Hoheneder} 뿐이라는 생각이 들었다. 우리는 수많은 내 무대 프로그램에서 함께했고 《똥멍청이를 위한 시간은 없다》라는 책도 함께 작업했다. 이 친구는 내 마음속 한쪽에 늘 자리잡고 사는 친구이면서도 얽매이지 않는 자유로운 영혼이었으며, 나와 함께 많은 시간을 보내며 책을 쓰고, 웃고 울며 공감한 내 영혼의 단짝 친구였다. 그와 함께라면 고요함과 평온함을 찾을 수 있을 것 같았다. 그리고 아무것도 빠뜨리지 않고 꼼꼼하게 기록할 수 있을 것 같았다.

결국 일이 이렇게 되었다. 수도원을 떠나기 위해 짐을 쌀 때 나는 내가 겪은 이 모든 것을 기록해야겠다는 설렘에 매우 기뻤다.

수도원을 떠나면서 후회도, 화도 느껴지지 않았다. 왜였을까? 나는 내 안의 고요함을 찾도록 나를 이끌어 줄 새로운 길을, 순수한 마음으로 출발했다.

3
일상에서 평온함을 찾는 방법

쳇바퀴 행복론

인생은 참 매혹적이다. 언젠가 한 친구가 내게 이런 말을 한 적이 있다.

"호르스트, 시간은 계속 흐르고만 있는데, 나는 서른다섯 살 이후로 전혀 늙지 않은 것 같은 느낌이 들어. 가끔 시간에 배신감을 느낀달까? 모든 것이 그렇게 빨리 지나가고, 순식간에 예순이 되고 일흔이 된다고 아무도 말해주지 않았어. 아직 보지 못한 것도, 하지 못한 일도 아주 많은데 통계적으로 볼 때 내게는 20년밖에 남지 않았다는 거야."

나도 이런 감정을 잘 알고 있다. 그리고 이 감정은 우리를 초조하게 만든다. 나는 수년 동안 수많은 일을 거절하지 못했

일상에서 평온함을 찾는 방법

다. 달력은 빼곡히 차 있었는데도 나는 수락하고야 말았다. "제가 할게요. 지금 안 하면 그런 기회가 또 언제 찾아올지 모르니까요."

정말 필요할까? 나는 왜 이걸 하는 걸까? 나는 돈이 필요한가, 인정이 필요한가? 아니면 내가 할 수 있을지 없을지 모르는 도전이 필요한가? 뒤늦게 비로소 나 자신에게 던진, 어떤 사람들은 한 번도 던지지 않을 이 질문들이 당시에는 떠오르지 않았다. 사람들은 자유 시간 갖기를 완전히 두려워하는 것 같다. 아무 일도 하지 않는 것, 빈둥거리는 것을 말이다. 그들은 고요함과 평온함을 견디지 못하고 어떻게 해야 할지 모른다. 일은 그들에게 삶의 이유를 제공한다. 어떤 부부들은 집에서 끊임없이 손님과 파티를 하고, 다른 사람들과 함께 휴가를 보낸다. 그들이 원해서다. 그렇게 하지 않으면 그들은 아마 현실을 마주하게 될 것이다. 결혼 상태, 이루어지지 않은 꿈, 실망, 두려움에 직면하는 현실 말이다. 끊임없는 활동, 항상 똑같은 일, 지속적인 '환경 소음'은 그들에게 다른 사람이 전혀 이해할 수 없는 어떤 삶의 의미를 부여한다. 또 어떤 사람들은 매일 똑같은 일을 하는 것을 질색한다. 그들은 차라리 평화롭게 책을 읽고, 산책하고, 뭔가를 만들려고 하지, 매일 똑같은 시간에 일어나거나, 일하러 가기 싫어한다. 그들은 규칙적으로 일하는 것이 아니라면 뭐든지 즐겁다고 생각한다. 일상의 스트레스와 분주함은 그들의 신경을 건드리기만 할 뿐, 매우 평온하게 지내기를 원하며 그들이 가진 것에 만족한다.

우리는 모두 이런 질문을 많이 들어봤을 것이다. '복권에 당첨돼서 떼돈을 얻게 되면 뭘 할 거야?' 얼마나 많은 사람이 모든 것을 내동댕이치고 일을 그만둘까? 자신의 꿈을 좇고, 정말로 하고 싶은 것만 하려고 할까? 아마도 많은 사람이 그렇게 할 테지. 하지만 그보다 더 많은 사람은 그냥 예전처럼 똑같이 살 것이라고 생각한다. 인생에서 자신이 정말로 원하는 것을 발견하는 것이 너무 어렵기 때문이다. 우리는 얼마나 많은 평온함과 고요함이 필요할까?

우리는 〈희귀품에 현금을〉 프로그램을 비교적 '고요하게' 그리고 '조용히' 시작했다. 〈희귀품에 현금을〉은 ZDF 방송(독일의 공영방송-옮긴이)에 진출했고, ZDF에서 매주 일요일 아침 〈TV 정원Fernsehgarten〉 프로그램 앞에 6회분으로 편성되었다. 우리 앞 프로그램은 시청률이 그다지 높지 않았지만 나를 비롯한 제작팀은 크게 상관하지 않았다. 편성 시간이 그렇게 좋지 않다고 우리가 죽은 것은 아니지 않은가. 우리는 아주 극소수의 인원으로 이루어진 팀이었지만 모두 프로그램에 온 힘을 쏟아부었고 놀랄 정도로 열심히 일했다. 열심히 조사하고 수많은 캐스팅을 하고 많은 딜러와 훌륭한 전문가를 찾았다. 정말 열심히 일했다. 다양한 유형과 캐릭터로 이루어진 조합. 나는 그저 묵묵히 칭찬만 할 뿐이다. 굉장해! 편집팀은 마치 우리가 천재적인 할리우드 영화를 만들기라도 하듯 공을 들였다. 그리고 촬영할 때마다 분위기는 더욱 좋아졌다. 부분적으로 촬영이 아주 힘들고 길었지만 그래도 우리는 매우 즐거웠다. 한 편을 만들기 위해 종종 아침 8시에 시작해서 밤 11시가 되어서야 비로소 스튜디오를 나오기도 했다. 피곤하고, 지치고, 녹초가 되었다. 하지만 미칠 듯이 재미있었고 모두 힘을 합해 우리 프로그램이 제대로 발을 디딜 수 있도록 노력했다. 덕분에 우리 팀은 놀랄 정도로 뭉칠 수 있었고 아주 특별한 공동체 정신을 갖춘 끈끈한 조직이 되었다. 이는 고된 나날 동안 위로가 되어주었다.

첫 회가 방송되기 전 나는 미리 광고를 하고 다녔다. 미친 사람처럼 홍보가 될 만한 것은 전부 두드렸고, 닥치는 대로 다 했다. 토크쇼에도 나가고 수많은 신문 인터뷰도 하고 라디오 방송국도 찾아다니면서 내가 이 프로그램에 얼마나 확신이 있는지를 열정적으로 이야기했다. 나는 프로그램에 대해 이렇게 말한 적이 있다.

"사람들과 그 사람들이 팔고 싶어 하는 물건들 덕분에 무슨 일이 일어나는지에 따라 짤막한 비극이나 코미디가 되기도 하고 탐정물이 되기도 합니다. 무슨 일이 일어날지는 아무도 모르니까요. 이 프로그램은 놀라움으로 가득 차 있습니다. 때로는 소유자가 하찮게 생각했던 낡은 잡동사니가 믿을 수 없을 정도의 귀중품으로 판명되기도 하고 그 반대의 경우도 있습니다. 또 가끔은 출연자가 물건과 관계된 아주 특별한 가족 이야기를 들려주면 감동적이거나 슬플 때도 있습니다. 저는 수백 번 넘게 방송을 한 사람이지만 이 프로그램을 하면서는 매 순간 마음이 설렙니다."

첫 방송이 방영되었던 그 위대한 날로 먼저 거슬러 올라가보자. 첫 번째 일요일에는 시청률이 꽤 잘 나왔다. 얼떨떨했다. 방송 포맷에 믿음을 가졌던 우리는 모두 축제 분위기에 빠졌다. 그다음 주에는 시청률이 조금 더 나왔다. 여러분, 시청률은 정말 중요했다!

나는 시청률이 얼마나 중요한지 나중에서야 깨달았다. 순진하게도 나는 이미 첫 방송분을 촬영하고 나서 우리가 당연히 앞으로 수십 개의 방송분을 더 촬영할 거라고 생각했다. 방송국 내부에서 이런 말이 오가는 줄도 모르고 말이다. "일단 6회를 만들어보고 그다음에 어떡할지 생각해보죠!" 방송국 담당자는 사람들이 자신의 잡동사니를 들고 방송국에 찾아올지 의

구심을 품었지만, 나는 그런 걱정은 전혀 하지 않았다. 사람들에게 늘 이렇게 말했다. "여러분, 걱정하지 마세요. 독일에는 8천만명 이상이 살고 있어요. 아주 많은 사람이 물건을 갖고 올 거예요. 그 정도면 수천 회도 더 방송할 수 있다고요." 나는 굳게 확신했다. 이렇게 생각하면 쉽다. 당신과 나 같은 사람들이 TV 앞에 앉아 있다. 그리고 이들은 TV 방송에 도자기나 장신구, 정원석상을 갖고 나온 사람들을 본다. 그들을 보면서 당연히 가장 먼저 '저 물건의 가격은 얼마나 될까?'라는 생각을 할 테고, 그다음에는 '그래, 우리도 한번 나가볼까?' 생각할 것이다. 이 프로그램에는 스타가 필요하지 않다. 사람 이야기, 물건 이야기만 있으면 충분하다. 그 사람들은 우리를 찾아오고 우리는 존경하는 자세로 그들을 대한다. 최대한 자연스럽게, 괴짜 같은 사람도, 악마의 편집도 필요 없다.

나는 종종 노부인의 진주 귀걸이에 정말로 진지하게 관심이 있느냐는 질문을 받는다. 글쎄…. 나는 쇼윈도에 진열된 진주 귀걸이에는 전혀 관심이 없다. 하지만 이 노부인이 우리 방송에 찾아와 이 귀걸이가 어디에서 왔고, 그가 얼마나 오랫동안 간직했으며, 그의 어머니가 결혼식 날에 이 귀걸이를 했다는 이야기를 나에게 한다면… 그렇다, 관심이 있다! 그가 어떤 일을 하는지, 어디 출신인지, 자신에게 중요한 것은 무엇인지, 그동안의 삶은 어땠는지, 남은 꿈과 소원은 무엇인지 등을 귀담아 들으면, 나는 그가 5대에 걸쳐 내려온 집안의 가보를 왜 내놓으려고 하는지 정말로 궁금해진다. 이런 이야기는 정말이지 흥미롭다. 그리고 전문가가 이 진주가 어떤 진주인지 열정적으로 설명하면 나는 한순간에 이 귀걸이를 완전히 다른 눈으로 보게 된다. 믿기지 않겠지만 귀걸이에서 정말 반짝반짝 빛이 난다. 노부인은 귀걸이값으로 100유로를 받기를 희망하지만, 전문가는 곧바로 이 귀걸이가 대략 900유로의 가치가 있다고 말한다면? 이 얼마나 굉장한 드라마인가. 다음 단계는 바로 클라이맥스로 치닫는다. 딜러는 무엇을 하는가? 딜러는 이런 전후 사정을 전혀 모른다. 다섯 명의 딜러 중 세 명은 이 귀걸이에 전혀 관심이 없다. 그러나 다른 딜러들이 입찰가를 높게 부르면 갑자기 귀를 기울이기 시작한다. 모든 딜러가 열띠게 입찰가를 부르고, 어느 순간 이 오래된 진주 귀걸이는 1,500유로에 낙찰된다. 노부인은 행복에 겨워 눈물을 흘린다. 세상에, 무엇을 더 바랄 수 있을까.

물론 반대 경우도 있다. 이를테면 약 2,000유로로 평가된 물건인데 앞뒤 사정을 전혀 모르는 딜러들이 300유로에 불과한 입찰가를 제안할 때, 또는 요즘에는 아무도 그런 물건을 사지 않는다는 말을 할 때가 그렇다. 그럼 실망감은 땅을 파고 들어간다.

소개된 사연들은 모두 사실이며, 나는 이런 이야기를 정말 좋아한다. 그리고 시청자도 좋아한다. 이 모든 사연은 사실이라

일상에서 평온함을 찾는 방법

고 하기에는 너무도 아름답다. TV에 나오고 정중한 대우를 받고 진기한 경험을 하고 모두가 서로에게 예의를 갖춘다. 이 또한 〈희귀품에 현금을〉의 성공 비결이다.

이 시기는 나에게 아주 좋은 기억으로 남아 있다. 이때 나는 이 프로그램만 했기 때문에 평상시와 비교해 보면 일을 거의 하지 않은 거나 다름없다. 하지만 너무 좋았다. 내가 그만둔 모든 프로그램은 어땠냐고? 나는 전혀 후회하지 않았다. 나는 더 이상 요리사가 아니었고, 당연히 요리와 관련된 모든 광고 계약도 못했다. 상관없었다. 오히려 해방감을 느꼈다. 나는 직업이나 인간관계가 행복하지 않다고 말하는 사람들하고 자주 이야기한다. 그들은 다른 것을 하고 싶고 변화를 꿈꾸며 삶의 의미, 존재의 목적을 찾으려고 한다. 독일의 가장 큰 서점에서 《세상 끝의 카페^{Das Café am Rande der Welt}》 같은 자기계발서가 베스트셀러인 것은 놀라운 일이 아니다. 이 책에서는 삶에 관한 질문을 다루고 있다. 당신은 왜 여기에 있는가, 당신은 죽음이 두려운가, 당신은 충만한 삶을 살고 있는가, 충만한 삶은 어떤 삶인가, 부자가 되고 유명해지는 삶? 집과 아이들이 있는 삶? 얼마를 벌든 자기 일을 사랑하는 삶? 아니면 이 모든 것이 충만한 삶을 평가하기에는 완전히 부적합한 기준인가? 아마도 모든 사람은 자신의 삶을 유의미하게 만드는 일을 스스로 찾아야 할 것이다. 우리는 모두 다르기 때문이다. 대충대충 살아가는 것이 아니라 의식적으로 살면서 우리에게 무엇이 중요하고 중요하지 않은지를 의식적으로 결정하는 것, 이것은 어쩌면 우리 모두의 삶의 과제일 것이다. 하지만 사람들과 이야기를 나누다 보면 많은 이들이 뭔가 다른 것을 갈망하면서도 동시에 변화를 매우 두려워한다는 것을 알게 된다.

우리는 변화를 위해서라면 절벽에서라도 뛰어내리려고 한다. 하지만 나쁜 일이 일어나지 않을 것이라고 보장되는 경우에만 그렇다. 살짝 넘어질 뿐 모든 것이 순조롭게 이루어질 것이라고 보장될 때만. 반면 아무도 우리에게 그런 보장을 하지 못하면 대부분의 사람은 뛰어내리지 않는다. 너무나 두렵기 때문이다. 하지만 동경은 당연히 남아 있다. 그래서 우리는 변화에 대한 책이나 새로운 행복을 찾기 위해 과거의 삶을 포기한 사람들의 자서전을 즐겨 읽는다. 비난받을 일이 아니다. 확실한 것, 익숙한 것을 버리고 새로운 뭔가를 시작하려면 엄청난 용기가 필요하다. 물론 나 역시 그런 두려움을 알고 있다. 내 인생에서도 좋지 않은 일들이 많이 일어났다. 나는 어린 자식을 잃었고, 뇌졸중과 심장마비, 재정적 어려움을 견뎌냈다. 가끔 내 삶을 세 사람이 나누어 가져도 충분하지 않았을까 생각한다. 하지만 이런 불행은 항상 어떻게든 극복된다는 사실을 배웠다. 물론 할머니의 달력에나 적혀 있을 법한 격언처럼 들린다는 것을 안다. 하지만 세상사가 다 그렇다. 자식이 죽어도 세상은 멈추지 않는다. 고통 속에서 미치고 싶지 않아 바닥에 무릎을 꿇고 아주 잠깐이라도 쉬게 해달라고 간절히 기도하는 동안에도 세상은 그저 혹독하게 돌아간다.

나는 다시 일어나 계속 걸어야 했고 내가 전혀 알지 못하는 새로운 길을 걸어야 했다. 물론 두렵다. 하지만 두려움은 도움이 되지 않으며 한 걸음 한 걸음 걷다 보면 조금씩 쉬워진다. 내가 좋아하는 작가이자 가수 하인츠 루돌프 쿤체^{Heinz Rudolf Kunze}는 이런 노랫말을 썼다.

나는 나만의 길을 간다
끝은 알 수 없다
내 길이 어떤 길인지 설명하기 어렵지만
그 길은 걸어가야 비로소 생긴다

정말 그렇다. 우리는 길 끝에 혹은 길 중간에 무엇이 있을지 결코 알 수 없다. 물론 최종적인 결말, 즉 죽음이 있을 것이다. 하지만 그때까지 일어나는 일은 그 길을 걸어가야 생겨난다. 확실한 것에만 집착하는 우리는 '우리 앞에 닥칠 모든 일'을 항상 알고 싶어 하고 뜻밖에 벌어질 모든 일에 대비하려고 한다. 그래야 두려움을 느끼지 않으니까. 내 이야기를 하자면 언제부터인가 나는 두려움을 잃어버렸다. 문을 닫아야 한다는 두려움, 새로운 길을 가기 위해 무언가를 끝내야 한다는 두려움 등. 나의 신조는 늘 이랬다. '호르스트, 너는 부지런하고 성실해. 너는 해낼 거야.' 누군가에게는 조금 단순해 보일지 몰라도 '너는 해낼 거야'라는 말속에는 아주 중요한 것, 즉 믿음이 들어 있다. 내게 무슨 일이 닥치더라도 해낼 거라는 믿음. 그리고 정말로 이 믿음만이 나를 구해준 상황들이 있었다.

좋은 친구나 조언을 구할 만한 사람이 주변에 있는 것은 당연히 도움이 된다. 다행스럽게도 나는 그러한 사람들이 주변에 있었다. 인생의 방향을 새로 설정하던 시기에 내 매니저는 이렇게 말했다. "우리가 너의 친구이자 가족이자 조언자라는 것을 기억해, 호르스트. 우리는 네가 어떤 결정을 내리든지 널 응원할 거야. 어쩌면 우리라면 그렇게 하지 않을 잘못된 결정일 수도 있겠지. 하지만 우리는 네 편에 설 거고 네 결정을 지지해. 우리는 함께 고난을 헤치고 나아가는 거야. 네가 진흙탕으로 가고 싶다면 우리는 너와 함께 진흙을 걸을 거야. 또 네가 잘 닦인 도로를 걷고 싶다면 당연히 우리는 너와 함께 하겠지. 결국 호르스트호의 선장은 너고, 무엇을 할지 결정하는 것도 너야." 정말 훌륭하고 명쾌한 말이었다. 그리고 내가 〈희귀품에 현금을〉을 하기로 결정했을 때 나는 전혀 두렵지 않았다. 물론 나는 스스로에게 물었다. '만약 프로그램이 잘 안 되면 어떡하지? 그러면

모든 것을 취소하고 실패의 쓴맛을 보겠지?'

만약 잘 안 되었다면 아마도 마트 행사를 전전하거나 음료 매장에서 빈 병을 분류했을까? 아니면 패스트푸드점에서 햄버거를 만들었을까? 상관없다. 나는 예전에도 지금도 궂은일을 마다하지 않았다. 탄광에서도 일했고, 돈이 충분하지 않아서 교대 근무 후에도 몇 시간 동안 고철 하치장에서 일하기도 했다. 그당시 나는 빚이 많았지만, 친구들과 일이 있다는 사실에 행복했다. 어떤 종류의 일도 두렵지 않았다. 힘든 일도 꿋꿋하게 해냈고, 쉬운 일은 그야말로 식은 죽 먹기였다. 내가 그 일들을 그만둔 건, 단지 그 상태에서 머물기 싫었기 때문이다. 많은 사람처럼 매일 복통을 느끼면서 출근하고 싶지 않았다.

할 수만 있다면 〈희귀품에 현금을〉을 인기 프로그램으로 만들어 보자 생각했다. 어쩌면 6개월이면 할 수 있을 거야. 어떻게든 되겠지. ZDF는 6회분을 제안했고, 그 후 우리에게 추가로 몇 회분을 더 맡겼다. 모두가 행복하고 가슴이 벅찼다. 〈희귀품에 현금을〉은 상당히 빠르게 성공 궤도에 안착했다. 우리는 18회 방송을 한 후 평균 150만 명의 시청자들을 확보했다. 일요일 아침인데도 말이다. 굉장했다. 사실이라고 믿어지지 않을 정도로 너무 좋았다. 그리고 〈희귀품에 현금을〉의 높은 시청률은 다음에 이어지는 프로그램에도 어느 정도 영향을 주었다. 이를테면 〈TV 정원〉의 시청자가 갑자기 훨씬 더 많이 늘었다. 시청자들이 앞 프로그램인 우리 〈희귀품에 현금을〉을 본 후 TV를 그대로 켜두었기 때문이었다.

나는 정말 행복했다. 내 계획은 성공적이었다. 내게 행복을 주지 않는 일을 관두고 가족과 더 많은 시간을 보냈다. 이보다 더 좋을 수는 없었다. 이 시기에 나는 마치 룰렛 게임의 승자가 된 기분이었다. 내가 베팅한 숫자에 정확히 구슬이 떨어진 것 같았다. 정말 믿기지 않았다. '순수한 마음, 성실한 두 손, 자기 자신에 대한 믿음과 실패에 대해 두려워하지 말기'라는 나의 단순한 철학이 증명되는 시간이었다. 물론 영원히 그대로 지속될 수도 있었을 것이다. 그랬다면 이 책은 여기서 끝났겠지만. 내가 머릿속 어딘가에 늘 저장하고 가끔씩 인용하는 두 번째 지혜는 바로 '영원한 것은 없다'는 것이다. 모든 것에는 때가 있고 끝이 있는 법이다. 그리고 이런 일이 일어났다. 약 1년 후 방송국에서 내 매니지먼트를 찾아와서 전혀 상상하지 못한 이야기를 정중하게 꺼내기 시작했다. 그 순간 곧바로 내 전화기가 울렸다. 여러분, 나는 그때 매니저 퇴네가 한 말을 평생 잊지 못할 것이다.

"호르스트, ZDF 방송에서 우리 프로그램을 매일 방영하고 싶대. 세상에, 호르스트, 정말 끝내준다. 내 말 듣고 있어? 방송국에서 〈희귀품에 현금을〉을 데일리 프로그램으로 만들고 싶어 해. 정말 행운이야. 진심으로 축하해."

나는 침착했다. 아주 침착했다. 나는 침착하자고 다짐하면서 분명한 목소리로 주저하지 않고 이렇게 말했다.

"절대로 안 돼. 싫어."

퇴네는 깜짝 놀라서 이렇게 물었다.

"왜 안 하려고 하는데. 너 미쳤어?"

아니, 나는 미치지 않았다. 오히려 아주 확신에 찬 상태였다.

"잘 들어, 퇴네. 우리가 매일 프로그램을 만들려면 할 수 있긴 해. 하지만 그렇게 되면 나는 빠질 거야. 매일 하고 싶어 하는 훌륭한 진행자들은 분명히 많을 거야. 하지만 나는 아니야. 매일 하게 되면 나는 그만둘 거야. 그리고 다른 일을 찾을 거야."

그는 내 마음을 돌리려고 거칠게 말하면서 내 말문을 막는 대신 나처럼 침착해졌다(그러니 내가 그를 좋아할 수밖에).

"호르스트, 무슨 문제라도 있어? 왜 매일 하고 싶지 않은지 나한테 설명해 줘. 나는 네 생각을 이해하고 싶어!"

그래서 내가 무슨 생각을 하고 어떤 굳은 신념을 가지고 있는지 퇴네에게 말했다.

"우리가 아직은 거기까지가 아니라서야. 매일 방송하기에

154
•

는 아직 너무 일러. 생각해 봐. 우리는 지금 일주일에 한 번 아주 잘하고 있잖아. 하지만 그 이상은 아직 무리야. 매일 방송을 하게 되면 우리는 이제 피어난 여린 새싹을 뭉개버리게 될 거야. 나는 그렇게 하고 싶지 않아. 그러면 난 그만둘 거야."

너무나 많은 것들이 명확했다. 그 당시 우리는 딜러가 다섯 명뿐이었는데 그들이 어떻게 매일 방송을 할 수 있겠는가? 다섯 명의 딜러가 어떻게 매일 물건을 사들이려고 하겠는가? 그들도 자기 사업을 해야 하는데 그 많은 돈을 어디서 구할 수 있겠는가? 사람들에게서 물건을 사들이기 위해 딜러들이 방송국으로부터 돈을 받는 것도 아닌데 말이다. 그들은 정말로 자기 돈을 주고 물건을 사야 한다. 이것이 이 방송이 살아 있을 수 있는 결정적인 이유이기도 하다. 예를 들어, 당신이 중국 황제의 변기 뚫어뻥이나 라이너 칼문트 Rainer Callmund(은퇴한 독일의 축구단 임원-옮긴이)의 멜빵, 1972년에 제조된 낡은 껌 자판기를 가지고 와서 방송에 출연했는데 딜러들이 관심이 없어서 아무도 구매하지 않는다면 당신은 불운을 감수하는 수밖에 없다.

그렇기 때문에 우리가 매일 방송을 하려면 적어도 딜러가 열다섯 명은 필요하다는 것, 이 생각이 확고했다. 그리고 전문가들도 당연히 더 있어야 한다. 매일 TV에 출연해서 물건을 설명하는 것이 그들의 주 직업이 아니기 때문이다. 그들은 자기 본업을 가지고 있는 진정한 전문가들이다. 그들에게 TV 출연은 약간의 여유 시간을 할애하는 괜찮은 부업이다. '매일'이 의미하는 것은 우리에게 아주 많은 참신한 사람들이 필요하다는 것, 특히 편집팀도 더 많이 필요하다는 것이다. 지원하는 모든 사람을 검증해야 하고 모든 것이 논의되고 합리적으로 계획되어야 한다. 이 프로그램은 단순하게 컨베이어 벨트에서 빨리빨리 진행될 수 있는 그런 단순한 상품이 아니다. 모든 것에는 그만한 시간이 필요하다.

물론 방송국과 특히 제작사는 분명히 이 문제에 대해 다른 입장일 것이다. 실제로 이미 자금이 상당히 축난 상태였고, 나역시 이 사실을 너무도 잘 알고 있었다. 제작사 입장에서는 당연히 프로그램을 매일 제작하는 것이 재정적으로 훨씬 더 이득이기 때문이다. 방송국 또한 이해가 되는데, 그들의 논리도 그렇게 어렵지 않다. 이를테면 방송국에서는 시청률이 잘 나오는 프로그램을 더 많이 내보내기를 원한다. 더 많은 사람이 그 프로그램을 보게 되고 시장 점유율도 높아지기 때문이다. 모든 것이 너무나도 잘 이해되고 바람직한 일이지만, 나는 내 주장을 고집했다. 내 신념에 반하는 행동을 다시는 하지 말자고 다짐하면서 내 이성에 귀를 기울였다. 이 프로그램을 진심으로 좋아하고 당연히 매일 방송에 출연하면 좋겠다는 생각, 물론 없진 않다. 여러 가지 기본 조건들이 잘 맞는다면 말이다. 나는 나의 직감을 믿기로 했다. 〈희귀품에 현금을〉은 나와 함께 서서히 성장하거나, 곧 나 없이 매일 방송될 것이다.

나는 내가 이런 연예계에서 살아남는 힘을 가끔 어디에서 얻는지를 생각하곤 하는데, 이런 힘은 바로 올바른 결정을 내리는 데서 생긴다. 올바른 결정을 내리면 아무리 큰 유혹에도 내 중심을 잃지 않을 수 있다. 예를 들면 〈라퍼, 리히터, 맛있어〉 같은 성공적인 프로그램을 그만둔다는 것은 나 자신을 특정 위험에 내맡긴다는 것을 의미하기도 한다. '이 프로그램의 시청자들이 나의 새로운 프로그램들도 시청할까? 새로운 프로그램이 성공적이지 못하면 어떡하지? 내가 돈과 시청률을 포기할 만큼 경제적 여유가 있을까? 이런 결정으로 내 경력이 끊어지면 어떡하지?' 같은 고민들 말이다. 연예계라는 곳은 승승장구할 때는 좋은 친구들이 있고, 성공적인 사람에게는 모두가 시중을 들고, 비위를 맞춰주고, 다정하게 어깨를 두드려 준다. 하지만 성공이 사라지면 아첨꾼도, 예스맨도, 어깨를 두드리며 격려하던 사람들도 사라진다. 그것도 눈에 보이는 것보다 훨씬 더 빨리. 그렇기 때문에 새로운 것을 시작하기가 매우 어렵기도 하다. 시청자의 반응도 예상할 수가 없다. 그래서 사람들은 가장 확실하고 가장 잘 달리는 말에만 내기를 걸고 '말과 기수'를 절대로 바꾸려고 하지 않는다. 이럴 때 쓰는 말이 있지. "이기는 팀을 절대 바꾸지

말라.^{Never change a winning team"}

내 생각은 늘 이렇다. 어떤 프로젝트나 프로그램 또는 그것이 무엇이든 간에, 내 마음속 시계가 멎는 것을 느끼면 나도 그것을 끝낸다. 지금 당장은 아니지만 말이다. 그 최종적인 결정은 늘 신중해야 한다. 때로는 놀라울 정도로 쉽게 결정을 내릴 때도 있고, 고통 속에서 결정을 내릴 때도 있다. 내가 사랑했던 올디테크를 닫았을 때처럼, 굵은 눈물을 흘리며 〈라퍼, 리히터, 맛있어〉를 끝냈을 때처럼. 하지만 나는 이를 극복하고 계속 나아간다. 내가 수긍할 만한 마침표를 찍어야만, 진정으로 새로운 일에 완전하게 몰두할 수 있는 준비가 되기 때문이다. 의심과 불확실함의 시간 속에서 나 자신에게 귀 기울일 때마다 내 마음은 사그라지지 않고 폭풍우가 몰아쳤다. 내 마음속에서 가슴과 이성이 서로 심각한 주장을 하며 우위를 차지하기 위해 싸웠고, 내가 어떤 결정을 내린 후에야 비로소 잠잠해졌다.

나는 사람들이 삶의 마지막에 대부분 자신이 하지 못한 일을 후회한다고 읽은 적이 있다. 자신이 꿈꾸던 것, 또는 이러한 꿈과 소원을 실현하기 위한 힘을 찾기 바라는 것. 정글 속으로 한번 들어가는 것, 보트 여행을 하는 것. 파리에 가서 연인의 손을 잡고 센강을 함께 거니는 것. 영원한 가족 싸움을 끝내는 것, 외면당할 위험이 있더라도 화해의 손을 내미는 것. 응답받으리라는 희망이 없더라도 한 사람에게 위대한 사랑을 고백하는 것. 희망은 마지막에 죽는다는 말이 있듯이 그래도 어떤 위험을 감수하는 편이 훨씬 낫다.

내 친한 친구 중 한 명이 서른한 살에 아버지와 관계를 끊고 다시는 안 보겠다는 이야기를 한 적이 있다. 분명히 그만한 이유가 있었고, 나는 그만큼 친구의 마음을 아주 잘 이해할 수 있었다. 그의 아버지는 너무나 자주 본인 아들의 마음을 아프게 했기 때문이다. 하지만 시간이 지날수록 친구는 자신의 결정을 다시 한 번 생각해 봐야 하는 것은 아닌지 의구심을 갖게 되었다. 그의 어린 딸이 어느날 이런 말을 했단다. "이제는 아빠의 아빠가 좋은 사람이 되지 않았을까?" 하지만 친구는 두려움을 극복하지 못했고, 아버지가 돌아가신 후 친구는 자신이 용기내지 못한 것을 지금까지도 후회하고 있다.

주위의 경험과 내 삶의 경험은 내 문제를 해결하는 데 항상 도움이 되었고, 내 마음속의 고요함과 평온함을 찾는 데에도 도움을 주었다. 물론 앞으로 어떤 삶이 펼쳐지느냐에 따라 우리 영혼이 어쩌면 영원히 평온하지 않을 수도 있다. 삶은 계속되고 시간이 지나면서 욕구도 바뀐다. 물질적으로도, 정신적으로도. 변하지 않는 것은 없다. 우리는 죽을 때 무엇을 가져갈 수 있나? 자동차도, 고액 계좌도, 상이나 훈장도 우리의 마지막 여행에 도움이 되지 않는다. 검은 옷을 입은 사공이 그저 우리를 데려갈 뿐이다. 그리고 우리 마음의 평화를. 죽음을 앞둔 환자가 자신이 사랑하는 모든 사람이 마지막으로 병상에 모인 후에 비로소 숨을 거두었다는 이야기를 우리는 얼마나 많이 들었는가? 원수가 된 가족들이 임종의 자리에서 화해했다는 이야기는? 그래야 그들이 고요하고 평화롭게 잠들 수 있으니까. 그렇기 때문에 우리는 중요한 결정을 내릴 때 마음속의 혼란을 없애려고 노력하는 것이 매우 중요하다. 얼핏 보기에는 어려워 보일지라도 옳은 일을 하는 것이 중요하다. 성공, 많은 돈, 안전한 수익을 누가 기꺼이 포기하려 할까? 나 역시 마찬가지다. 단, 이 길이 나를 폭풍우에 빠뜨리고 불안하게 만들지 않는다면 말이다. 만약 그렇다면 나는 차라리 포기한다. 왜냐하면 이러한 성공, 이 낙원의 사과에는 독이 들어 있기 때문이다. 그리고 이 독은 온몸과 마음에 퍼질 것이다. 그렇게 되면 우리는 냉소적이고 비참해질 것이다. 나에게 비밀을 털어놓는답시고 자신의 일이 얼마나 끔찍한지 나에게 은밀하게 말하는 사람을 많이 만났다. 그리고 아무도 이 사실을 눈치채지 못해서 얼마나 다행인지 모른다고 했다. 하지만 내 경우에는 좀 다르다. 나는 이 사실을 내가 직접 알아차리는 것이 가장 최악이라고 생각하는 사람이다. 스스로 100 퍼센트 지지할 수 없는 일을 너무 오랫동안 하면 나에 대한 존경심을 잃게 된다. 몇 년 전 몇몇 기자들은 인터뷰에서 내가 본래 어떤 사람인지를 늘 물었다. 요리사, 코미디언, 진행자? 그리고 나는 늘 이렇게 말했다.

"나는 요리사도 아니고, 코미디언도 아닙니다. 그저 사람들과 그들의 사연을 이야기하는 것을 매우 좋아하는 스토리 텔러 Story Teller이자 스토리 컬렉터 Story Collector입니다."

이렇게 말하면 사람들은 종종 잘 이해하지 못한다. 왜냐면 그들은 나를 버터와 크림으로 '맛있게 요리하는 것'과 연관시키기 때문이다. 물론 아주 오랫동안 정말 그랬고, 그것을 정말 즐겼다. 하지만 언제부터인가 요리하는 일은 나에게 더 이상 즐거움을 채워주지 못했고, 내 마음 깊은 곳에서 나와 하나가 되지 못했다. 그 대신 내 마음속에서 이렇게 외치는 목소리만 들렸다. '호르스트, 그 일이 행복하지 않으면 그만둬!'

나는 얼마 전 독일의 한 운동선수에 대한 기사를 읽고 큰 감동을 받았다. 잠재력을 인정받은 비교적 유명한 허들 선수인데, 안타깝게도 그는 언제부터인가 매 경기가 시작되기 며칠 전부터 극심한 긴장과 메스꺼움, 두통에 시달렸다. 게다가 불면증과 신경과민도 생겼다. 이를 극복하기 위해 정말 많은 것을 시도했다. 불안감에 맞서 싸우기 위해 호흡, 마음챙김 훈련을 비롯하여 많은 것들을 해보았다. 하지만 결국, 이렇게 생각하는 지점에 도달했다. '스트레스 없이 살려면 도대체 내가 뭘 더 해야 하는 거지?' 그리고 전문적인 경쟁 스포츠를 그만두기로 결정했다. 일주일에 여섯 번씩 훈련을 계속하기는 했지만, 이는 그저 스포츠가 주는 즐거움 때문이었다. 나는 이 기사를 읽었을 때 깊은 감동을 받았지만 놀랍지는 않았다. 나는 이 감정이 무엇인지 이미 알고 있기 때문이었다. 나에게 더 이상 아무 즐거움도 주지 못하는 일에 모든 에너지와 삶의 기쁨이 소모될 때의 느낌, 일단 시작한 이상 멈출 수 없는 상황 때문에 의미조차 없어진 그런 일에 말이다.

믿기 힘들 정도로 많은 사람이 마음의 균형을 회복하기 위해 점점 더 많은 도움과 보상을 찾고 있다. 그래서 내가 다녀왔던 묵언 수도원과 같은 시설이 호황을 누리고 있다. 우리는 태극권이나 요가에 푹 빠지고 자율훈련을 하며 민간요법 학원에서 중국 전통 의학 강좌를 예약하고 운동도 열심히 한다. 또는 대화 및 행동요법으로 고도의 스트레스를 다스린다. 모든 사람이 자신에게 부담을 주고 불행하게 만드는 '일'을 그만둘 수는 없기 때문에 이렇게 노력하는 것이다. 물론 이렇게 말할 수도 있다. 우리 모두에게는 선택권이 있고 새로운 것을 다시 찾을 때까지 허리띠를 졸라매고 절약하며 살아야 한다고 말이다. 나는 많은 우여곡절에도 불구하고 내 직감이 분명한 신호를 보낼 때 아니라고 말할 수 있는 (경제적)특권을 충분히 누리면서 살았다. 이것은 참 감사하게 여겨야 할 일이다.

다시 〈희귀품에 현금을〉 상황을 설명해 보자면, 다행히도 이때 나는 상황을 아주 객관적으로 바라볼 수 있는 마음의 여유가 있을 때였다. 결과적으로 〈희귀품에 현금을〉을 매일 하고 싶지 않았다. 한마디로 우리 팀의 능력이 아직 거기까지 미치지 않았다는 것이다. 그리고나서 우리는 천천히 큰 문제 없이 주간 방송을 일일 방송으로 전환시키기 위해 엄청난 노력을 쏟았다. 편집팀과 제작 담당자를 비롯한 모두가 놀라울 정도로 최선을 다했다. 새로운 딜러와 전문가를 추가로 섭외했고, 편집팀 인원이 확대되었으며, 방송의 모든 과정을 차질없이 진행하기 위해 모두가 극도의 노력을 기울였다. 나는 이런 모습에 어마어마한 행복을 느꼈다.

우리는 이렇게 대략 1년 정도 준비 기간을 거쳤고, 그런 다음 데일리 방송에 뛰어들었다. 물론 우리는 새로운 목표를 설정했다. 무엇보다도 우리는 데일리 방송으로 정말 좋은 시청률이 나오기를 바랐다. 편성 시간대도 새롭게 오후 3시 5분에 잡혔다. ZDF는 시청률 10퍼센트를 달성한다면 매우 기쁘고 만족스러울 것이라고 말했다. 그리고 〈희귀품에 현금을〉이 매일 방송된 첫 주가 흘렀고, 평생 동안 잊지 못할 일이 내게 벌어졌다. 첫 방송이 나간 월요일에 우리는 단숨에 9퍼센트의 시청률을 기록했다. 정말 대단한 기록이자 화려한 출발이었다. 화요일에는 우리가 바라던 10퍼센트에 돌파했다. 대박! 우리는 서로를 껴안고 환호성을 질렀다. 첫 주의 나머지 요일에는 9퍼센트에서 11퍼센트 사이의 평균 시청률을 얻었고 3주 후에는 12퍼센트로 조금 더 올랐다.

우리는 우리의 대성공을 서로 크게 축하했다. 이 성공은 사실상 우리의 엄청난 노력에 대한 보상이었다. 나는 감정에 복받쳐서 말했다. "여러분, 우리는 언젠가 시청률 15퍼센트를 넘길 거예요. 그렇게 되면 정말 미치도록 좋겠죠? 그런 날이 오면 제가 샴페인 한 상자를 쏘겠습니다." 그런 날은 머지않아 다가왔다. 셋째 주 시청률이 15, 17, 19, 20, 22, 25, 27퍼센트를 기록했다. 매일 350만 명이 넘는 사람들이 우리 프로그램을 본 것이다. 이런 출발은 아무도 예상하지 못했기에 우리 모두 말문이 막힐 정도였다. 27퍼센트의 시청률, 이는 방송계의 대격변이었다.

정확히 말하면 다른 방송국에도 여파를 미쳤다. 소문이 사실이라면 〈희귀품에 현금을〉의 막대한 성공은 ARD 공영방송에서 수많은 논의와 긴급회의를 소집하게 만들었다. 우리가 ARD 일일 드라마의 수많은 시청자를 빼앗았기 때문이었다. 그전에는 ARD 일일 드라마 시청률이 20~25퍼센트 사이였는데 갑자기 시청률이 뚝 떨어졌다는 것이다. 우리는 삽시간에 정말 많은 시청자를 빼앗아왔다. ARD에서는 정말로 큰 손실이었을 것이다. 하지만 우리 프로그램이 방송될 때 ARD뿐만 아니라 RTL 방송과 SAT1 방송도 시청자 수 급감을 겪었고, 곳곳에서

비상 회의가 소집되었다. 여기저기서 모두 〈희귀품에 현금을〉에 대한 이야기를 하자 모든 방송사가 고민하기 시작했다. '우리는 뭘 할 수 있지? 우리 시청자들을 되찾기 위해서 우리는 뭘 해야 할까?' 〈희귀품에 현금을〉과 비슷한 포맷의 프로그램들이 개발되었지만 모방 프로그램들은 우리만큼 성공적이지 않았다.

그때로 다시 돌아가 보자. '6회 방송을 일단 해보고 잘 되면 그때 또 6회를 해보자'라는 기획에서 순식간에 1년에 약 36회 방송으로 바뀌었고, 생각보다 빨리 1년에 220회가 넘는 방송을 계약했다. 시청률은 30퍼센트까지 올랐고 매일 평균 300만 명 이상이 〈희귀품에 현금을〉을 시청했다. 여러분, 상상할 수 있겠는가? 이 '사건'은 내 인생에 어마어마한 영향을 미쳤다.

나는 어느 순간 갑자기 쾰른의 사보이^{Savoy} 호텔에서 살게 되었는데, 〈희귀품에 현금을〉의 제작 현장이 그 근처였기 때문이었다. 원래 살던 바덴바일러^{Badenweiler}에는 잘 가지 못했다. 물론 아내가 내가 있는 호텔로 자주 찾아왔지만, 집에서 함께 생활하는 것과는 달랐다. 내 일과는 빈둥거릴 틈이 전혀 없을 정도였다. 아침 6시에 일어나서 8시 직전에 세트장에 도착하고, 오후 6~7시 사이에 다시 호텔로 돌아왔다. 호텔에서 간단하게 저녁을 먹고 저녁 8시 15분에 책을 읽거나 TV를 봤다. 아침 6시에 알람시계가 또 울릴 테니 늦어도 밤 11시에는 잠자리에 들었다. 마치 빌 머레이$^{Bill Murray}$가 출연한 영화 〈사랑의 블랙홀$^{Groundhog Day}$〉 같았다. 이 영화에서 빌 머레이는 매일 같은 일을 겪고 아무것도 바꾸지 못한다. 〈희귀품에 현금을〉이 점점 많은 인기를 얻으면서 인지도가 확 올라갔고, 나는 거의 외출하지 않았다. 식당에도 가지 않고, 간단한 산책도 하지 않았다. 쾰른에 혼자 있으면 아무 낙이 없었고, 게다가 20미터마다 멈춰서 사진을 찍거나 사인을 하고 싶은 마음도 없었다. 그러기에는 너무 지치고 피곤했다. 내가 가끔 했던 유일한 일은 근처 기차역에 가서 최신 잡지를 사는 것뿐이었다. 하지만 잡지만 사고 곧바로 내 호텔방으로 돌아왔다.

나는 매일 아침에 일어나서 아내와 전화로 이야기를 나누고, 점심과 오후 그리고 저녁에도 통화를 또 했지만 그저 단순한 통화에 불과했다. 아내와 나는 대부분의 시간을 혼자서 보냈고, 우리에게 아주 좋지 않은 영향을 끼쳤다. 분명한 사실은 내가 전화 걸기 세계 챔피언처럼 아내와 통화할 수는 있지만, 결국 하루가 끝날 무렵 온갖 좋은 일과 나쁜 일을 겪은 아내는 오롯이 혼자 집에 있어야 했고, 나는 거기에 없었다는 것이다.

완전히 미쳤다. 완전 미친 사람처럼 일했다. "모든 것을 그만두겠어요. 전부 그만두고 내 삶의 방향을 새로 설정해야겠어요!" 3년 전의 나는 분명 이렇게 말했는데, 그러고 나서 나는 믿을 수 없는 행운을 얻어 훌륭한 방송, 훌륭한 직업윤리를 갖춘 훌륭한 팀을 만났다. 그리고 방송으로 얻을 수 있는 성취감과 성공을 맛본 후 내가 예전보다 더 많은 일을 하고 있음을 깨달았다. 나는 또다시 쳇바퀴를 돌고 있었지만, 그때와 유일하게 다른 점은 많은 일과 호텔 생활에도 불구하고 정말 행복했다는 것이었다. 역설처럼 들리지 않는가? 일은 아주 많고 집에 있는 시간은 아주 적은데도 일하면서 아주 큰 기쁨을 느낀다는 것이? 하지만 정말 그렇다. 우리가 별로 하고 싶지 않은 일을 하고 살고 싶지 않은 삶을 산다면 몸이든 마음이든 병에 걸릴 수 있지만, 우리가 정말로 하고 싶은 무언가에 열정을 쏟는다면 아무리 힘들어도 그것이 일로 느껴지지 않는다.

여러분, 우리는 좀 더 미치광이가 될 필요가 있다.

걱정 마,
인생은 매 순간 흔들려

TV 방송사는 단순하게 생각한다. 이를테면 오후 3시 5분에 매우 인기 있는 진행자와 환상적인 시청률을 겸비한 멋진 프로그램이 방송된다. 그것도 매일매일. 일주일이 8일이 아니라니, 젠장. 주를 늘릴 수는 없는 노릇이니 우리는 무엇을 더 할 수 있을까? 하루에 두 번 방송하는 것도 불가능하다. 그럼 이렇게 하면 어떨까?

어느 날 내 전화기가 다시 울렸고 전화기 너머로 내 매니저 퇴네 슈탈마이어의 익숙한 목소리가 들렸다.

"호르스트, ZDF에서 저녁 8시 15분에 큰 규모로 〈희귀품에 현금을〉 쇼를 만들고 싶은가 봐. 네 생각은 어때?"

나는 데자뷔를 느꼈다.

"하…. 그건 정말 위험해. 그렇게 하기에는 너무 일러. 오후 방송 포맷을 갑자기 저녁 8시 15분 큰 쇼로 바꾼다고? 신중하게 고민해봐야 해. 당장 포맷을 바꿔야 한다면 다른 진행자를 알아보는 게 나을 거라고 전해줘. 다른 진행자를 구하면 나는 기꺼이 물러날게. 잘 안 되면 내 생각이 옳은 거겠지."

다행히도 나 혼자만의 염려가 아니었다. 제작사도 전적으로 나와 같은 의견이었다. 여러분, 내 방식대로 설명하자면 이렇다. 내가 직접 아주 잘 만든 오토바이를 타고 나만이 알고 있는 뻥 뚫린 구간을 달리는 것은 정말 멋진 일이다. 이 구역에서는 내가 제일 빠르고 아무도 나를 추월하지 못한다. 여기는 내가 잘 알고 있으니까. 그런데 똑같은 오토바이를 타고 고성능 경주용 오토바이를 상대로 그랑프리 실전 코스를 달려야 한다면 승산의 기회가 없다. 나는 완전히 패배하고 말 것이다. 이해가 되는가? 같은 위치에서 함께 뛰려면 모든 면에서 강화되어야 한다. 이를 〈희귀품에 현금을〉에 적용시켜 말하자면 이렇다. 즉 우리에게는 더 많은 후광이 필요하다. 더 화려하게, 새로운 방법을 찾고, 더 열심히 뛰어야 한다. 또 모든 것이 전부 잘 맞아야 한다. 딜러와 전문가도 훨씬 더 많이 필요하고 물건도 더 다양해야 한다. 말 그대로 정말 큰 쇼를 만들어야 한다. 더 반짝이고 더 화려하게, 더 큰소리여야 한다. 여러 다양한 논의와 의견들이 나왔고 논란이 분분하기도 했지만 전체적으로 우호적인 토론이 이루어졌다. 나는 내 입장을 지켰다. 작은 모닥불 앞에서 기타와 감미로운 노래로 몇몇 사람들을 울게 만들던 사람을 거대한 공연장 무대에 세워놓고 "자, 이제 똑같이 한 번 해봐"라고 말할 수는 없다. 그건 불가능하다. 2만 명의 사람들 앞에서 노래를 부르려면 더 큰 쇼가 되도록, 더 많은 조명을 비추고 더 큰 음향이 울리도록 해결책을 찾아야 한다. ZDF 방송과 제작사가 같은 의견이었기에 우리는 결국 저녁 8시 15분 쇼를 천천히, 그리고 철저히 준비하기로 했다.

우리는 다시 1년 동안 계획하고 일하고 준비했다. 우리가 무엇을 해야 하는지 정확히 파악하고, 모든 것이 정말로 확실할 때까지 아주 작은 디테일까지 꼼꼼히 신경썼다. 모든 것을 정비한 다음 방송과 똑같이 연습하고 또 연습했다. 대망의 프로그램 녹화 날, 모두 긴장한 채로 이리저리 뛰어다니며 일을 마쳤다. 녹화 영상을 본 우리는 모두 날아갈 듯 기뻤고 가슴이 벅찼다. 물론 우리가 직접 만든 프로그램이기 때문에 현실적인 피드백이 아닐 수도 있지만, 그래도 나는 충분히 멋지다고 생각했다. 음악도 편집도 사람들도. 한마디로 정말 멋진 프로그램이었다. 시청자들의 호응이 없더라도 방송국도 제작사도 제작팀도 나도 불평할 수는 없었을 것이다. 드디어 방송 당일이 되었다. 나는 여전히 우리가 만든 쇼가 훌륭하다고 생각했다. 그날 일어난 일은 내가 감히 꿈에서도 바라지 못 할 일이었다.

나는 바덴바일러의 우리 집 침대에 누워서 깊은 잠에 빠져 있다. 아침 7시, 내 휴대폰이 울린다. 모래가 잔뜩 들어간 듯 반쯤 뜬 졸린 눈으로 휴대폰 화면에 뜬 발신자 이름을 본 나는 피로에 찌든 채 휴대폰을 향해 손을 뻗는다. ZDF 예능 팀장 올리버 하이데만 박사. 젠장! 무슨 일이지? 나는 멍한 상태로 전화를 받지만 그가 무슨 말을 하는지 잘 안 들린다. 그는 환호성을 지르며 말한다. 그 와중에 한 가지 질문을 마침내 알아들었다. "호르스트, 시청률 봤어요?" 나는 아니라고 대답했다. 전화를 받기 전까지 단잠에 빠져 있었으니 틀린 말은 아니었다. 여러분, 어떻게 말해야 할지 모르겠다. 우리는 계획했던 것보다 훨씬 뛰어넘는 꿈의 시청률을 달성했다. 정말 놀랄 만한 시청률 곡선이었다. 프로그램이 시작할 때 시청률이 가파르게 상승했고 방송 내내 최고점에서 평평하게 머물다가 프로그램이 끝나자마자 다시 가파르게 떨어졌다. 마치 프로그램이 끝나자마자 모두가 TV를 꺼버린 것처럼. 정말 믿기지 않았다. 전화기는 계속해서 울려댔고 모두 축하의 말을 건넸다.

그 후 나는 너무나도 행복한 상태로 곰곰이 생각했다.

일상에서 평온함을 찾는 방법

'우리가 서두르지 않아서 정말 다행이야. 삶은 성장이 필요하고, 성장을 위해서는 시간이 필요하지. 솔직히 〈희귀품에 현금을〉 같은 프로그램은 매우 중요해. 이 프로그램은 계속 시청자에게 따뜻함과 감동을 주어야 해. 대충대충 만들고, 그저 돈을 벌기 위해 과대광고를 한다면 시청자들을 잃고 말 거야.'

다행스럽게도 우리는 팀 전체가 균일하게 성장하고, 모두가 동참할 수 있도록 항상 주의를 기울였다. 우리 팀원은 각각 적절한 일을 하고, 상대를 존중하고, 모두가 즐겁게 동참하는 사람들이었다. 문제가 발생하거나 누군가 맞지 않는 일을 하고 있으면 모두가 문제를 해결하기 위해 함께 노력했다. 작은 문제라도 제때 해결되지 않으면 위험이 너무 커지고 모든 것을 망가뜨릴 수 있기 때문이다. 그리고 이 규칙은 지금까지도 유지되고 있고, 나는 이 점이 무척 자랑스럽다. 7년이 지나서도 여전히 모두가 기쁜 마음으로 세트장에 온다는 것은 이 업계에서 매우 드문 일이다. 우리가 스스로의 규칙을 지키면서 즐겁게 일하고 있기 때문에 가능한 일이다. 우리는 여전히 우리에게 벌어진 놀라운 순간들을 경험하고 있다. 그리고 매일 새로운 것을 발견하며 '우리'가 사랑하는 〈희귀품에 현금을〉을 여전히 엄청난 열정을 갖고 지금까지 제작하고 있다.

인생이란 동전의 양면 같은 것 ─────

인생은 두 가지 모습으로 존재한다. 한쪽은 〈희귀품에 현금을〉이라고 쓰인 금메달이 내 목에 걸려 있었고, 다른 쪽은 다른 모습으로 있다. 바로 피로에 지친 채 호텔에 홀로 있는 나의 모습. 다시 말해 나는 더 이상 집이 아닌 쾰른의 사보이 호텔에서 1년에 200일 이상 지냈다는 사실을 갑자기 깨달았다. 언제든지 홀연히 사라져서, 편히 쉴 수 있는 장소가 필요한 나 같은 사람에게 200이란 숫자는 정말 힘든 숫자였다. 아주 솔직히 말해서 나는 아주 사소한 것이라도 결혼 생활에 피해를 주고 싶지 않았다. 아내 나다와 나는 서로 정말 잘 통하고, 힘들고 어려운 시기를 함께 견뎌왔다. 비유하자면, 언제든 강한 파도를 이겨낼 수 있는 큰 배 같은 사이다. 하지만 그저 통화만 하고 어디 방문하듯 불규칙하게 집에 간다면 결혼 생활에 상당한 불균형이 생겨날 수 있다. 그렇게 되면 자기 자신에게, 배우자에게, 가정에 해야 할 도리를 못 하게 된다. 이러한 상황에서 우리는 이야기하고, 이야기하고 또 이야기했다. 앞으로 어떻게 해야 할까, 우리가 무엇을 바꿔야 할까, 어떻게 하면 다시 평온해질 수 있을까? 꿈같은 집이 내가 일하는 곳에서 400킬로미터 떨어진 지역에 있어봤자 우리에게 무슨 소용이겠는가? 내가 없는 거나 다름없고 평온함을 느끼지도 못하며 푹 쉬지도 못하는 그런 집이 무슨 소용이겠는가? 내가 이 집에서 더 이상 꿈을 꾸지 못한다면 아무리 완벽한 꿈의 집이라도 무슨 소용이겠는가? 나는 쾰른에 있을 때 꿈의 호텔, 최고의 호텔인 사보이 호텔에서 그저 잠만 잤다. 하지만 그 좋은 호텔도 진정한 '집'은 아니다. 그렇다면 우리는 무엇을 바꿔야 할까? 아내와 나는 더 많은 시간을 다시 함께 보내고 싶었고, 우리는 진지하게 논의하기 시작했다. 집을 팔까? 쾰른 근처로 이사를 올까? 그만둘까? 모든 것을 내려놓고 아내와 정원을 가꾸고, 손주들과 시간을 보내면서 지낼까?

나는 감정적으로 혼란스러웠고 탁구공처럼 생각이 왔다 갔다 했다. 잠깐씩 바덴바일러 집에 머물 때면 아내에게 이렇게 말했다. "우리 이 집 절대 팔지 말자. 여기는 정말 지상낙원이야. 자연, 풍경, 사람들, 정말 아름다운 우리 집!" 하지만 이런 감정은 그리 오래가지 않았다. 내가 다시 몇 주 동안 집을 떠나 있을 때는 정반대의 생각이 들었기 때문이다. "여보, 우리 전부 팔고 쾰른 근처에 새집을 알아보자. 안 그러면 나 미칠 것 같아."

이 혼란은 내 속을 뒤집어놨다. 나는 갈팡질팡하며 어느 쪽도 결정하지 못했다. 아내가 쾰른에 와서 함께 있으면 정말 좋았고, 힘이 났으며, 영혼이 치유되는 느낌이었다. 하지만 아내가 떠나면 일은 좋게 느껴져도 세상의 다른 것에는 관심이 사라졌다. 나는 혼자서는 외출을 하려고 하지 않았다. 내 성공으로 말미암아 세상이 많이 달라졌다고 느꼈기 때문이다. 처음에는 이런 변화를 잘 의식하지 못했다. 그리고 나는 일에 너무 빠져 있어서 다른 모든 것은 관심 밖이었다. 하지만 〈희귀품에 현금을〉이 크게 성공하자 당연히 점점 더 많은 사람이 나를 알아보기 시작했다. 아내와 내가 쾰른에서 외출을 하면 다음과 같은 장면이 아주 규칙적으로 벌어졌다. 사람들이 다정하게 나에게 다가와서 사진 찍기를 원할 정도로 모든 관심이 나에게 집중되었다. 나는 사람들의 관심을 즐기고 좋아하는 편이라 언제나 아주 즐겁게 사진을 찍었지만 대부분 한 장에 그치지 않았다. 내가 세 번째 사진을 찍은 후 뒤돌아봤을 때 아내는 그 자리에 없었다. 아내는 어디론가 홀연히 사라졌다. 당연히 신경이 많이 쓰였을 것이다. 그리고 아내는 이렇게 말했다.

"조심해, 여보. 내가 당신과 하루를 오롯이 보낼 때 그 하루는 '우리'를 위한 날이기도 해. 당신이 내내 그렇게 사진을 찍으면서 사람들과 이야기할 때 나는 가만히 있지 못하고 옆으로 비켜서서 끝날 때까지 기다려야 해. 그럼 나는 계속 혼자란 말이야."

결과적으로 우리는 심각한 진퇴양난에 빠져 있었다. 나는 어디에서도 '집'에 있다는 느낌을 받지 못했고 아내와의 시간도 온전히 즐길 수 없었다. 호텔은 아무리 훌륭하더라도 집을 대신해주지 못했기 때문이다. 내게 즐거움을 준 유일한 것은 일이지만, 다른 것들이 제대로 정리되지 않으면 일을 해도 기분이 썩 좋아지지 않는다. 나는 점점 더 불균형 상태에 빠지게 되면서 불편한 마음이 들었다. 이러한 생각은 날이 갈수록 분명해졌다.

이 시기에 나는 나 자신에 매우 몰두했다. 무엇보다 나의 정신적 균형을 되돌릴 방법을 알고 싶었기 때문이었다. 평온함을 되찾기 위해 나는 무엇을 할 수 있을까? 나에게 부족한 것은 평온의 오아시스, 독일식 루헤였다. 내겐 멋진 집이 있지만 내가 좋아하는 일을 하는 곳과 멀리 떨어져 있었고, 가정과 아내가 있지만 장거리 결혼 생활을 했고, 사랑과 안정, 공통된 경험을 공유하고 싶은 욕구는 있었지만, 대부분의 시간을 홀로 보냈다. 어떻게 하면 내가 좋아하는 일과 가정을 모두 안정되게 유지할 수 있을까? 이미 말했듯이 아내 나다와 나는 이에 대해 정말 많은 대화를 했다. 바덴바일러를 떠날까? 모든 걸 팔고? 쾰른 근처로 이사 올까? 내 마음속에는 두 개의 심장이 뛰었다. 하지만 이것도 나에게는 새로운 것이 아니었다.

필사적으로
평온함을 간직해야 하는 이유

우리는 모두 평온에 대한 각자의 요구 사항을 가지고 있다. 예를 들어, 나는 눈을 뜨는 아침 시간대에 절대적인 평온의 시간, 고요함인 루헤가 필요하다. 이 책의 앞부분에서 이미 말했듯이 나는 아침 식사를 꼭 하는 사람이다. 나에게는 아침에 혼자 있는 이 시간이 잠을 더 잘 수 있는 한두 시간보다 더 소중하다. 이 시간에 나는 오롯이 나 자신을 돌아볼 수 있다. 촬영 중이든 집에서든 오토바이 여행을 하든 언제나 나는 이 시간을 지킨다. 예를 들면 〈호르스트 리히터, 행복을 찾다〉라는 오토바이 여행 프로그램을 촬영할 때였다. 그날은 바다 보트 투어 시간에 정확하게 도착하기 위해 아침 6시 30분에 출발해야 했다.

팀원 대부분은 빨라야 6시에 일어나서 얼른 씻고 옷을 입고 서둘러 출발했다. 나에겐 있을 수 없는 일이다. 아침 시간을 그렇게 보냈다면 내 하루가 전부 엉망이 되었을 것이다. 생각만 해도 기분이 나쁘다.

전날 밤 호텔에 늦게 들어왔어도 나는 아침 5시에 일어난다. 달리 어떻게 할 수가 없다. 나는 진한 커피가 필요한 사람이고 배가 고프지 않아도 뭔가 먹어야 한다. 아침 식사를 전혀 하지 않고 가끔은 오후까지 음료 말고는 아무것도 먹지 않는 사람들한테는 미안하지만, 나는 그런 사람들이 이상하게 느껴진다. 그렇다, 나는 아침마다 의식이 필요한 사람이라, 아침에는 반드시 나만의 의식을 거행해야 하고 모든 루틴이 순조롭게 돌아가야 한다. 나는 '그래, 이제 컨디션이 좋아'라는 느낌이 들어야 좋은 하루를 시작할 수 있다. 아침마다 고요하고 평온하게 나만의 의식을 치를 수 있는 시간을 가지면 나는 아침 6시 30분에도 쾌활하고 명랑하게 이야기할 수 있다. 아마 이런 사람은 드물 것이다. 이 정도로 아침 시간은 나에게 정말 신성하다. 나를 아는 모든 사람은 이 시간에 나를 가만히 내버려 둬야 한다는 사실을 알고 있다. 그렇지 않으면 온종일 투덜거릴 테니까.

〈희귀품에 현금을〉을 촬영할 때도 다르지 않다. 나는 아침 6시에 일어나서 혼자 아침을 먹고 대략 6시 40분까지 평온함을 즐긴다. 그런 다음 20분 동안 면도하고 수염을 정리하고 마지막으로 수염 끝을 꼬아 올린다. 그리고 7시 15분에 자동차에 올라 탄다. 촬영장에 도착하면 7시 45분쯤 된다. 이렇게 아침 두 시간을 나를 위해 오롯이 가지면 나는 마치 운동화라도 된 양 뛰어다닐 듯이 컨디션이 좋다. 하지만 저녁이 되면 180도 달라진다. 나는 온종일 모든 에너지를 다 쏟아붓고 저녁에는 지칠 대로 지친 채 잠자리에 든다. 그런데 침대에 누워도 전혀 잠이 오지 않는다. 그때 갑자기 여러 가지 생각이 회전목마처럼 빙글빙글 돌면서 진정이 되지 않는다. 내 몸은 잠을 자고 싶은데 머리는 그날 하루를 놓아주지 않으려 한다. 그 때문에 나는 절망감을 느끼고 제대로 잠들 수가 없다. 완전히 미칠 것만 같다. 그래서 가끔은 피로가 가실 때까지 한참이 걸리기도 한다. 아내는 늘 나에게 이렇게 묻는다. "지금은 또 무슨 생각해?"

나는 어쩐지 하루를 놓아줄 수가 없다. 내 삶에서도 그렇다. 나는 일단 어떤 결정을 내리면 홀홀 잘 털어버릴 수 있지만, 결정하기까지 내 마음을 내려놓고 정리하는 것이 한없이 어렵다. 이제 나는 모든 것이 순조로운지 아닌지를 알려주는 내면의 저울을 가지고 있다. 어머니가 돌아가시고 확실하게 마음을 정리한 후로 이 내면의 저울은 균형을 유지하고 있다. 하지만 지금 어떤 것들은 내가 감당할 수 있을 정도로 탄력이 붙긴 했지만 언젠가는 더 이상 통제할 수 없거나, 통제하기 어려울 수 있다. 〈희귀품에 현금을〉과 관련해서 이 상황을 아주 잘 설명할 수 있

일상에서 평온함을 찾는 방법

는 비유가 떠오른다. 처음에 우리는 여유 있는 속도로 멋지게 증기를 내뿜으며 달리는 오래된 꽤 훌륭한 증기기관차였다. 시간이 지나면서 이 증기기관차의 모습은 그대로 유지되었을지 몰라도, 기차 겉면을 제외하고는 최첨단 기술로 교체되었다. 그 덕분에 증기기관차는 고속열차처럼 빨라졌지만, 당연히 그만큼 더 많은 작업과 노력이 필요하다.

나의 내면의 저울은 극도의 부담감이 나에게 해를 입힐 때 신호를 보낸다. 하지만 더 큰 어려움은 그 이전에 존재한다. 즉 기쁨이나 만족이 부담으로 다가오는 시점을 찾는 것이 무척 어렵다. 부담감을 알아채지 못한다면 일이 수월하게 진행되지 않는다. 프로젝트나 회사, 프로그램 등에는 나 혼자만 있는 것이 아니기 때문이다. 물론 우선 내가 중요하지만 내가 간접적으로 책임감을 느끼는 수많은 다른 것들이 따라붙는다. 직원은 몇 명인가? 누가 이 프로젝트에 참여하고 있는가? 누가 이 일을 아주 즐겁게 하는가? 우리는 누구를 위해 이 일을 하는가? 이는 마치 제빵사가 이렇게 말하는 것과 같다. "빵 열 개를 만들고 나면 나는 정말 지치고 피곤해. 그러니 내일도 나는 빵을 열 개만 만들 거야. 그럼 어쩔 수 없이 500명이 배를 굶주려야 하겠지만." 나는 이렇게 말하고 싶다. "저기요, 잠깐만요. 그렇게 하면 안 된다고요!"

나였으면 모두가 배불리 먹을 수 있도록 언제나 많은 빵을 구울 것이다. 그렇게 하면 내 직원들 모두가 할 일이 생긴다. 내게 무리가 되거나 부담이 너무 크다고 느껴지면 나는 모두가 계속 행복할 수 있도록 무엇을 바꿀 수 있을지를 먼저 고민할 것이다. '제빵사를 더 고용해야 할까, 추가 작업을 위탁해야 할까, 아니면 모든 일을 완전히 인수받을 대형 빵집을 찾아봐야 할까?'

이것은 완전히 다른 문제이긴 하지만 정말로 기쁨을 주는 일들은 내게 전혀 부담되지 않는다. 내가 정신적으로 균형을 이루지 못하고 모든 것이 삐딱할 때 비로소 부담이 된다. 모두가 찾고 있고 필요로 하는 중용을 찾기란 정말 어렵다. 하지만 중용은 내면의 평온과 고요를 위해 매우 중요하다. 한없이 중요하다. 물론 우리에게는 약간의 스트레스도 필요하다. 이는 이미 알려진 사실이다. 아드레날린이 방출되면 활기를 증진시키기 때문에 우리는 '건강한 양'의 스트레스에는 잘 대처한다. 적절한 양의 스트레스는 집중력에 좋으며, 정신을 가다듬고 필요한 에너지를 사용하여 일을 처리하는 데 도움을 준다. 하지만 스트레스가 너무 커지면 긍정적인 효과는 사라진다. 우리는 짜증이 나고 기분이 나빠지며 불행해지고 평온함을 잃는다. 그러면 어떤 일이 벌어질까? 이는 나 자신을 보면 알 수 있다. 나는 스트레스를 많이 받으면 담배를 평소보다 많이 피우고, 설탕이 많이 들어간 단것을 너무 많이 먹는다. 그리고 '일'이라는 산을 더 빨리 제거하려고 더 많이 먹는다. 그러면 대부분 스트레스만 더 커지는 결과로 이어진다. 우리는 이러한 악순환을 끊기 위해 모든 수단과 방법을 찾아야 한다. 무엇이 우리를 불안하게 하는지 먼저 파악하고, 그다음 우리에게 고요와 내면의 평화를 되돌려줄 수 있는 것을 찾아야 한다. 요가든 스포츠든 명상이든 긴 산책이든. 또는 요리하기, 음악 듣기, 정원 일이나 매일 짧은 낮잠을 자는 것도 어쩌면 도움이 될 수 있다.

몇 년 동안 두려움과 내적 불안에 시달리는 사람이라면 전문적인 도움을 구하고 의사를 찾아가는 것을 적극 권한다. 내 친구 중 한 명은 어느 순간 모든 것이 감당하기 어려워지자 더 늦기 전에 조치를 취하고, 장기간 행동치료를 받은 후 다시 균형을 되찾았다. 그 당시 그는 이렇게 말했다. "호르스트, 나는 내 스트레스와 불안 상태에서 치유되지 않았어. 치유는 불가능해. 나는 앞으로도 언제나 스트레스와 불안을 느낄 거야. 하지만 내가 왜 스트레스와 불안에 취약하고 그 원인이 무엇인지 이제는 알아. 나는 제때 나를 보호하는 법을 배웠고, 덕분에 내 삶의 질이 무척 좋아졌어. 결혼 생활에도 아주 큰 도움이 됐고. 그 이후로 나는 평온이 무엇인지, 평온이 나에게 얼마나 중요한지를 다시 깨달았어."

지나친 마음이 문제라서

나는 '내려놓기'에 대해서도 많이 생각했다. 몸과 마음의 균형을 이루기 위해 충분히 쉬고, 스트레스를 푸는 방법 말이다. 나 같은 경우에는 차고 정리, 정원 일, 청소, 손으로 뭔가 만들거나 조립하기 등이 있다. 나는 몸을 피곤하게 만들면 내가 '존재'하고 있음을 깨닫는다. 내가 혼자서 이룬 것을 나중에도 확인할 수 있기 때문이다. 나는 이런 게 멋지다고 생각한다(물론 소파에 늘어져 영화를 볼 수도 있지만). 웃기게도, 나는 종종 푹 빠져서 볼 수 있는 영화를 고른다. 그리고 대성통곡하며 눈물 콧물을 다 뺄 때도 많다. 그러나 어쩌면 잠재의식의 속임수일지도 모른다. 다시 말해 쌓였던 감정을 무너뜨릴 수 있도록, 다분히 나의 감정을 건드리는 스토리가 담긴 영화를 고르는 것이다. 이 책을 쓰기 위해 나의 친구이자 조력자인 틸 호헤네더는 나와 많은 인터뷰를 했다. 그리고 그 과정에서 한 번도 공개적으로 하지 않았던 말을 했다. 이 말은 나조차 놀라게 했다. 틸의 질문 중 하나는 다음과 같았다.

"너는 중간을 찾는 것이 어려워?"

나는 이렇게 대답했고, 틸은 큰 충격을 받았다.

"응, 아주 어렵지. 늘 어려웠어. 예전에는 아주 극단적이었어. 하루하루가 전쟁 같던 시기가 있었지. 그때 나는 매일 아침에 침대에서 계속 아무것도 하지 않고 누워 있었지. 스스로 너무나도 두려웠어."

여러분은 내가 그것을 왜 그렇게 두려워했는지 궁금하지 않은가? 그냥 누워 있기로 하면 포기하고 항복하는 것이고, 더 이상의 능력도, 의지도 없다는 뜻이기 때문이다. 올디테크라는 가게를 열었던 시절에 나는 공장에서 새벽 교대 근무조로 일하고 있었다. 근무 교대는 늘 새벽 5시에 이루어졌다. 나는 새벽 4시에 일어나서 근무를 하러 갔다 다시 가게로 돌아왔다. 그때 나는 집이 없어서 가게에서 잤다. 나는 가게에서 무언가를 짓고, 만들고, 일을 찾아서 하기 시작했다. 끊임없이 팬케이크를 만들고 손님이 더 이상 오지 않을 때까지 요리했다. 그러면 대부분 밤 11시나 자정이었고, 가끔 새벽 1시일 때도 있었다. 식당 홀 위

에 있는 다락방에 매트리스를 깔고 누우면 혼수상태에 빠지듯 스르륵 잠이 들었다. 그리고 서너 시간 후 다시 일어나야 했다. 정말 고된 시간이었다. 그때 나는 아침마다 누가 내게로 와서 이런 말을 하는 상상을 자주 했다. "어서, 이 알약을 삼키면 너는 영원히 누워 있을 수 있어." 그랬다면 나는 정말 그 알약을 삼켰을지도 모른다. "일어나지 말고 이제 좀 쉬어." 나에게는 이런 말이 필요했다.

지금 이 글을 쓰며 그때를 생각해 봐도 정말 미칠 것 같다. 몇 년이 지난 지금도 내 머리, 내 이성이 의도하지 않아도 그 문장이 떠오르는 것을 보니 내가 그때 얼마나 지쳤고, 내 피로가 얼마나 컸는지 알 수 있다. 이런 절망감을 느끼면서도 이와 동시에 내가 주장할 수 있었던 사실은 직장에서 동료와 일할 때 무척 즐거웠다는 것이다. 고된 일, 그건 정말 괜찮았다. 나는 사람들을 좋아했고 일도 좋았다. 손님들이 밤 10시에 가려고 했을 때도 조금 더 계셔도 된다, 이야기를 더 해달라고 조른 사람은 항상 나였다. 하지만 아침이 되면 누군가 나에게 와서 주사 한 방을 놓아주면 참 좋겠다고 생각했다. 미쳤다고 생각하지 않는가? 이 모든 것을 누가 감당할 수 있을까.

다시 본래 주제로 돌아가 보자. 나는 저녁에 욕조에 누우면 모든 것에 신경 끄고 푹 쉴 수 있지만, 낮에는 푹 쉬기 어려운 사람이다. 수도원에서도 낮 동안 숲속에 앉아 시냇물을 바라보았지만 완전히 몰두하기는 어려웠다. 한 사람이 명상에 몰두하는 모습을 본 적이 있는데, 그런 사람을 보면 '이 세상에 있지 않은' 것 같은 착각이 든다. 정말로 놀랍다. 나는 나중에 그 사람에게 명상을 할 때 무엇을 하는지, 생각 자체를 하는지, 그렇다면 어떤 생각을 하는지 물어보았다. 그는 이렇게 대답했다.

"호르스트, 나는 아무 생각도 안 해요."

나는 머릿속에 물음표가 둥둥 뜬 채로 되물었다.

"생각을 멈출 수가 있다니요. 저는 그렇게 안 돼요. 어떻게 그게 가능해요?"

그는 아주 유쾌하게 말했다.

"가능해요. 나는 그렇게 수련하는 걸요. 내 심장박동, 혈액, 호흡에 집중하면 내 몸을 느낄 수 있어요. 그리고 그 순간에는 나와 하나가 되도록 집중하는 것 외에는 아무 생각도 하지 않아요."

나는 그저 고개를 가로저었다. 어떻게 그것이 가능한지 예전에도 지금도 전혀 상상할 수 없다. 그 사람들은 몇 시간 동안

일상에서 평온함을 찾는 방법

이나 그러한 상태를 유지할 수 있다. 그래서 나는 그렇게 하는 것이 지루하지 않은지 다시 한번 조심스럽게 물었다.

"얼마나 오랫동안 그렇게 해요? 머릿속에 알람시계 같은 것을 설정해 둔 건가요?"

물론 그는 배꼽을 잡으며 웃었다.

"아니, 아니요. 어느 순간 그냥 이제 충분하다는 생각이 들어요. 그럼 끝나는 거예요."

솔직히 말하면 나는 당황스러웠다. 어느 순간 '그냥 충분하다'는 게 도대체 뭘까?

물론 올바른 명상은 정말로 어려운 일이고 전문적으로 배운 사람들이 많은 지식을 가지고 신중하게 접근해야 한다는 것을 안다. 무엇보다 본인이 자발적으로 원해야 한다. 나는 나 자신을 너무 잘 알고 있고, 나 같은 사람한테는 명상이 무척 어려운 일일 것이다. 거의 상상조차 할 수 없다. 왜냐면, 나는 생각을 그냥 쉽게 할 준비가 전혀 안 되어 있기 때문이다. 나는 머릿속에서 끊임없이 무언가를 생각하고 있고, 내 머리는 할 일이 엄청 많이 쌓여 있다. 이를테면 각종 상자와 장을 열고 공간을 꾸미고 새 공간을 만들고 더 많은 상자를 그 안에 넣는다. 나는 앉지도 못하고 생각을 끊지도 못한다. 나는 이것을 아주 훌륭하게 했던 헤닝 바움^{Henning Baum}(독일의 영화배우-옮긴이)이 생각난다.

그는 명상을 했던 것은 아니지만 '스탠바이' 신호가 울리면 순식간에 바뀌었다. 〈호르스트 리히터, 행복을 찾다〉를 촬영할 때 헤닝 바움과 함께 오토바이를 타고 크로아티아에 간 적이 있었다. 그때 그는 나와 제작진에게 큰 인상을 주었다. 그는 이름이 바움(독일어로 '나무'라는 뜻의 단어-옮긴이)일 뿐만 아니라 나무 같은 남자이자 아주 유능한 사람이다. 우리가 자연이든 주차장이든 어딘가에서 잠깐 휴식을 취할 때면 항상 다음과 같은 장면이 펼쳐졌다. 그는 갑자기 앉아서 머리를 땅에 대고 그 짧은 몇 분 동안 매우 깊은 잠을 잤다. 파워 낮잠이랄까? 정말 곤히 잠들어서 절대 깰 것 같지 않았는데도, 작은 소리로 깨워도 즉시 일어났다. 그러면 그는 낮잠을 자기 전과 똑같이 활기가 넘쳤다. 정말 대단하지 않은가? 나로서는 완전히 상상도 할 수 없는 일이다. 그렇게 빨리 잠드는 게 나는 절대 불가능하다. 볼 것도, 읽을 것도, 쓸 것도, 할 것도 전혀 없는 빈방에 있다 해도 나는 한 번도 그런 적이 없었다. 신경 끄기, 나 자신에게 집중하기, 이런 것은 나에게 무한히 어려운 일이다.

계속 이야기하지만 나는 사람을 아주 좋아한다. 대화를 피하거나, 카페나 대기실, 기차에서 조용히 있고 싶어 하는 그런 사람이 아니다. 그렇기 때문에 사람들은 나와 같이 다닐 때면 언제나 자포자기한다. 한 번은 이런 일도 있었다. 나는 친구와 함께 라인강을 산책하고 있었는데, 잔디밭에서 카드놀이를 하는 한 커플이 우리에게 인사를 건넸다. "안녕하세요, 호르스트 씨"라고 말한 지 2분 뒤, 우리는 모두 담요 위에 앉아서 카드놀이를 하고 있었다. 내 친구는 그저 고개를 가로저으면서 유명한 사람이라는 것이 짜증나지 않느냐고 물었다. 여러분, 믿을지 모르겠지만 나는 전혀 짜증나지 않는다. 유일하게 신경 쓰이는 것은 아내가 내 옆에 있을 때 내가 너무 많은 사람을 행복하게 해주려고 모든 기력을 다 써서 녹초가 된다는 것이다. 하지만 나는 사람들에게 차마 무례하게 대할 수가 없다. 나는 조화를 매우 중요하게 생각하는 사람이다. 그리고 나의 사람들, 나의 시청자들로부터 이런 말을 듣고 싶지 않다. "봐봐, 친절한 리히터 씨가 이제 변했어." 동료와 친구들 '모두'를 행복하게 만들 수는 없기 때문에 가끔은 사람들을 실망시킬 수도 있다고 항상 나에게 말한다. 그리고 이것이 바로 내 인생에서 가장 큰 문제다. 내가 지난 몇 년 동안 나 자신과 싸워왔던 이 문제 때문에 나는 진정할 수가 없었다.

번아웃이 일상이 된 시대

내 인생에서 더 이상 아무에게도 상처를 주고 싶지 않다. 이것은 나의 가장 큰 소원인 동시에 내가 이룰 수 없는 모험이

기도 하다. 당연히 나는 그렇게 하지 못한다. 마찬가지로 우리는 항상 행복할 수도 없다. 뇌 회로가 정상이 아니라면 아마도 항상 행복할 수 있을 것이다. 그런 사람들은 부러운 사람들일까, 그렇지 않은 사람들일까? 누가 알겠는가?

물론 나는 스스로에게 이렇게 말한다. 평온함을 찾기 위해, 아내를 실망시키지 않기 위해 가끔 어쩔 수 없이 사람들을 실망시킬 때도 있다고 말이다. 하지만 대개 95퍼센트는 차마 그럴 수 없다. 누군가가 나에게 무례하게 대해도 나는 이건 왜 안 되는지를 언제나 예의 바르게 설명하거나 '다시 잘 하겠다'고 약속한다. 사람들이 나를 속이거나 비웃거나 기만할 때도 언제나 이해하고 용서하려고 노력한다. '그 사람은 스트레스를 받았어, 나쁜 의도는 아니었어, 원래 좋은 사람이야, 사람들이 그를 괴롭혀서 그래.' 나는 이렇게 생각한다. 물론 가끔은 바보 같은 생각이기도 하다. 특히 나 말고는 아무도 그렇게 생각하지 않을 때는 더욱 그렇다. 이런 점에서 내 아내는 조금 더 이성적이다. 그는 늘 이렇게 말한다.

"호르스트, 바보같이 굴지 말고 주먹으로 테이블을 탁 한 번 치란 말이야. 그럼 조용해져. 당신이 그리 호락호락하지 않다는 사실을 한 번쯤은 사람들한테 보여줘야 해. 당신은 너무 착해."

나는 언제나 좋은 것만 보고 싶기 때문에 나 자신과 오랜 시간 고군분투한다. '내가 모든 사람에게 착하고 예의 바르게 대하면 내 마음도 평화롭고 평온하게 일하며 살 수 있다'고 늘 생각하기 때문이다. 하지만 나에게 잘 대해주지 않는 사람들을 더 이상 용서할 수 없게 되면 마음이 고통스럽다. 내 마음이 무너지면, 내가 손해를 봐야 한다는 사실을 인식하고 받아들이게 되면, 분노가 펑하고 폭발한다. 그것도 아주 제대로. 물론 이것도 잘못된 것이다. 누군가 아주 끈질기게 나를 괴롭히면 어느 순간 나는 크게 폭발하고 주변의 피해를 전혀 신경쓰지 않게 된다. 이것은 위험한 일이기 때문에 나는 이런 상황을 피하려고 간절히 노력한다. 가끔은 나도 나 자신을 보호해야 하니까.

어쨌든 '보는 것과 보이는 것'은 나에게 중요하지 않다. 첫 코로나 봉쇄 이후에 나는 다시 헬스장에 갈 수 있어서 매우 행복해하는 시민들 인터뷰를 TV에서 본 적이 있다. 나는 속으로 이렇게 생각했다. '잠깐만, 당신들은 집에서도 많은 운동을 할 수 있잖아. 그럼 다른 사람들이 당신들을 구경할 일도 없고. 자전거를 타거나 숲속을 거닐거나 달리기를 하거나 체조를 하거나 팔굽혀펴기를 하거나 나무를 타고 오르락내리락할 수 있잖아. 요상한 헬스장에 가지 않아도 많은 것을 할 수 있어.' 하지만 이내 다시 생각했다. '아니야, 잠깐만 호르스트. 많은 사람들은 멋진 운동복을 보여주고 싶어할 지도 몰라. 다른 사람과 함께 운동하는 게 재밌을 수도 있는데, 그렇게 고깝게 볼 일은 아니잖아?' 잡담은 잠시 접어두고 나는 분주하고 시끄러운 일 속에서 평온함을 찾고 싶었다. 내면의 균형.

그렇게 하지 않으면 나는 분명히 금방 번아웃 상태에 빠질 것 같았다. 하지만 나는 사생활에서 과도하게 관심을 끄는 사람이 아니다. 나는 특별히 꾸미지도 않고 언제나 편한 옷을 입으며, 콧수염을 위로 꼬아 올리지도 않는다. 나한테는 그것조차 너무 귀찮고 버거운 일이기 때문이다. 나는 실제로 오래된 나의 포드 트랜싯^{Ford Transit}을 운전하면서 평화롭게 다니는 것을 가장 좋아한다. 그러면 나는 오롯이 내가 된다. 사흘 동안 면도하지 않고 동네를 돌아다니면 뭐 어때? 사람들이 나를 알아보든 말든 전혀 상관하지 않는다. 나는 그냥 '오롯이 나'이므로 내 자유 시간에 나 자신을 증명하거나 어떤 역할도 할 필요가 없다. 하지만 요즘 많은 사람은 대부분 끊임없이 '퍼포먼스^{Performance}'를 해야 하고 심지어 집 앞에 빵을 사러 갈 때도 꾸미고 간다. 나는 이러한 압박이 사람들을 무미건조하게 만들고 머리를 아프게 만든다고 생각한다. 우리는 긴장을 해소하고 편안하게 쉬기 위해 많은 것을 하지만, 그 결과 오히려 분주하고 시끄럽게 돌아가는 세계에서 더욱 스트레스를 받게 되는 경우가 너무 많다.

오늘날에는 많은 것들이 모순적이고 역설적이다. 우리는 밖에 나가지 않고서도 충분히 살아갈 수 있다. 인터넷에서 식

일상에서 평온함을 찾는 방법

료품, 의약품, 옷, 여가 용품, 심지어 석회 제거제와 고양이 모래까지 주문한다. 넷플릭스, 아마존 프라임, 벽 한 면을 가득 채울 만큼 거대한 TV만 있으면 밖에 나갈 필요 없이 집에서 완벽한 영화관 체험을 할 수 있다. 신문도 온라인으로 읽고, 할머니나 다른 가족들하고도 스카이프나 페이스타임을 통해 이야기한다. 굳이 힘들게 만나서 이야기 나눌 필요가 없다. 우리는 모든 것을 집에서 혼자 편안하게 할 수 있도록, 스스로를 위한 완벽한 세상을 만든다. 하지만 코로나 시대에 몇 주 동안 집에 있으라는 요구를 받으면, 동시에 모두 이성을 잃는다. 도심이 황폐해지고 작은 가게들이 손님이 없어서 문을 닫아야 한다는 사실에 화가 난다. 오로지 대형 프랜차이즈와 후카 라운지^{Hookah Lounge}(물담배를 피울 수 있는 바-옮긴이), 패스트푸드점만 열려 있다. 우리는 아마존에서 산 구두약으로 잘란도^{Zalando}(독일에 본사를 둔 온라인 패션몰-옮긴이)에서 산 가죽 구두를 닦으며 이러한 모든 사실에 화가 나서 고개를 젓는다.

코로나를 겪고 있는 요즘, 많은 이들은 자연 속에서 안정과 평화를 찾는다. 이렇게 하면 기분이 좋고 신경을 진정시켜준다. 평온함을 잃어가는 유일한 사람은 산림 관리인이다. 미치광이처럼 숲속을 헤집고 다니는 산악자전거 라이더 이야기는 꺼내고 싶지도 않다. 일부 등산객들도 야생동물을 자주 놀라게 하고 쓰레기를 숲에 버리는 경우가 허다하다. 나는 한 산림 관리인과 이야기를 나눈 적이 있는데, 그는 지난 몇 년에 비해 2020년도에만 40만 명의 등산객이 더 늘었다고 말했다. 그는 숲 방문객이 늘었다고 해서 결과적으로 자신에게 득이 되는 것은 없다면서 슬퍼했다. 여기서 또 알 수 있듯이 세상은 모순으로 가득 차 있다. 한편에서는 많은 사람이 숲을 돌아다니면서 쓰레기를 만들고 있고, 다른 한편에서는 왜 그토록 많은 쓰레기가 숲에 널려 있는지에 대한 불만이 점점 쌓인다. 인간은 정말로 이상하지 않은가. 나는 나이가 들수록 이런 생각을 더 많이 한다. 그리고 전쟁과 테러, 범죄에 관한 뉴스를 들을수록 인간이 전체적으로 이 지구상에서 가장 사악하다는 사실에 점점 더 확신을 갖게 된다. 모든 동물은 그저 배가 고플 때만 사냥을 하고 죽인다. 그리고 번식할 때만 싸움이 일어난다. 동물은 배가 부르면 평화로운 반면 우리 인간은 탐욕과 권력, 돈 때문에 서로를 죽인다. 그러면서도 우리 인간에게 영혼이 있다고 생각하고 싶어 한다. 우리는 문화를 만들고 더 나은 생존을 위해 자신의 행동을 숙고하기 시작했다. 끊임없이 남을 부러워하지 않고 서로 돕는다면 우리는 모두 더 잘 살 수 있다. 하지만 안타깝게도 독일에는 전형적인 현상이 있는데 그 이름은 바로 '불만족'이다. 정말로 많은

일상에서 평온함을 찾는 방법

사람이 이웃을 보면서 끊임없이 이런 생각에 빠진다. '저 사람은 어떻게 나보다 더 큰 집과 고가의 자동차, 더 넓은 마당을 가지고 있고, 어떻게 1년에 휴가를 세 번이나 갈 수 있지?' 그저 위를 향해 부러운 시선으로 바라본다면 자신이 가진 것을 어떻게 높이 평가할 수 있을까? 이건 정말로 올바른 일이 아니다. 내가 열심히 일군 것에 만족해야 한다. 더 많이 갖고 더 많이 알고 더 많이 할 수 있는 사람은 늘 존재한다. 인생이 그런 거다. 그러므로 자신이 가진 '그릇'에 관심을 두고 맛있게 먹고 자신이 가진 것에 만족할 줄 알아야 한다.

독일에서 태어난 것은 분명 이 지구상에서 누릴 수 있는 가장 큰 이점 중 하나다. 그런데도 독일에는 끊임없이 불평하는 사람들이 너무나 많다. 나는 처음으로 아프리카에 갔을 때 그곳에서 가장 행복한 사람들을 보았다. 이때 나는 확실히 깨달았다. 그 당시 나는 엄청난 큰 빚을 지고 있던 아주 가난한 사람이었다. 여러분, 내가 그렇게 큰 빚을 지고 있고 하루에 얼여섯 시간씩 일하던 그때, 어떻게 아프리카에 갈 수 있었는지 궁금하지 않은가? 물론 이제 그 이야기를 해보려고 한다.

어느 날 저녁 사람들 여럿이 내 레스토랑에 왔다. 그들 중 두 사람은 외모만으로도 이미 나를 매료시켰다. 두 사람은 매우 인상적이었고 둘 중 남자는 우리가 모험가, 하면 떠올리는 딱 그런 모습이었다. 백발 머리와 흰 수염, 큰 키, 노르웨이 전나무처럼 곧은 몸매, 그을린 피부. 달리 표현할 말이 없을 정도로 한마디로 정말 멋진 외모였다. 남자의 외모도 그렇게 멋일 수 있다는 사실을 인정할 수밖에 없다. 이 남자 옆에는 그림 같이 아름다운 여자가 있었는데, 말하자면 두 사람은 정말로 할리우드 영화에 나오는 배우 같았다. 하지만 이와 동시에 두 사람은 아주 흥겨운 아우라를 뿜어내고 있었는데, 단지 표면적으로만, 즉 겉모습에만 신경 쓰는 것이 아니라는 사실을 누가 봐도 알 수 있었다. 그들이 식사를 끝냈을 때 나는 그들의 테이블에 함께 앉아서 이야기하기 시작했다.

"저기요, 멋진 두 분, 정말 굉장해 보이는군요. 휴가는 어디로 다녀왔어요?"

그러자 그들은 웃으면서 '여기'서 휴가를 보내고 있다고 말했다. 그래서 나는 조금 놀랐다.

"휴가라, 여기서⋯ 여기서⋯ 휴가를요? 여기 로머스키르헨 Rommerskirchen에서요?"

"네, 우리는 원래 아프리카에 살고 있어요."

"아, 정말요? 근데 왜 아프리카에서 살게 됐어요?"

나는 너무 궁금해서 미칠 지경이었다. 그러자 그는 나에게 자신의 이야기를 해주기 시작했다.

일상에서 평온함을 찾는 방법

그 남자는 이곳 대부분의 사람처럼 젊고 무언가를 성취하려는 야망이 있는 사람이었다. 그는 돈을 벌고 멋진 삶을 살기를 원했다. 많은 좋은 것들을 누리고 값비싼 자동차와 멋진 집을 갖고 싶던 지극히 평범한 사람이었다. 그는 멋진 여성을 만났고 둘은 결혼했다. 그리고는 큰 회사를 차렸다. 그 후 인생에서 한번쯤 벌어질 법한 일이 일어났다. 그의 아내가 업무 대행권을 가지고 있던 세무사와 함께 도망쳤고 잘 나가던 회사가 망한 것이다. 그는 하루아침에 빈털터리가 되었고 혼자서 산더미 같은 빚을 감당해야 했다. 괴로웠지만 그는 빚을 청산해야겠다고 결심했다. 독일이 아닌 아프리카에서. 그리고 아무 계획도 준비도 없이 그냥 아프리카로 떠났다. 아프리카에 도착해서 자신이 무엇을 할 수 있을지 고민했다. 어쨌든 그는 살아남아야 했으니까. 얼마 후 그에게 아이디어가 떠올랐고 다시 독일로 돌아가 몇몇 사람들에게 찾아갔다. "저기요, 아프리카에서 휴가를 보내고 싶다면 저한테 말씀하세요. 제가 당신을 도와드릴게요. 필요한 모든 걸 준비해드릴 수 있어요." 아프리카로 다시 간 그는 이 독일 사람들에게 훌륭한 숙소와 믿을 만한 렌터카 업체 등을 추천해주었다. 그리고 독일 사람들은 그에게 돈을 지불했다. 물론 많은 돈은 아니었지만 그에게 돈보다 중요한 것은 자신이 행복하다는 것이었다.

물론 나는 그 남자와 그가 들려준 놀라운 이야기에 무척 감격했다. 그의 이야기는 완전히 내 취향을 저격했다. 이야기에 홀린 나는 내 인생 이야기를 해버렸고, 우리 둘은 금세 친구가 되었다. 어느 순간 그는 파란 눈으로 나를 그윽하게 바라보면서 아주 침착하면서도 단호하게 말했다.

"잘 들어요, 호르스트. 당신 이야기를 듣다보니 무척 걱정되는군요. 당신은 여기서 아내 나다와 함께 이른 아침부터 늦은 밤까지 고되게 일을 하고 석탄 난로 옆에 계속 서 있고 다른 일도 하러 가고 너무 스트레스를 받는 것 같아요. 그렇게 하면 오래 버티지 못할 거예요. 일단 좀 쉬어야 할 것 같아요. 2주 동안 우리가 있는 아프리카에 와서 지내세요. 아프리카에 와서 5천 킬로미터를 운전하며 이곳저곳 다니면서 며칠 밤은 여기, 또 며칠 밤은 저기에서 자고, 마지막 일주일 동안은 그냥 쉬는 거예요. 그러면 마음이 다시 정상으로 돌아올 거예요. 잠을 네 시간만 자면서 항상 그렇게 일만 할 수는 없어요."

우리는 무거운 현실 앞에 있었지만, 이 제안을 오래 고민하지 않았다. 우리는 돈이 없었고, 우리가 아니면 레스토랑을 관리할 사람도 없었다. 무엇보다 나다와 나는 아프리카에 대한 막연한 두려움이 있었다. 당연히 아프리카에 대해 아는 것이 거의 없었다. 아프리카에 대한 정보를 어디서 얻을 수 있겠는가? 아프리카는 우리에게 이를테면 〈동물을 위한 장소^{Ein Platz für Tiere}〉나 〈동물왕국 탐험^{Expeditionen ins Tierreich}〉과 같은 TV 방송에서나 볼 수 있을 뿐이었다. 나는 아프리카를 생각하면 정글이나 독사, 맹수, 거대한 거미가 눈앞에 아른거린다. 그런데도 우리는 제안에 승낙했다. 왜 그랬는지 정확히 말할 수는 없지만, 두려움보다는 호기심이 컸던 것 같다. 하지만 두려움은 계속 잠재되어 있었고, 심지어 우리는 남아프리카 공화국행 비행기를 탔을 때도 이렇게 말했다. "세상에, 우리 미쳤나 봐!" 우리가 남아공에 도착했을 때 그가 마중 나왔고, 일단 식사를 하러 작고 신기한 식당에 들어갔다. 우리 둘만 있었다면 절대로 들어가지 않았을 그런 식당이었다. 음식은 저렴했지만 굉장히 훌륭했다. 식사를 마치고 우리는 계속해서 프랑슈후크^{Franschhoek}로 갔고, 그는 이곳 포도밭에 있는 작은 오두막집을 우리에게 마련해 주었다.

작은 거실과 침실, 욕실, 미니 수영장이 딸린 정말 너무나도 매혹적인 시골집이었다. 수영장은 기껏해야 한두 평 남짓한 크기였지만 더위를 식히기에는 매우 훌륭했다. 풍경은 말할 것도 없이 아름다웠고, 모든 것이 소박하고 평범해서 우리는 이 집에서 쉬는 동안 믿을 수 없을 정도로 행복했다. 나는 내 나름대로 아주 대담한 삶을 살아왔다고 생각했는데, 우리의 미스터

아프리카 친구는 나보다 한 수 위였다. 그는 어떤 대비책도 없이 하루 벌어 하루 생활하며 살았고, 언제나 오늘만을 위해 살았다. 내일은 또 다른 날이 펼쳐지고 새로운 게임이 시작되었다. 우리는 타운십^{Township} 지역도 차를 타고 돌아다니면서 곳곳을 자세히 살펴보았다. 타운십 방문은 관광 안내였다기보다 남아공의 실제 모습을 제대로 볼 수 있는 기회였다. 말하자면 친한 친구가 자신이 살고 있는 나라를 우리에게 보여주는 것과 같았다. 그 나라가 얼마나 아름다우면서도 동시에 얼마나 잔인한지를 말이다. 예를 들면 빈민 거주 지역에서 그랬다. 우리가 보았던 이 지역은 나처럼 평범한 독일인은 거의 감당할 수 없을 정도였다. 나는 이 빈민가를 보며 마음이 좋지 않았고 안타까웠다. 하지만 시간이 약간 지나면서 나는 열린 눈으로 모든 것을 살펴보고 사람들을 자세히 관찰해 보려고 노력했다. 그러자 나는 아주 특별한 사실을 발견할 수 있었다. 이 사람들은 그들의 양철집에 몇 가지 물건 외에는 아무것도 가진 것이 없었지만 우리에게 매우 친절하고 열린 마음으로 대했다. 그들은 양철집 앞에 개와 고양이, 할머니, 할아버지, 아버지, 어머니, 자녀, 손주, 닭과 함께 앉아 있었고, 지붕에는 옷걸이로 만든 안테나가 있었다. 그들은 손짓으로 우리를 불렀고 자신들의 소지품을 보여주면서 전혀 비참해 하거나 슬퍼하지 않았다. 그들은 웃고 농담하고 서로 껴안고 모두 서로를 위했다. 눈으로 확인할 수 있는 진정한

일상에서 평온함을 찾는 방법

만족의 순간이었다.

'가진 게 없어도 매우 행복하다'는 말이 진부하게 들릴 수도 있다. 나는 모든 남아공 사람들이 가난하지만 행복하다고 말하려는 것이 결코 아니다. 아프리카 대륙은 수 세기 동안 착취당했고 유럽은 식민 정책으로 불미스러운 일을 저질렀다. 나는 고작 2주 동안 남아공을 여행했다. 이런 내가 무슨 말을 할 수 있을까? 내가 아프리카 사람들과 함께했던 시간 동안 나는 이 사람들이 몇몇 내 독일 이웃들보다 더 많은 행복을 발산한다는 인상을 받았다. 독일에서는 이웃이 거리를 청소하지 않는다고 화를 내고 '저 사람은 어떻게 새 차를 샀지? 저 사람은 왜 이것 혹은 저것을 갖고 있지?'라며 부러워하고 '저 시건방진 놈은 왜 우리한테 인사를 안 하지?'라며 흥분한다. 나는 아프리카에서 알게 된 사람들이 매우 인간적이고 만족스러워한다는 느낌을 받았다. 그들이 우리보다 더 '오늘'을 살아가고 삶의 순간을 더 많이 즐기기 때문이다. 그들은 내일은 어떨지, 어제 더 잘할 수 있지 않았을지 깊이 생각하지 않는다. 그리고 나는 이런 인상을 간직하고 집으로 돌아왔다.

종종 나의 아프리카 친구들이 좀 더 안전하고, 좀 더 수입이 많고, 욕실과 두꺼운 지붕을 갖춘 좀 더 나은 집에 살았다면 더 만족스럽고 더 행복하지 않을까 궁금했다. 그럴 수도 있지만 반드시 그렇지만은 않을 것이다. 나는 남아공에서의 경험과 나 자신의 인생사를 통해 행복하기 위해서 부자가 될 필요가 없다는 사실을 배웠다. 돈과 풍요, 수많은 보험이 만족스러운 삶을 위한 기본 조건이 아니라는 사실을. 내가 결코 잊지 못할 한 가지 사실은 마음의 평화, 평온, 환대, 공감, 행복, 이 모든 것이 남아공에는 아무 대가 없이도 존재한다는 것이다.

이미 있는 만족

이 남아공 사람들의 '만족'은 나에게 깊은 감동을 주었다. 만족은 나에게 몹시 중요한 것이고, 나의 기본 욕구 중 하나다. 그리고 나는 경험을 통해 만족에 대해서 구체적으로 알 수 있게 되었다. 즉 마음의 평화를 찾는 사람은 자신이 가진 것에 만족하는 법을 알아야 한다는 것이다. 나는 항상 사람이나 동물에게 격한 공감을 느꼈다. 슬픈 이야기를 들으면 너무 마음이 아팠고 항상 '수신' 모드가 되었다. 어렸을 때 다친 동물을 보거나 슬픈 책을 읽거나 TV에서 전쟁 다큐멘터리를 볼 때마다 마음이 몹시 괴로웠다. 한마디로 나는 '모두가 잘 지내면 좋겠다'는 바람을 한평생 가지고 산 사람이다.

나에게 평온은 좋은 바람을 타고 파도를 잘 헤쳐 나가는 돛단배와 같다. 바람이 전혀 불지 않으면 배가 움직이지 않고 폭풍우가 불면 혼돈 상태에 빠진다. 선장은 배가 평온하고 효율적으로 앞으로 나아갈 때 큰 만족과 행복을 느낀다. 마찬가지로 우리는 삶을 항해하면서 폭풍우와 무풍 상태 사이에서 적절한 균형을 찾으려고 노력한다. 많은 사람은 빨리 앞으로 나아가려고, 항상 1등이 되려고, 끊임없이 다른 사람들로부터 주목과 감탄을 받으려고 아주 많은 바람을 일으키면서 살아간다.

나를 혹사시키지 않는 한도에서 내 모든 능력을 발휘하도록 내 삶을 가꾸는 것, 이것은 나의 비결이다. 말하자면 나 자신에 만족하고 내 나름대로의 속도를 찾고 나의 욕구를 인식하고 그 욕구를 적절히 충족시키는 것이다. 내가 정말로 나 자신에 만족하면 평온하게 결정을 내릴 수 있다. 이를테면 그래, 나는 더 이상 먹고 싶지 않아, 나는 더 많은 것을 갖고 싶지 않아, 하지만 더 많은 시간을 원해, 나는 다른 사람들을 위해 더 많은 것을 이루고 싶어 등, 그때그때 나를 만족스럽게 해주는 것에 대한 결정들. 나는 사람들이 자기 자신에게 더 몰두하고 자신의 만족에 대해 생각한다면 좋을 것 같다. 하지만 사람들 대부분은 오히려 '다른 사람들'에 대해 화를 낸다. 우리를 괴롭히는 요인, 이를테면 잘못된 직업, 몹쓸 자동차, 시끄러운 아이들, 지저분한 덤불, 자질구레한 창문 장식, 멋없는 옷, 멍청한 행동 등을 찾는 것이 자신에게 기쁨과 행복, 만족을 주는 것을 알아내는 것보다 언제나 더 쉽다. 여기서 여러분은 아마 이렇게 말할지도 모른다. "글쎄, 호르스트, 수도원에서 당신은 다른 사람들을 웃음거리로 삼았잖아. 그것도 썩 좋아 보이지는 않았어." 여러분 말이 맞다. 나는 물론 완벽하지도 않고 달라이 리히터와는 거리가 아주 먼 사람이다. 하지만 적어도 내가 부당한 판단을 할 때, 그것을 스스로 의식하고 실제로 그런 노력을 열심히 하고 있다는 사실을 인정해 주었으면 한다. 원래 나는 다양한 사람들과 다양한 입장을 알아가는 것을 정말로 좋아하기 때문이다.

다양한 사람들만큼 흥미로운 것은 없다. 어떤 사람은 이렇게 말한다. "나는 아침에 한 시간 동안 꼭 조깅을 해. 조깅할 때 나는 오롯이 혼자가 되어 전력을 다해. 그리고 아드레날린이 가득 찬 상태로 집에 돌아와서 찬물로 샤워를 하지. 그러면 정말 기분이 좋아져. 그리고 내 몸이 느껴져. 정말 좋아." 그럼 옆에 있는 사람이 이렇게 말한다. "나도 그래. 그런데 나는 조깅보다는 경주용 자전거를 타는 게 좋아." 나는 이렇게 한쪽이 다른한쪽을 깎아내리는 일을 결코 한 번도 생각해 본 적이 없다. 도대체 왜 그러는 걸까? 조깅이나 경주용 자전거나 둘 다 내 취향은 아니지만 말이다. 어떤 사람이 산 정상이 어떤지 보고 싶어서 산에 올라야 한다고 말한다면 그는 그렇게 하는 것이 맞다. 중요한 것은 산에 오르는 것이 그를 행복하게 해준다는 것이다.

물론 사진으로 볼 수도 있겠지만 그는 산 정상을 실제로 경험해 보고 싶은 것이다. 산에 오르는 것이 그에게 좋다면 그는 그렇게 하면 된다. 언제가 좋은 시점인지, 무엇이 정말 우리를 행복하고 만족스럽게 만드는지를 아는 것은 정말 어렵고도 중요한 일이다. 하지만 특히 지금 같은 시대에 사람들이 만족이 무엇인지 거의 알지 못한다는 생각이 든다.

내 생각에는 관용도 만족에 포함된다. 관용이라는 단어는 너무 많이 사용되고 있고 우리는 모든 것에 관용을 베풀어야 한다. 하지만 관용을 베풀기란 매우 어려운 일이다. 요즘에는 유당[Laktose]에도 관용을 베풀어야 하니 말이다[유당불내증[Laktose Intolerance](우유를 소화시키지 못해 복통, 설사 등을 일으키는 증상)이란 단어에 관용[Tolerance]이라는 단어가 포함되어 있음을 풍자한 듯하다-옮긴이].

내가 생각할 때 부러움과 시기는 널리 퍼져 있는 국민 질병으로 만족에 좋지 않은 영향을 미치고 만족을 방해하기도 한다. 나는 늘 이렇게 말한다. 100퍼센트 만족하는 사람은 부러움도 없으며 부러워하는 사람은 만족할 수 없다고 말이다. 이렇게 내 생각은 아주 간단하다. 그러면 사람들은 이렇게 말할 수도 있다. "호르스트, 당신이니까 그렇게 번지르르하게 말할 수 있지. 당신 차고에는 멋진 클래식카와 값비싼 오토바이가 몇 대나 있고, 좋은 동네에 좋은 집에 살고 있어. 당신은 TV 스타잖

아. 그러니 당신은 아주 만족스러울 수 있겠지. 당신은 모든 것을 가졌으니까." 맞는 말이다. 하지만 한 가지 결정적이 오류가 있다. 분명히 말하지만 과거에도 항상 그랬던 것은 아니라는 것이다. 나를 아는 사람이라면 한 가지를 확실히 알고 있다. 즉 나는 원래 누구를 부러워하는 사람이 아니며, 내가 갖고 싶은 좋은 물건을 다른 사람들이 가졌을 때도 언제나 기뻐했다는 것을 말이다. 이 책을 준비하는 동안 여러 인터뷰를 하면서 내 친구 틸은 나에게 몇 가지 흥미로운 질문을 던졌다.

"호르스트, 어떻게 생각해? 너를 둘러싸고 있는 '물건' 덕에 요즘 더 행복해? 아니면 그런 사치품들을 향유하는 것이 너한테 아무 상관이 없어? 그것도 아니면 지위를 상징하는 모든 것들이 있는 지금이 그때보다 덜 행복해?"

그때 나는 한참을 생각했다. 나는 이런 사치품들이 아주 아름답기는 하지만 결코 삶에 필수적인 것이 아니라는 사실을 알고 있다. 결국 이런 물건들은 왔다가 사라지는 것이다. 이 물건들은 나름대로 때가 있고, 그 시간이 때로는 길기도, 때로는 짧기도 하다. 하지만 이 물건들이 사랑이나 보살핌, 관심을 주지는 못한다. 이는 오로지 사람만이, 사랑하는 사람만이 줄 수 있다. 사람만이 우리를 쓰다듬고 어루만지고 위로하고, 우리에게 용기와 힘을 주고 의지할 곳을 제공해 줄 수 있다.

나는 살아오면서 이미 많은 것을 겪었다. 나는 혹독한 가난, 부유함, 죽을병, 건강, 불행, 엄청난 행복을 전부 경험했다. 아내와 나는 두 가지에 대해 자주 이야기한다. 하나는 우리가 예전에 지독히도 힘든 일을 어떻게 육체적으로 견뎌냈는지 항상 놀랍다는 것이다. 요즘에는 가끔 밤 9시에 소파에 앉아도 너무 피곤하고 완전히 녹초가 돼서 아무것도 하지 못한다. 그러면 아내는 항상 이렇게 말한다. "세상에, 여보, 그거 알아? 예전에 우리는 늦어도 아침 8시에는 가게에 나가서 새벽 2시 반까지 하루 종일 힘들게 일했잖아." 정말 육체적으로 고된 일이었다. 나는 우리가 어떻게 버텼는지 기억 안 날 정도로 밀이다. 그렇게 힘들었는데도 우리는 언젠가 작은 집과 노후 자금을 갖겠다는 목표 하나를 위해 이러한 고된 일을 견뎌낼 수 있었다. 물론 이런 목표는 무한히 멀게만 느껴졌다.

우리는 매일매일 똑같은 하루를 반복하면서 미친 사람처럼 일했다. 그래도 좋은 일도 많이 경험했다. 때로는 울기도 했지만…. 나는 생계에 대한 두려움이 전혀 없었고 의아하게 들릴 수도 있겠지만 상실에 대한 두려움도 거의 없었다. 그 이유는 내가 잃을 것이 하나도 없었기 때문이었을 것이다. 이러한 삶의 기쁨과 우리의 사랑 말고는. 만족과 내면의 평온을 얻으려면 삶의 기쁨과 사랑, 따뜻한 마음이 필요할 뿐 사치품은 전혀 필요하지 않다. 나는 이 사실을 아주 잘 알고 있다. 내 말을 믿어도 좋다.

4

길을 잃지 않고 살았더니
길이 보이더라

하루에 한 번씩
"나는 내가 좋아"

나는 종종 내가 나를 좋아하는지 스스로 묻는다. 혹은 달리 표현하자면, 나는 지금, 내 삶의 이 시기에, 오늘, 이 시간에 나를 좋아하는가? 참 어려우면서도 언제나 좋은 질문이다. 특히 나처럼 이 질문에, 그리고 그 답에 진심이라면 말이다. 나는 매일 백설공주 거울을 바라보며 언제나 한 가지 대답, 이를테면, "너는 정말 훌륭해, 너는 진짜 성공한 사람이야, 너는 아주 중요해"만 듣기를 바라는 그런 '유명한 사람'에 속하지 않는다. 나는 나를 성찰하고 싶다. 내가 스스로와 조화를 이루고 있는지 알고 싶다. 말하자면 나의 도덕성, 나의 직업, 내가 사랑하는 사람들에 대한 나의 행동과 하나가 되어 살아가고 있는지를 말이다. 그래서 나는 아주 의식적이고 비판적으로 나에게 묻는다. '나는 나 자신을 좋아하는가?' 그렇다. 나는 나를 좋아하고 사랑한다. 하지만 그래도 항상 불만이 살짝 있다. 내가 완벽한 사람이고 싶어서가 아니다. 완벽한 사람이 되는 것은 불가능하다. 우리는 누구나 실수를 하기 때문이다. 그리고 가끔은 거하게 사고를 치기도 한다. 다만 중요한 것은 실수를 인식하고 사과하고 책임을 지는 것이다. 우리 시대에 본보기가 되는 인물들이 완강한 거짓말, 공감과 감정 지능의 완전한 결핍 등을 보이며, 미덕을 조롱하고 경멸하고 무시한다면 어떻게 우리 자녀와 손주들에게 성실함과 정직함, 예의 바른 행실을 전해줄 수 있을까?

더불어 나는 내가 잘못한 것들, 지금은 더 이상 바꿀 수 없는 것들에 대해 불만을 느낀다. 물론 이것은 세상을 바라보는 불완전한 시각이기도 하다. 왜냐하면 내가 내 인생에서 했던 것처럼 하지 않았다면 나는 결코 지금의 내가 되지 않았을 것이다. 그랬다면 내가 아마 다른 길을 걸어갔을지 누가 알겠는가. 하지만 나는 지금의 나를 좋아하기 때문에 내가 만든 모든 모순들, 내가 내린 잘못된 결정들, 더 잘 했을 수도 있었을 온갖 어리석은 일들을 바로 세우는 법을 배워야 한다. 나는 종종 이런 생각을 한다. '내가 타임머신을 타고 과거로 돌아갈 수 있다면 많은 것들을 바꿀 수 있을까?' 그럴 수 있다면 어떤 결과가 나타날까? 내가 첫 번째 결혼을 피할 수 있었다면 걱정을 많이 덜 수 있었을 텐데. 하지만 그 대신 무슨 일이 일어났을까? 나는 어떤 길을 갔을까? 누가 알겠는가? 더욱 끔찍한 사실은, 그랬다면 아마 내 아이들이 없었을 것이라는 거다. 물론 '그 당시의 호르스트'에 대해 고개를 절레절레 흔들 만한 화나는 일들이 몇 가지 있다. 하지만 그때의 호르스트는 어리고 미숙했기 때문에 더 잘 할 수가 없었다. 이 점에 대해서는 변명을 하기보다는 그냥 그게 어떤 건지 말하고 싶다.

내가 과거로 돌아갔을 때 결국 아무것도 바꿀 수 없다면 나는 무엇을 했을까? 아마도 나는 열여섯 살의 호르스트였던 나와 대화를 했을 것이다. 그렇다면 열여섯 살 소년인 '나'에게 무슨 말을 할 수 있을까. 나는 그때의 나에게 이렇게 조언을 할 수 있을 것이다.

"애야, 잘 들어. 있는 그대로 만족하고 그때그때 삶의 순간에 더 끈질기게 목표를 향해 노력해. 하지만 절대로 겸허함을 잊어서는 안 돼. 항상 겸손하고 감사한 마음으로 살아."

하지만 아마 이 말을 들은 '어린 호르스트'는 몹시 혼란스러워져서 더 이상 자유롭게 움직이지 못하고 젊음의 중요한 본질인 격정을 상실할 수도 있다. 또한 모든 것을 지독히 열심히 해야 한다는 생각에 분노와 화가 치밀고 가혹하고 무자비하게 느껴질 때도 많을 것이다. 그렇게 한다고 해서 상황이 더 쉬워

길을 잃지 않고 살았더니 길이 보이더라

지지 않는다. 결국 내가 '어린 호르스트'에게 해줄 수 있는 말은
이것뿐이다.

> "잘 들어, 호르스트. 너 자신을 믿고 사람들을 사랑하
> 고 좋은 일을 해. 그렇게 하는 것이 고되고 고통스러울
> 수도 있어. 아주, 아주 고통스럽지. 하지만 결국 모든
> 것이 잘 될 거야."

오직 나를 위한 무한 긍정 에너지 ──────

이 세상 어떤 사람에게도 상처를 주지 않는 것은 나의 가
장 큰 소원이다. 이것은 실현 불가능한 일이므로 아주 순진하게
들릴 수도 있을 것이다. 나는 우리 인간이 아무것도 아닌 일로
얼마나 서로 자주 싸우는지를 생각한다. 부부 사이에, 이웃 간
에, 직장에서. 한 마디 말이 순식간에 다른 말로 이어지고 하지
않은 말까지 보태지면서 상황이 악화된다. 나는 혼자서 나 자신
을 성찰해보면 많은 기회를 놓쳤다는 후회가 든다. 나는 왜 그
냥 입을 다물고 상대에게 화해의 손을 내밀지 않았을까?

인간관계, 일, 자녀, 삶 등 어쩌면 우리는 매일 스스로를 떠
미는 많은 것을 생각하기 위해 침묵이 필요할지 모른다. 우리

가 여전히 자신을 좋아하는지, 왜 우리는 이렇게 되었는지 등을 꾸준히 스스로에게 묻지 않는다면 우리가 어떻게 내면의 평온을 찾을 수 있겠는가? 우리는 젊었을 때 우리에게 일어난 일이나 잘못한 일을 평생 원망할 수 없다. 우리가 내면의 평온과 만족을 느끼고 싶다면 우리 자신과 화해하는 법을 배워야 한다. 그렇지 않으면 우리는 우리 자신과 평화롭고 조화롭게 살 수 없다. 이것은 아주 중요하다. 우리는 우리 안에 있는 또 다른 '어린 나'에게 이렇게 말하는 법을 배워야 한다.

> "나는 너를 이해해. 네가 왜 그렇게 행동했는지 나는 알고 있어. 그 나이에는 쉽게 흥분해. 너는 더 잘 알 수도 없었고 감당하기도 어려웠잖아. 나는 네 마음을 알아. 괜찮아. 하지만 이제는 그렇게 하면 안 돼. 다르게 생각하고 행동할 줄 알아야 해."

그러면 우리는 이것이 우리 내면의 평화와 고요를 위한 무척 중요한 구성 요소라는 것을 깨닫게 된다. 우리 마음속에서 더 이상 '너희는 모두 나를 봐야 하고 나를 인지해야 해'라고 요란하게 외치지 않는다면 마침내 평온함이 찾아온다. 나 자신을 좋아하는 것, 이것은 아마도 평온함에 이르는 유일한 열쇠일 것이다.

220
•

나는 갈등 없는 관계, 언제나 행복한 관계는 존재하지 않는다고 생각한다. 세상 사람들 모두에게 자신들이 '얼마나 행복한지'를 보여주려고 겉으로 연출하는 사람들도 많이 있다. 나는 아내와 행복한 관계를 지속하고 있지만 때때로 아내와 나는 충돌한다. 우리는 논쟁하면서 무엇보다 서로 의견의 차이가 있다는 것을 알게 되고, 실제로 상대의 마음을 다치게 하지 않고 '어디까지' 나아가도 되는지 그 한도를 배우게 된다. 이렇듯 우리는 가끔씩 자신을 성찰하지 않는다면 잘못되어 가고 있는 것을 바로잡을 기회를 놓치게 된다. 우리는 "모든 게 멋져, 모든 게 최고야"라고 연출하기 위해 상황을 점검하지 않으려고 한다. 언젠가 진실과 깨달음이 분명하게 드러나는 순간이 오면 당연히 이렇게 말하고 싶어진다. "그럼 내가 어떻게 해야 해? 다른 해결책이 없는데!" 그렇지 않다. 해결책은 언제나 존재한다. 하지만 어느 누구도 대가를 치르려고 하지 않는다. 이것은 큰 문제다. 강조해 말하지만, 나는 이미 몇몇 사람들에게 그렇게 조언한 적이 있다. 여러분, 나를 오해하지 말기 바란다. 나는 가끔 단순한 사람이기도 하지만, 종종 단순하게 살아봐도 괜찮다고 생각한다.

궁금한 사람은 따라해 보길 바란다. 하얀 메모지를 준비한다. 아주 중요한 것은 온전히 혼자인 상태에서 해야 한다는 것이다. 나중에 이 메모지를 태워버릴 건데, 그때 아무도 이를 봐서는 안 된다. 메모지가 준비되었다면 당신이 하고 싶고 되고 싶은

221
길을 잃지 않고 살았더니 길이 보이더라

것을 아주 이기적인 마음으로 적어본다. 손해나 손실을 전혀 생각하지 말고. 아주 솔직하게. 그런 다음 당신의 목표가 어떤 결과를 가져올지 그 아래에 적는다. 예를 들면 어떤 사람이 교수가 되고 싶지만 부모는 돈이 없고 매우 가난하다. 그 결과는 어떨까? 이 사람은 어떻게 해야 할까? 배우고 공부하고 열심히 일하고 책을 보고 할 수 있는 모든 일을 한다. 휴일도, 친구와 함께 보내는 시간도 거의 없으며 목표를 달성하기 위해 많은 고난을 감수해야 한다. 만약 당신이 이 모든 결과를 견딜 준비가 되지 않았다면 목표를 다시 생각해야 한다. 하지만 대부분은 그렇게 하지 않는다. 그들은 원래 목표대로 나아가면서 불평을 하기 시작한다. '나는 잘못된 동네에서 자랐어, 잘못된 방향으로 흐르고 있어, 날씨가 너무 나빠, 정치가 잘못됐어, 우리 선생님은 멍청해.' 물론 그럴 수도 있겠지만, 그렇다고 사람들은 목표를 바꾸지는 않는다. 어쩌면 당신은 목표를 향해 가는 과정에서 몇 가지 일을 더 많이 해야 할 수도 있다. 그런데 사람들 대부분은 주변만 탓하고 자기 자신에게서 책임을 찾으려고 하지 않는다. 이건 무슨 태도인가?

물론 어떤 목표든지 실현 가능성을 놓쳐서는 안 된다. 예를 들어 내가 체격 조건이 좋지 않은데도 100미터 달리기 선수가 되겠다는 결심을 했다고 치자. 그리고 목표를 위해 아주 열심히 훈련을 한다. 하지만 내 다리가 충분히 길지 않고 내 체격이 목표에 최적화되어 있지 않는 등 기본 조건이 결핍되어 있기 때문에 목표가 너무 높게 설정되어 있다는 사실도 분명히 알아야 한다. 우리가 목표를 더 명확하게 설정할수록, 더 철저하게 우리의 길을 걸을수록, 주변 사람들을 더 배려하며 행동할수록, 성공과 실패에 대해 자신에게 더 솔직할수록 우리는 거울 앞에서 똑바로 서서 자신을 바라보며 이렇게 말할 수 있다.

"나는 내가 좋아."

"나는 정말 내가 좋아."

나에게 이 말은 우리 내면의 평온에 이르기 위한 가장 중요한 기본 조건이다. 주변 사람을 사랑하고 존경하며 우리가 함께여야만 세상의 문제를 해결할 수 있음을 이해하는 사람의 '나는 내가 좋아'가 되어야 한다. 사랑과 에너지, 공감, 명료한 머리를 갖고 말이다.

모두가 이기면 나도 이긴다, 화나우아탕아 Whanaungatanga

2020년 3월에 첫 코로나 봉쇄가 결정되었을 때 나는 한 가지 사실이 몹시 슬펐다. 나 같이 '특권'을 받은 사람들에게는 집에서 머무는 것이 전혀 문제가 되지 않았다. 나는 내 집과 아내를 사랑하고 촬영 카메라 앞에 서지 않아도 아주 바쁘게 지낼 수 있다. 나는 열심히 일해야 하는 사람들을 생각했다. 빠듯한 월급으로 아이를 홈스쿨링으로 양육해야 하는 한부모 가정과 걱정과 질병, 나아가 사랑하는 자녀와 손주를 품에 안고픈 그리움까지 품고 양로원이나 요양원에 홀로 남겨진 많은 노인들, 모아둔 돈이 전혀 없는 수많은 음악가와 희극인, 예술가들이 생계 궁핍에 빠지는 것이 안타까웠다. 버는 돈을 즉시 생계를 위해

지출해야 하는 사람들. 극장, 음향 회사, 매표소, 보안 업체, 자영업자, 각종 기술자, 매니저, 출장 연회 서비스 업체에서 청소 미화원에 이르기까지. 지금까지도 걱정과 고충이 충분히 해소되지 않은 사람들이 너무 많다. 또 코로나 지원금을 생계 지출로 사용하면 안 된다는 규정 때문에, 행사를 개최하면 안 된다는 규정 때문에 무너진 사람들도 너무 많다. 수많은 작은 바와 비스트로, 레스토랑도 당연히 마찬가지다. 코로나 팬데믹으로 폐업 위기에 내몰리거나 완전히 문을 닫아야 했다. 쓰러질 때까지 고생한 의사와 의료진, 간호 인력들도 몹시 궁핍한 상황에서도 큰일을 해냈다. 코로나로 고통받았거나 여전히 고통받는 아주 많은 사람이 분명 더 많을 것이기에 그들을 다 열거하자면 더 많은 지면이 필요할 것이다.

　나는 이 시기에 촬영이 모두 취소되었기 때문에 아내와 아이들, 손주들과 함께 더 많은 시간을 보냈고, 나 혼자만의 시간도 많이 가졌다. 집과 정원에 쏟을 시간도 많았고, 심지어 우리 강아지도 나와 함께 가끔 산책할 수 있어서 매우 즐거워 보였다. 정말 좋았던 것은 그 어느 때보다 내 아이들과 더 많이 통화하면서 많은 것들을 만회할 수 있었다. 평소처럼 일하는 중이었다면 거의 불가능했던 일이었다. 또 나는 묵언 수도원에서의 고요하고 평온한 시간을 활용하여 나만의 '업데이트'를 했다. 나는 어디에 있는가, 나는 무엇이 되고 싶은가, 무엇이 나를 괴롭히는

길을 잃지 않고 살았더니 길이 보이더라

가, 무언가가 나를 괴롭힌다면 무엇을 바꿔야 하는가 등을 심도 있게 생각할 수 있었다. 내가 말하는 '특권'은 바로 이런 뜻이다. 한마디로 내 삶에 대해 생각하고 평온을 느낄 수 있는 시간을 가졌다.

나는 이와 비슷한 특권을 가진 많은 사람이 나에게, 혹은 사람들 앞에서 불평하는 모습을 볼 때마다 간간이 놀라기도 했다. 그들은 '끔찍한 고통'이라고 불평했다. 그럴 때마다 나는 생각했다. '이보게, 친구! 그게 정말 당신의 진심은 아니지? 당신은 인생에서 아직 고통을 겪어보지 않았거나 그저 잘난 체하려는 거지?'

나와 오랫동안 알고 지낸 한 지인이 흥미로운 이야기를 해준 적이 있는데, 내 생각에는 꽤 유익한 이야기였다. 20대 중반인 그의 아들이 자신이 겪는 '고통'에 대해 그에게 불평했다는 것이다. 아들은 신경질적으로 아버지에게 이렇게 투덜댔다. "친구를 만날 수도 없고 밖에 나갈 수도 없고 클럽에 갈 수도 없고 휴가를 갈 수도 없고 콘서트와 파티도 금지되고 더 이상 아무것도 할 수 없어요." 아들의 부당한 자기연민을 들은 아버지는 참을 수 없을 정도로 화가 났다. 그는 천성적으로 아주 온화하고 지혜로우며 이해심이 깊은 일흔다섯 살의 아버지였지만 이번에는 아들을 제대로 꾸짖었다. 그는 평소에는 절대로 내지 않았던 큰 소리로 말했다.

226

"잘 들어라, 아들아. 너한테는 고통이 없어, 하나도. 우리는 전쟁이 일어난 직후에 지하실에서 지냈어. 먹을 것, 마실 것도 없었어. 아파도 약도 없었고 열려 있는 병원도 없었어. 인터넷도, TV도, 아무것도 없었어. 너의 할아버지, 할머니는 울부짖고 소리칠 이유가 정말로 있었단 말이다. 그들은 우박처럼 쏟아지는 폭탄을 피해 지하실에서 지냈으니까. 그건 삶과 죽음의 문제였어. 게다가 며칠 동안 먹을 것이 아무것도 없을 때도 있었어. 그런데 네 고통은 어디에 있니? 너는 풍족한 집에서 지내고, 네가 원하는 것은 전부 먹고 마실 수 있고, TV도 볼 수 있고, 인터넷도 있잖니. 네가 원하는 것은 전부 할 수 있고 친구들과 채팅도 할 수 있어. 그런데 네 고통을 알아달라고? 아무 고통이 없어. 네게는 고통이 없단 말이다! 네가 지금 느끼는 그 부자유는 너만 느끼는 것이 아니라 우리 모두가 느끼고 있어. 우리가 모두 이 시기를 건강하게 이겨내기 위해서야. 하지만 이건 고통이 아니란다, 아들아."

전후 시기에 궁핍하게 자란 아버지와 현재를 사는 아들은 당연히 완전히 다른 시각을 갖고 있다. 둘은 서로 오해할 수밖에 없다. 진짜 고통이 뭔지 아는 아버지는 봄방학에 마요르카Mallorca에 놀러 가지 못해서 아쉬워하는 아들 때문에 완전히 화가 났다. 하지만 지금까지 아무것도 포기할 필요 없이 살아온 아들은 융통성이 없고 좌절감을 느끼며 자신의 젊음을 누리면

길을 잃지 않고 살았더니 길이 보이더라

서 살고 싶은 마음이었을 것이다. 각자 자신만의 현실이 있다. 하지만 나는, 여러분도 짐작하겠지만 아버지 편이다. 나는 코로나 봉쇄 초반에 사람들이 다시 정신을 가다듬고 서로 돕고 지지해 줄 거라는 큰 희망을 품었다. 고소득 특권층 사람들이 궁핍한 사람들에게 손을 내밀고 휴지를 사재기하지 않고 이웃들과 나눌 거라고 기대했다. 나는 아직도 이런 일이 벌어지고 있다고 믿는다. 하지만 안타까운 일도 벌어지고 있다. 즉 소수가 아주 많은 다수를 향해 분노하며 큰소리를 외치고 있다. 소수의 사람들이 조잡한 음모론에 대해 떠들어대고 있다. 그들은 독일과 같은 민주주의 복지 국가에서 살지 않았다면 이미 오래전에 여느노동 수용소에서 사라졌을 것이라는 사실을 완전히 망각하고 있다. 하지만 이미 말했듯이 그들은 소수다. 나는 우리가 어느날 코로나 사태를 떠올리며 연대감과 공동체 정신만이 어려운 시기에 사람들을 도울 수 있다는 사실을 이해하기를 간절히 바란다.

나는 최근에 이러한 주제를 다룬 놀라운 내용을 라디오에서 들었다. 뉴질랜드 원주민인 마오리족에서 유래한 '화나우아탕아Whanaungatanga'라는 개념에 대해서였다. 마오리족이 사용하는 이 단어는 공동체 내의 깊은 유대감이라는 기본 감정을 뜻한다. 마오리족은 이 단어를 통해 개인이 보다 큰 구조에 통합될 때만 만족스러운 삶을 누릴 수 있다는 신념을 표현한다. 자신의 운명이 모든 사람의 운명과 뗄 수 없을 정도로 긴밀하게 연결되어 있기 때문이다. 다시 말해 모두가 이기면 나도 이긴다. 나는 이 내용이 무척 마음에 들었다. 마오리 원주민들의 몇몇 생활 원칙을 의식하면서 산다면 우리 현대 사회에 때때로 큰 도움이 될 것이다. 약간의 '화나우아탕아'는 해롭지 않고 오히려 우리에게 아주 큰 도움을 줄 것이다. 우리가 사랑하는 사람들과 주변 사람들의 행복은 나의 행복, 나의 내적 평온과 만족을 위한 포기할 수 없는 구성 요소이기 때문이다.

엄청나게 시끄럽고,
가끔은 지독한 인생에서

나는 오랫동안 고민하고, 사랑하는 아내와 수없이 대화를 나누고, 나 자신의 상황을 솔직하게 헤아려 본 후 결정을 내려야 했다. 〈희귀품에 현금을〉, 바덴바일러 집, 장거리 부부 생활, 쾰른 사보이 호텔에서 보내는 주말 등 이 모든 것을 심각한 피해 없이 더 이상 조화시킬 수 없었다. 마음이 너무 아팠지만 우리는 노르트라인베스트팔렌$^{\text{Nordrhein-Westfalen}}$으로, 우리가 사랑하는 라인란트^{Rheinland}로 돌아가기로 결정했다. 우리는 모든 요구 사항을 만족하는 꿈의 집을 찾았다. 이 집 덕분에 우리 삶의 질이 아주 높아졌다. 우리는 이러한 결정에 대해 개인적으로도, 직업적으로도 아주 놀라운 보상을 받았다. 이 집은 우리의 삶에 많은 평온함을 선사했고, 우리는 이를 다시 긍정적인 에너지로 전환할 수 있었다. 주말이면 집에서 아내와 함께 지내고, 퇴근 후에 산책하고, 가족들과 자주 만났다. 마침내 모든 것이 아무 문제 없이 실현될 수 있었다. 한쪽이 몸이 좋지 않을 때 전화로 위로하지 않아도 되고 옆에서 지켜주고 돌보고 안아줄 수 있다. 이런 생활은 나에게 많은 내면의 평온을 가져다 주었고 힘을 되찾게 했다. 나는 더 많은 정신과 공감을 쏟으며 내가 좋아하는 일을 할 수 있고 우리 팀, 친구, 팬들에게 더욱 믿음을 줄 수 있었다. 물론 생활 환경을 자신의 가장 중요한 욕구에 맞출 수 있다는 것은 엄청난 특권이라는 것을 나는 잘 알고 있다. 그리고 내가 이것을 달성했다는 사실에 아이처럼 매일 기쁨을 느낀다.

나는 또 한 가지를 아주 잘 알고 있다. 즉 물질적 안정이 내면의 평온을 위해 분명히 도움이 되기는 하지만, 깊은 두려움을 없애지는 못한다는 사실을 말이다. 물질적 안정은 우리를 안아주지도 못하고 우리에게 사랑을 사줄 수도 없으며 행복을 보장할 수도 없다. 나는 언젠가 인터뷰에서 이런 질문을 받은 적이 있다. "리히터 씨, 당신은 언젠가 당신이 꿈꿨던 모든 꿈을 이제는 실제로 이룰 수 있지 않나요?" 나는 무엇을 어떻게 대답해야할지 한참 고민했다. 나는 오랫동안 이런 질문에 대해 약간 불쾌하게 느껴왔다. 물론 나는 많은 꿈을 이룰 수 있지만 이 꿈들이나를 정말로 충족시킬까? 좀 더 자세히 말하면 나는 심각한 병

길을 잃지 않고 살았더니 길이 보이더라

과 많은 불행을 겪은 후 부유함이 뇌졸중을 막아주지 못한다는 사실을 잘 알고 있다. 갑작스러운 아이의 죽음도, 가난도 막아주지 못한다. 나는 완전히 다른 것을 깨달았다. 물질과 소비는 그저 인생의 부속품이며 왔다가 사라진다. 우리는 우리 영혼의 보물 상자, 우리 마음의 행복한 공간에 영원히 남을 추억을 만들어야 한다.

나는 이런 말을 굉장히 자주 했고 계속 반복해서 말하는 것이 전혀 지겹지 않다. '가난한 사람은 꿈이 이루어지지 않는 사람이 아니라 꿈꾸지 않는 사람이다.' 이 명언은 정말로 사실이기 때문이다. 그리고 내 생각에는 이 말이 모든 것을 말해주고 있는 것 같다. 어렸을 때부터 나는 오토바이를 무척 좋아했다. 나는 늘 이렇게 말했다. "언젠가 내가 크면 진짜 이탈리아 레이싱 오토바이 MV 아구스타$^{\text{MV Agusta}}$를 살 거야." 그리고 나는 정말로 이 꿈을 이뤘다. 내 차고에는 내 꿈의 오토바이가 있다. 지금까지는 너무 좋고 너무 행복하다. 하지만 오토바이는 일시적인 반면, 내 꿈은 영원하다. 우리는 오토바이를 사고 팔고 타고 녹슬게 내버려 두고 창고에서 썩게 놔두고 망가질 때까지 탈 수도 있다. 하지만 이 오토바이에 대한 추억은 영원하고 값을 매길 수 없다. 나는 어렸을 때 친구들이랑 부모님의 파티룸에서 항상 오토바이 경주 놀이를 하곤 했다. 이 놀이는 이렇게 했다.

우리 집에는 요즘에도 살 수 있는 얇은 3단 접이식 매트리스가 있었다. 이 매트리스를 세로로 세워서 다리 사이에 끼웠다. 그리고 이 매트리스를 MV 아구스타라고 생각하고 신나게 달리는 것이다. 우리는 빨리 달리려고 매트리스의 날카로운 모서리로 커브를 틀기도 하고 몸을 아주 낮게 웅크리기도 했다. 그 순간 나는 나의 위대한 영웅이었던 자코모 아고스티니$^{Giacomo Agostini}$(이탈리아의 전설적인 오토바이 레이서-옮긴이)가 되었다. 나는 그 당시 나의 상상 속의 MV 아구스타였던 매트리스를 다리 사이에 끼고 놀았을 때 느꼈던 행복이 지금 진짜 MV 아구스타를 탈 때 느끼는 행복보다 더 컸다는 것을 아주 확실히 알고 있다. 그때의 순수하고 거짓 없는 행복을 다른 아이들과 공유할 수 있었기 때문이다. 어떤 오토바이도 우리가 어렸을 때 다리 사이에 끼고 놀았던 이 매트리스보다 더 좋지는 않았다. 나는 요즘 진짜 MV 아구스타를 가끔 탈 때 이러한 행복감을 더 이상 느끼지 못한다. 왜 그럴까? 세상이 정말 많이 변했다. 나는 더 이상 아이가 아니고 함께 놀던 친구들도 더 이상 없다. 그렇기 때문에 꿈은 때때로 이루어지지 않을 때 훨씬 더 중요하다. 꿈이 이루어지면 참 좋기는 하지만 추억은 더 아름답다. 사라지지 않는 아름다운 추억….

이뤄진 꿈은 한편으로는 아름답지만 나의 내면의 행복감에 중요한 역할을 하지 않는다. 나는 이동 수단으로 내 낡은 자

길을 잃지 않고 살았더니 길이 보이더라

동차나 오토바이를 이용하는 것을 선호한다. 바로 내 기억을 생생하게 유지시켜주기 때문이다. 예를 들면 나는 주말이면 오래된 내 오펠$^{Opel\ GT}$ 자동차를 타고 어렸을 때 이 차를 사겠다는 꿈을 꿨던 곳으로 갔다. 아름다운 아이펠 지역과 작은 마을, 멋진 거리 사이사이를 다니다 보면 마음이 정말 아늑해졌다. 이곳들을 돌아다닐 때 필요한 것은 단지 나 자신과 내 추억뿐이다. 나는 멋진 자동차와 오토바이를 타고 시끄럽게 돌아다니는 그런 유형의 사람이 아니다. 그런 사람들은 값비싼 자동차를 가진 것에 대해 모두에게 존경과 갈채를 받고 싶어 한다. 그리고 나는 주차할 곳을 찾을 때는 전용 주차장으로 간다. 보란 듯이 뒤셀도르프^{Düsseldorf}나 함부르크^{Hamburg}의 쇼핑가에서 제일 멋진 상점 앞에 차를 세우지 않는다. 솔직히 말해서 나는 날씨가 좋을 때 좋은 차를 몰고 다니지만, '관객'이 있는 곳은 어디라도 가지 않는다. 사람들이 '어, 저기 봐봐, 호르스트 리히터가 고급 자동차를 모두에게 자랑하려고 저렇게 돌아다니고 있어'라고 생각할 것 같은 느낌이 곧바로 들기 때문이다. 나는 그렇게 하고 싶지는 않다.

　나는 가끔 순수했을 때로 시간을 되돌리고 싶다. 멋진 오토바이나 자동차를 탄 사람이 우리 마을에 들렀을 때 정말 부러워했다. 우리는 예의바르고 다정하게 그 자동차를 한 번 타봐도 되는지 묻기도 했다. 그리고 정말 타보기라도 하면, 우리는 몇 주 동안 그 이야기만 했다. 하지만 안타깝게도 요즘은 다르다. 요즘에는 그런 사람을 보면 즉시 가운데 손가락을 치켜들고 욕을 보낸다. 신흥 졸부, 환경 오염 유발자, 기후 범죄자라고 하면서 말이다. 이렇게 부러움은 지극히 부정적이며, 인간미를 독살시킨다. 다른 사람을 위하고 다른 사람과 함께 하는 기쁨을 즐기는 능력을….

말하자면 나는 나 자신을 위해 운전하는 것을 더 좋아한다. 그리고 내 머릿속에는 그 당시의 모든 행복한 아이들이 나와 같이 타고 있고 우리가 꿈을 함께 공유했던 그때처럼 아주 작은 것에도 놀라고 기뻐한다. 나는 감히 이렇게 주장할 수 있다. 만족, 내면의 평온, 고요, 행복은 물질적인 것에 얽매이지 않으며 오히려 아름다운 추억과 연결되어 있다고 말이다.

'명성'이나 '유명함'이라는 말도 내가 만족과 관련하여 항상 들어야 하는 상투어다. 그 이유는 많은 사람이 보기에 내가 고전적인 유형의 인물이기 때문일 것이다.

'호르스트 리히터, 검소한 집안 출신의 성실한 젊은이. 힘들게 일하면서 생계를 유지한 사람. 수습생 시절부터 소처럼 열심히 일하고 많은 불운을 겪은 사람. 결혼에 실패하고 엉망진창이 되었다가 기운을 되찾고 정상에 선 사람.'

나는 뭐… 그렇다. 그런 비슷한 모든 것을 겪었다. 그리고 나는 언제나 책임을 졌고 또 적어도 그렇게 해야 한다고 느꼈다. 실패했을 때 내가 잘못한 부분을 항상 명확하게 인정했고 발뺌하거나 숨기지 않았다. 나에게도 분명 잘못이 어느 정도 있다는 것을 너무나도 잘 알고 있기 때문이다. 물론 〈희귀품에 현금을〉의 막대한 성공 이후로 내가 깃대 꼭대기에 서 있는 것처럼 보일 수 있다. 나는 많은 사람들이 보는 것처럼 행복하고 만족스럽게 해주는 모든 것을 갖고 있다. 명성, 돈, 유명함 그리고 세상 사람들이 아는 것처럼 멋진 아내, 큰 집, 값비싼 자동차, 찬란한 휴가, 보석, 고급 시계 등. 흥미로운 사실은 이 모든 것이 내 머릿속이 아니라 오로지 다른 사람의 머릿속에만 존재한다는 것이다.

나는 어디에 도달했어야 할까? 그는 모든 것을 가졌고 최정상에 있다는 대중의 생각, 이 모든 것이 할리우드 영화처럼 느껴진다. 나는 안타깝게도 여러분을 실망시킬 수밖에 없고 이에 대해 아무것도 할 수가 없다. 나는 깃대의 끝이 어디인지 모른다. 믿을 만한 출처나 친한 친구로부터 그게 아니라는 말을 듣지 않는 한 내가 아는 끝은 죽음이다. '정상에 도달했다'는 게 무슨 뜻일까? 내가 내 목표의 끝에 도달했다는 뜻인가? 내가 '정상에 도달하고' 부자가 되고 유명해져서 지금 완전히 행복해야 한다는 건가? 그 후에 더 이상 아무것도 오지 않는다면? 여러 번 이야기하지만 내가 물질적 소비를 전혀 중요하게 생각하지 않는다면? 소비는 좋은 것이지만 나의 두려움과 걱정, 문제들을 없애주지는 못한다.

가끔 슈퍼마켓이나 주유소를 지나칠 때 나에 대해 쓴 가십 기사들을 읽게 되는데 그럴 때면 완전히 날조된 이 허구 이야기에 좌절하지 않도록 정말 조심해야 한다. 이 얼마나 터무니없는 일인가. 나는 끊임없이 감시받고 있다는 것을 서서히 깨닫는다. 대중을 향해 나에 관한 글을 쓰고 날조된 이야기를 꾸며대는 사람들이 실제로 아주 많다. 이에 익숙해지는 데는 시간이 필요하다. 물론 미디어에서 활발하게 활동하는 아주 많은 예술가와 진행자, 모델, 요리사들은 자신이 크게 성공하기를 바란다. 하지만 마침내 성공했을 때 그들 중 많은 사람이 예전의 삶을 계속 살거나 되찾고 싶어 한다.

이에 대해 이미 많은 동료에게 내 의견을 말했다. 그 동료들은 장황하게 자신의 주장과 의견을 내놓았다.

"호르스트, 무대에 서서 내 일을 하면 사람들은 박수치며 나에게 사인을 해 달라고 해. 하지만 무대 밖에서는 아무도 나에게 말을 안 걸었으면 좋겠어. 나도 사생활이 있잖아. 잠시라도 평온하게 있고 싶다고."

나는 완전히 다른 생각을 갖고 있기 때문에 이러한 견해를 반박할 수밖에 없다. 나는 종종 이렇게 말했다.

"있잖아, 그건 불가능해. 예전에 너는 유명해지길 원했잖

237
길을 잃지 않고 살았더니 길이 보이더라

아. 그리고 이렇게 될 거라는 것도 알았잖아. 네가 유명해지는 게 싫으면 TV에 얼굴을 들이밀지 말고 아주 평범한 사람들처럼 일해."

그럼 아마 내 동료는 이렇게 말할 것이다.

"내가 가족들과 뢸른 시내를 다니는 것은 TV에 나오는 것도 아니고 공개적인 일정을 소화하는 것도 아니야. 그저 사생활이라고."

하지만 이것은 나에게는 아주 당연한 일이다. 나는 늘 이런 사실을 인지해왔다. 즉 내가 이 길을 가면서 사람들이 여기저기에서 끊임없이 나를 알아볼 만큼 유명해진다면 그들이 나를 가만히 내버려 두기를 요구할 수 없다는 사실을 말이다. 내가 요구할 수 있는 것은 다른 것이다. 나는 사람들이 예의와 좋은 태도를 지켜주기를 바란다. 예를 들면 내 사진을 찍기 전에 나에게 먼저 물어보는 등 아주 사소한 것 말이다. 또 나는 사람들이 아내와 내가 둘이 있는 것을 보면 먼저 아내에게 인사를 해주면 좋겠다. 그리고 아내의 손에 무턱대고 카메라를 쥐어주고 이렇게 말하지 않았으면 한다. "사진 좀 찍어 주세요." 아내에게 인사도, 감사하다는 표현도 하지 않은 채 말이다. 또 내가 어딘가에서 식사를 하고 있을 때, 특히 내가 손에 포크를 딱 쥐고 있을 때는 사진을 부탁하지 말았으면 한다. 누군가가 나에게 와서 "방해하고 싶지는 않지만…"이라고 말하면 이미 그 순간 나를 방해하고 있는 것이다. 이는 사람들이 말하는 것처럼 깃대의 꼭대기에 도달하면 생길 수 있는 일이며 유명세를 따라다니는 일이다. 그리고 내적 평온과 만족, 행복을 방해하고 희생시켜야 하는 일이다. 하지만 나는 이를 원망하지 않는다. 나는 내 방식대로 반응하고 평온함을 되찾기 위해 스스로 많은 노력을 한다.

이는 내가 수많은 레드카펫을 걷는 것을 그렇게 좋아하지 않는 이유이기도 하다. 레드카펫을 꼭 걸어야 하는 중요한 이유가 있을 때를 제외하고는. 하지만 그런 경우는 아주 드물다. 나는 나를 '보여주기' 위해, 새로운 일을 찾거나 신문에서 내 얼굴을 보기 위해 레드카펫 행사에 가지 않는다. 아니다. 이미 말했듯이 내가 그런 행사에 모습을 나타낼 때는 아주 중요한 이유이기 때문이다. 연예인들이 모두 나처럼 행동한다면 많은 레드카펫 행사가 사라질 것이다. 하지만 그렇게 되어도 그다지 나쁠 것 같지는 않다. 나는 그 시간에 차라리 아주 열심히 일하고 얼마 되지 않는 휴일을 내 가족과 보내고 싶어 하는 사람이다. 나에게는 사랑, 따스함, 편안함이 훨씬 더 중요하다. 물론 나는 이 문제로 내 소속사와 늘 이야기하지만 우리는 아주 분명하고 구조적인 원칙을 세워놓고 있다고 생각한다. 나는 왜 그렇게 많은 유명인이 언론에 전화를 걸어서 이런 제안을 하는지 도무지 이해할 수가 없다. "우리 소속 배우가 내일 뒤셀도르프 쾨닉스알레

^{Königsallee}(뒤셀도르프의 번화한 쇼핑가-옮긴이)에 있을 테니 사진을 멋지게 찍어주세요." 모든 게 그저 가십 잡지의 헤드라인을 위해서다. 이런 모습을 보면 나는 항상 이렇게 생각한다. '이봐요, 내가 보기에는 이건 좋은 생각이 아니에요.' 통속 언론의 후광을 받아 높이 올라간 사람은 결국 통속 언론으로 다시 곤두박질칠 테니 말이다. 약간의 관심을 받기 위한 그 대가는 절대적으로 너무 높다. 그런데도 사진기자들은 계속해서 사진을 찍는다. 예를 들어 사진기자들이 집 앞에서 아내 나다의 사진을 찍는다. 나다는 살짝 더러운 바지를 입고 있었을 뿐인데 얼마 후 우리는 어떤 잡지에서 이런 기사를 읽게 되는 수가 있다. 〈허름한 차림의 리히터 부인, 이들 부부에게 무슨 일이? 호르스트 측 "드릴 말씀 없다…"〉

기자 양반, 내 아내가 샤넬 정장에 하이힐을 신고 휘파람을 불고 미소를 지으며 동네를 돌아다니면서 어딘가에 사진기자가 서 있지 않아서 참으로 미안하군. 정원 작업복을 입은 우리 모습을 찍고 완전히 날조된 이야기를 꾸며대기 위해 사적인 도로에 숨어서 거대한 렌즈를 들고 내 아내를 노리는 그런 사진기자는 아주 추잡한 놈이다. 이럴 때마다 나는 언제나 침착하고 평온하려고 노력한다.

나는 유명해진다는 생각을 한 번도 제대로 생각해 본 적이 없다. 왜냐하면 내가 했던 모든 일은 그저 내가 너무나도 하고 싶어서 했던 것이기 때문이다. 너무 재미있었기 때문에. 어떤 사람이 연탄 공장에서 교대 근무를 하면서 별도로 자기 식당을 열고, 식당의 낡은 석탄 난로 옆에 서서 팬케이크를 굽겠는가? 그리고 식당 홀을 낡은 잡동사니로 가득 채우겠는가? 유명해지고 싶은 사람은 분명히 그렇게 하지 않을 것이다. 기껏해야 좋은 의미에서 미친 사람일 것이다. 그렇게 하려는 사람은 아마도 재미있어서일 것이다. 물론 나는 직장에서, 식당에서 그리고 이미 학교에서도, 어렸을 때도 사람들을 즐겁게 해주고 싶었다. 하지만 나는 이것으로 유명해지고 싶다는 생각은 전혀 하지 않았다. 나는 그 누구에게도 이런 말을 하지 않았다. "나는 이걸로 유명해지고 스타가 될 거야." 결코 그런 적이 없다.

나는 무엇을 하든 정말 열심히 했고 이와 함께 내 주변 사람들을 즐겁게 해주었다. 이것은 예전이나 지금이나 나의 내적 행복을 위해 중요하다. 그렇기 때문에 나는 왜 그렇게 기자들이 나에게 늘 이런 질문을 하는지도 이해할 수 없다. "리히터 씨, 당신의 진짜 직업은 무엇입니까? 당신은 요리사입니까? 당신은 예능인입니까? 당신은 무대 공연 예술가입니까? 아니면 당신은 진행자입니까?" 아니다. 여러분, 나는 과거에도 지금도 늘 같은 사람이다. 나는 언제나 호르스트 리히터였고, 재미있는 소재나 심오한 소재로 언제나 사람들을 즐겁게 해주는 사람이다. 왜냐하면 나는 여전히 행복한 저녁이 사람을 기분 좋게 만든다고 생각하기 때문이다. 눈물이 날 정도로 함께 웃으면서 서로 훌륭한 이야기를 나누는 행복한 저녁. 또 함께 울었지만 집으로 돌아가서 '정말 좋은 저녁이었어'라고 말할 수 있는 행복한 저녁. 말하자면 행복한 저녁은 모든 것을 다 담고 있다.

이러한 나의 대답을 들은 기자들이 고개를 저으며 내 '진짜' 목표가 무엇인지, 내가 '진짜' 어디로 가고 싶은지를 계속 물을 때면, 사람들이 내 말을 정말로 귀담아듣지 않는다는 사실을 몇 번이고 깨닫는다. 내가 이렇게 말할 때 그들이 나를 믿지 않는다는 사실을. "나는 나 자신을 행복하게 해주는 일을 하고 싶어요. 그래야만 다른 사람을 행복하게 해줄 수 있으니까요."

내가 행복하지 않으면 어떻게 내면의 평화와 균형, 만족을 발산할 수 있겠는가? 나는 그렇게 하지 못한다. 이것은 무엇보다 내가 《똥멍청이를 위한 시간은 없다》라는 책을 쓴 이후 모든 것에 의문이 생겨서 TV 프로그램 네 개를 전부 중단한 이유이기도 하다. 나는 그 당시에 성공을 기약할 수 없는 작은 프로그램 하나만을 남겨두었다. 바로 〈희귀품에 현금을〉이었다. 내가 왜 이 시점에서 〈희귀품에 현금을〉 이야기를 또 하는 걸까?

아주 간단히 말해서 내가 유명해지고 싶었다면 그때 나는 다른 선택을 했을 것이다. 나는 시청률이 좋았던 프로그램들을 그만둘 필요가 없었을 것이다. 그 당시에 나는 엄청난 제안을 수없이 받았다.

"리히터 씨, 당신에게 데일리 프로그램을 줄게요."

"저희와 주간 프로그램 함께 하시죠."

"매년 6회 멋진 대규모 나이트쇼를 해보는 건 어때요?"

나는 침착하게 그 이야기들을 다 들은 다음 대부분 그저 이렇게 물었을 뿐이다.

"세상에, 정말 훌륭합니다. 신뢰를 보내주셔서 감사합니다. 그런데 어떤 멋진 내용이죠? 저하고 어떤 점이 잘 맞는 프로그램인가요?"

그러면 그들은 이렇게 대답했다.

"아직 구상 중이에요. 하지만 분명히 아주 멋진 프로그램이 될 거예요."

하지만 이런 말은 나에게 너무 모호했다. 그래서 나는 이렇게 물었다.

"네, 그럼 저에게 어떤 보장을 해 줄 수 있나요?"

이 질문에 대한 대답은 언제나 한결같았다.

"네, 그저 재정적인 보장만 줄 수 있을 뿐, 방송에 대한 책임은 지지 못해요."

간단히 말하자면 모든 게 잘 안 돼도 돈을 받을 수는 있지

길을 잃지 않고 살았더니 길이 보이더라

만, 방송은 당연히 나가지 않는다는 것이다. 뭐 통상적인 일이다. 나는 이런 제안을 몇 번 듣고 내 소속사와 논의했지만 결국 언제나 같은 이유로 거절했다.

"모든 게 영광이지만 저는 거절해야겠어요. 제가 그렇게 행복할 것 같지 않아서요."

사람들이 나를 어디서든 볼 필요는 없으며 나는 그저 내 마음을 벅차게 하고 나를 채워주는 일을 하면 된다. 나는 토크쇼의 게스트가 될 수도 있고 퀴즈쇼에 출연할 수도 있다. 이런 것은 전혀 문제가 되지 않는다. 하지만 내 이름이 위에 있으면, 말하자면 나 자체가 '프로그램'이라면 신뢰할 수 있는 프로그램이어야 한다. 이는 삶에서도 마찬가지다. 옷에 비유해 보자면, 내 눈으로 볼 때 아주 멋지다고 느끼는 재킷과 바지 혹은 신발이 있다. 그런데 내가 실제로 입으면 멋져 보이지 않는다. 그러면 아무리 세련된 스니커즈라도 '잘못되었다'고 느낀다. 한마디로 그 스니커즈는 나에게 어울리지 않는다. 어쩔 수 없지만 그렇다. 신발이 내게 어울리지 않으면 그 신발은 내 것이 아닌 거라는 사실을 지난 몇 년 동안 깨닫게 되었다. 쉽게 말하면 좋은 느낌이 들지 않으면 자신의 내면의 목소리를 들어야 한다는 것이다. 내면의 목소리는 99퍼센트 좋은 나침반이다. 사람들은 끔찍한 일을 겪은 후 이런 말을 자주 한다. "처음부터 느낌이 심상치 않았어, 그렇게 하려고 하지 않았는데…. 어쩔 수 없었어. 그냥 내 직감대로 할 걸…."

그렇다. 우리는 자신의 감정에 주의를 기울이는 법을 다시 배워야 한다. 두려움은 좋은 감정이 아니지만, 원칙적으로 보면 부정적인 감정만은 아니다. 두려움은 아주 중요한 임무를 지니고 있다. 즉 우리에게 경고를 보내고 심각한 판단 오류를 범하지 않도록 우리를 보호해 준다. 석기 시대에는 두려움이 당연히 생존에 매우 중요했다. 숲에서 검치 호랑이(칼처럼 생긴 송곳니를 가진 호랑이-옮긴이)가 우리 눈앞에 나타나면 목덜미에 엄청난 두려움을 느끼며 몸을 숨길 수 있는 구덩이까지 100미터를 분명히 10초 안에 뛰어갈 수 있을 것이다. 그것도 자갈 더미 위를 맨발로 말이다. 아드레날린과 두려움이 다시 사라진 후에야 비로소 발에 통증을 느껴진다. 물론 오늘날에는 두려움이 우리에게 이렇게 말한다. '비가 올 때는 고속도로에서 빨리 운전하지 말라, 잘 모르면 주식 시장에서 손을 떼라.' 즉 뭔가 잘못될 수 있다고 예측되는 이러한 모든 것들을 말해준다. 우리는 이러한 것들에 대해 '직감', 즉 내면의 생각을 가지고 있지만 이를 너무 자주 무시한다. 그렇게 되면 결국 우리가 불행해지는 결과로 이어진다. 잘못 내린 결정 때문에 우리는 불행해지고 내면의 균형이 삐걱거리게 된다.

나의 내적 평화는 내 통장 잔고에 좌우되지 않는다. 그렇기 때문에 나는 아무리 좋은 의도의 제안들이 많이 들어와도 '나'라는 사람과 어떤 연관이 없으면 거절할 수 있다. 그래서 아내 나다와 나는 예전에 비록 우리가 다음 날 아침 재정적으로 어떻게 될지 몰라도 인생에서 매우 큰 즐거움을 느낄 수 있었다.

상실의 두려움

사람들은 상실의 두려움으로 괴로워한다. 상실의 두려움은 '갖는 것', 즉 소유를 통해 생겨난다. 무언가를 소유할 때 비로소 상실에 대한 두려움이 생긴다. 가진 것이 전혀 없거나 그저 조금인 사람은 당연히 상실의 두려움을 거의 겪지 않는다. 나는 하루하루 겨우 먹고 산 적이 많았기 때문에 사실 어떤 상실의 두려움에 끄떡도 하지 않는 편이다. 하지만 이를 잘 알고 있으면서도 가끔은 나도 두려움을 느낀다. 아마도 자연스러운 현상일 것이다. 우리가 무엇을 가지고 있든, 우리가 그에 대해 어떤 생각을 하든 한 가지 명심해야 할 사실이 있다. 즉 물질적인 것이 우리 내면의 평화를 잃게 할 경우 그 대가가 너무 높다는 것이다.

　나는 이러한 주제에 대해 진지하게 고민할 때 한 가지 사실을 이해하는 것이 매우 중요하다고 생각한다. 즉 우리 자신의 삶 외에는 아무것도 우리에게 속해 있지 않다는 것이다. 우리가 쌓아둔 어떤 물질적인 것들도 죽을 때 가지고 가지 못한다. 오로지 삶만이 자신의 것이라 여기고, 이 삶을 행복하게 살아가는 데 훨씬 더 많은 시간을 보내야 한다. 우리 자신에게 더 잘 대해주고, 더 관심을 가져야 한다. 그리고 자신들의 이익을 위해 우리를 그저 이용하려는 사람들보다 우리를 사랑하는 사람들을 더 많이 존중하고 그들에게 더 많은 가치를 부여해야 한다. 한 현자는 "당신에게 선의를 가진 사람들을 사랑하라"고 말한 바 있다.

　내가 보기에 우리 사회는 자신의 소유물을 마치 행복을 만들어 주는 유일한 약인 듯 보여주는 사람들에게 너무나 많은 관심이 쏠려 있다. 오로지 사람에게만 관심 있는 나에게는 참 안타깝게 느껴진다. 나쁜 사람이 이 세상에서 가장 아름다운 보물을 가질 수 있겠지만, 만약 그것이 그 사람이 보일 수 있는 전부라면? 나는 그와 함께하고 싶지 않다. 이 시점에서 오래전에 공항에서 만났던 한 오랜 지인에 대해 이야기하고 싶다. 그의 이야기가 이 주제와 잘 부합하다고 생각하기 때문이다. 내가 이 사람을 마지막으로 본 것은 그가 아프리카로 떠나기 전이었다.

아프리카에서 그는 한 가지 실험, 즉 아주 특별하고 개인적인 형태의 후원 활동을 하고자 했다. 그는 나에게 이렇게 말하고 떠났다.

"호르스트, 나 아프리카로 떠나. 거기에서 한 사람의 인생을 행복하게 해주고 싶어. 그 사람의 삶이 조금이라도 더 나아지게 말이야. 내 상황은… 나는 이 정도면 충분히 좋다고 생각해. 나는 회사도, 돈도, 가족도 있잖아? 내 삶의 행복 일부를 다른 사람에게 전해주고 싶어."

그때 나는 정말 깊은 감명을 받았다. 그런데 몇 년 후, 이 지인을 공항에서 우연히 다시 만났다. 우리는 몹시 반가웠고 나는 그의 '후원 프로젝트'가 어떻게 되어가고 있는지 물었다. 그는 어느 마을에서 한 청년을 만나서 몇 년간 친하게 지냈다고 했다. 그 후 청년과 가족이 좋은 삶을 살 수 있도록 후원하고 싶다고 전했고, 그는 청년의 가족에게 닭 여러 마리를 사 주고, 닭장을 지어주고, 시장 매대로 쓸 수 있는 좋은 수레까지 사주었다. 그리고 청년에게 무엇을 해야 하는지 정확하게 설명했다. 달걀을 시장에 팔고, 그 돈으로 닭을 새로 사고, 이익을 내는 등 실질적인 자본주의 기본 원칙을 자세히 설명해 주었다. 그 후 그는 청년 가족과 함께 몇 달 동안 함께 그 일을 했고 그가 떠날 때까지는 모든 것이 아주 완벽했다. '닭 농장'은 아주 잘 되었고 모든 것이 아주 순조로웠다. 그로부터 몇 달 후 내 지인이 다시

길을 잃지 않고 살았더니 길이 보이더라

청년 가족이 사는 마을로 돌아왔을 때 그는 정말 큰 충격을 받았다. 아무것도 남아 있지 않았기 때문이었다. 닭장은 망가진 채 텅 비어 있었고, 수레도 온데간데없이 안 보였고, 어디에도 닭이 없었다. 청년은 아무것도 변하지 않았던 듯 다시 오두막집 앞에 앉아 있었다. 청년은 모든 것을 설명했다. 청년은 언제부터인가 달걀보다 닭이 더 수익성이 있다는 사실을 깨달았다. 그래서 닭을 모두 팔았고, 닭을 팔고 나니 당연히 닭장도 수레도 더 필요 없어졌던 것이다. 그 청년 말로는 어쨌든 지금은 오늘이고 오늘 우리가 이 돈으로 잘 지낼 수 있으며, 내일은 내일이라는 것이다.

나는 이 이야기를 듣고 약간 당황하고 충격을 받았다. 하지만 내 지인은 전혀 그렇지 않은 모습이었다. 그는 이미 오래전에 이 모든 일에 대해 평정을 되찾았고, 나에게 이렇게 설명하려고 애썼다.

"호르스트, 그들과 우리는 완전히 다른 사고방식을 가지고 있어. 그들은 '지금', '여기 그리고 오늘' 속에서 살고 있어. 그게 좋은 건지 나쁜 건지 우리가 판단해서는 안 돼."

그렇다. 내가 남아공에 다녀와서 얻은 깨달음과 비슷했다.

이 이야기가 오늘날에도 여전히 유효한지, 그저 몇몇 마을에만 해당되는 이야기인지 나는 잘 모르지만 한 가지는 분명하다. 우리는 내일에 대해, 다가올 모든 일에 대해 엄청나게 많은 생각을 한다는 것이다. 우리는 어제에 대해 많은 이야기를 하고 오늘의 삶을 잊어버린다. 내일이 되면 또 미래와 과거를 이야기한다. 우리는 계획하고 또 계획하며, 죽음 이후의 시간을 위해 모든 것을 대비해놓는다. 나 역시 이런 것이 매우 중요하다고 생각하는 사람이지만, 이와 동시에 우리는 삶이 벌어지는 그 순간의 삶을 즐겨야 한다는 사실을 너무나도 잊고 있다.

이 주제와 관련해서 언제나 내게 떠오르는 격언이 있다. '잃어버린 돈은 되찾을 수 있지만 잃어버린 시간은 절대 되찾을 수 없다.' 이러한 격언이나 지혜가 늘 그렇듯이 그 핵심 교훈을 부인할 수는 없다. 물론 어떤 이유에서든 돈을 잃어버리는 것은 좋은 일이 아니다. 하지만 무자비하게 계속 흘러가는 시간이 문제다. 우리에게 남아 있는 시간을 사랑과 행복, 만족으로 채우지 않는다면 우리는 만회할 수 없을 정도로 많은 것을 잃게 된다. 우리는 이 사실을 알아야 한다. 그렇지 않으면 언젠가 우리는 만족하고 행복하게 늙어가는 대신 후회를 하며 놓친 기회를 슬퍼하기만 할 것이다.

이 길의 끝에서 얻은 것

묵언 수도원에 다녀온 이후로 나는 고요함을 훨씬 의식적으로 생각하게 되었다. 여러분도 알다시피 수도원에서의 생활이 나에게 전혀 도움이 안 된 것은 아니다. 이제 나는 내가 좋아하는 오래된 오토바이를 타고 다니는 대신 그저 차고에 놓인 이 오토바이 옆에 앉기도 한다. 물론 이렇게 하는 것도 매우 행복감을 준다. 하지만 가끔은 영혼을 훌륭하게 치유할 수 있는, 그런 고요함이 필요하다. 고요함은 나에게 힘을 준다. 이미 내가 많이 말했고 여러 번 말해도 충분하지 않을 만큼 또 하고 싶은 말은 호르스트 리히터는 과거에도 지금도 앞으로도 언제나 조화를 몹시 중요하게 여기는 사람이라는 것이다. 그리고 이를 위

해서는 인간에 대한 사랑과 힘이 필요하다.

가끔 어렸을 때부터 엄마 아빠가 왜 싸우는지 이해하지 못
했다. 거의 규칙적으로 어린이다운 순진한 질문으로 고민했다.
'사람들은 왜 모두 서로에게 다정하지 않을까?' 어린 호르스트
는 사람들이 왜 그렇게 서로 많이 싸우는지 전혀 이해할 수 없
었고, 항상 이런 생각을 했다. '음… 다른 방법으로 해결할 수
있을 텐데….' 아무리 순진하게 들려도 전혀 상관없다. 나는 세
상을 돌아다니면서 모든 사람을 품에 안아주고 싶고 모든 것이
잘 되었으면 좋겠다고 생각했다. 그리고 모두가 잘 지내면 좋겠
다. 모든 사람이 먹을 것과 사랑을 충분히 가졌으면 좋겠다. 내
가 그저 사교적인 것일까, 그저 몽상가일까? 그럴 수도 있다. 하
지만 내가 생각할 때 세상을 바꾼 사람은 꿈을 꾸는 사람들이
지, 세상을 비웃으며 거절하기만 하고 그저 자기 자신만 챙기는
그런 사람들이 아니다.

나는 이렇게 생각한다. 정말로 만족하고 행복한 사람은
부러움도 시기도 탐욕도 모른다. 안타깝게도 많은 사람이 자
신의 집에 만족하기보다 더 큰 집, SNS에 있는 고급 아파트를
더 많이 부러워하다. 유명한 철학자 아르투어 쇼펜하우어[Arthur
Schopenhauer]는 "독일에서 최고의 인정은 부러움이다"라고 말한 바
있다. 부러움은 독일 사람의 매우 전형적인 태도인데, 이 사실은

나를 슬프게 만든다. 나는 우리 독일인에게 가장 부족한 것이 무엇인가라는 질문을 자주 받는다. 내 의견이 독일 사람에게만 해당되는 것은 아니라는 말을 먼저 해야겠다. 내가 보기에 우리에게 가장 부족한 것, 사람들에게서 점점 사라지고 있는 것은 겸손과 감사함인 것 같다. 그리고 또 하나 존중. 주변 사람들에 대한 존중, 자연과 동물에 대한 존중같은 것 말이다. 우리는 지나칠 정도로 존중에 대해 아주 많이 이야기하고 겸손과 감사함에 대해서도 많은 이야기를 한다. 그럼에도 불구하고 실천은 어려운 것 같다는 인상을 종종 받는다.

겸손은 훌륭하면서도 구식인 단어다. 나에게 겸손은 내가 건강하다는 사실에, 내가 냄새를 잘 맡을 수도, 맛을 잘 볼 수도 있음에 기쁘다는 것을 의미하기도 한다. 너무나 당연해 보이는 이 모든 것은 사실 당연한 것이 아니다. 하지만 대부분의 사람은 그렇지 못할 때 비로소 이 사실을 깨닫는다. 더 이상 볼 수 없을 때 비로소 아름다운 것을 보고 싶고, 더 이상 듣지 못할 때 아름다운 소리를 그리워한다. 아프지 않을 때만 고통 없이 보내는 하루를 감사할 수 있다. 이것이 나의 '겸손'이다. 내가 건강하다는 것, 내 모든 감각이 아직 살아 있다는 것에 대한 겸손, 그리고 나는 이러한 겸손이 사람들에게 결여되어 있다고 생각한다. 그런데 사람들은 자신이 가지지 않은 것에 너무 집중하기 때문에 이 사실을 알아차리지도 못한다.

길을 잃지 않고 살았더니 길이 보이더라

나는 그저 우리 사회에 더 많은 조화와 만족이 깃들기를 바란다. 단순한 일치가 아니라 서로의 다양성을 존중하면서 평화롭게 말이다. 다양성은 자연뿐만 아니라 우리의 사회적 삶도 흥미진진하게 만든다. 피아노의 아름다운 화음은 흰 건반과 검은 건반으로 연주되는 다양한 음의 조화를 통해 생겨나지 않는가? 나는 조화가 음악처럼 화음을 통해 생겨나기를 원한다. 그리고 감사함에 관해서는 우리가 어렵게 생각할 필요가 없다. 말하자면 내가 잘 지내면 우리 주변에 있는 사람들도 잘 지내는지 살펴보면 된다. 모두가 함께 가고 있는지, 아무도 잊히지 않았는지를 말이다.

나는 내 주변의 사람들이 잘 지내는지 항상 관심을 가지려고 노력한다. 또 내 아이들에게는 겸손과 감사함, 인생에서 중요한 추진력을 잃지 않도록 보살핀다. 인간은 스스로 좋은 사람이 되려는, 타인을 좋은 사람으로 만들려는 많은 특수성을 지니고 있다. 남을 돕는 마음, 공감, 이웃에 대한 사랑은 그 성질 중 일부에 불과하다. 물론 나쁜 성질도 존재한다. 나에게 가장 나쁜 세 가지 특징을 꼽으라고 한다면 당연히 부러움과 시기, 그리고 내가 가장 싫어하는 탐욕이다. 나는 사람들이 욕심을 부리는 모습을 보면 화가 난다. 게다가 탐욕스러운 사람들은 감사할 줄 모르는 경우도 많다. 안타깝게도 나는 이러한 사실을 자주 확인했다. 예를 들면, 내가 아내와 함께 어느 퀴즈 프로에서 백만 유로를 획득한 적이 있었다. 우리는 이긴 팀이었고 다른 두 팀은 한 푼도 받지 못했다. 어차피 우리가 획득한 백만 유로를 기부할 생각이었기 때문에 나는 이렇게 하기로 했다. 즉 내가 얻은 상금을 다른 두 팀에게 각각 3분의 1씩 나누어주고 그 두 팀이 자선 단체에 후원할 수 있게 연결해 줬다. 그런데 유감스럽게도 두 팀 참가자 중 아무도 나에게 감사 인사를 하지 않았다. 정말로 아무 반응도 없었다. 악수도, 고맙다는 말도 없었고 그 후에 엽서나 짤막한 메일도 보내지 않았다.

나는 정말 충격을 받았다. 생각해 보라, 내 상금을 나누어주었는데 아무도 나에게 '고맙다'는 말을 하지 않는다? 화가 나지 않는가? 그런데 더 화가 나는 일이 있었다. 이 상금으로 되도록이면 좋은 일을 많이 하기 위해 내 몫으로 남겨둔 상금을 다시 셋으로 나누어 3분의 1은 보육원에, 3분의 1은 내 고향 롬멜스키르헨^{Rommelskirchen}의 푸드뱅크에, 나머지 3분의 1은 우리가 그당시에 살고 있었던 바덴바일러 뮐하임의 푸드뱅크에 기부했다. 그 후 다음과 같은 일이 벌어졌다. 나는 보육원으로부터 감사 편지를 받았다. 편지에는 다음과 같이 적혀 있었다.

'친애하는 리히터 씨, 진심으로 감사드립니다. 전혀 기대하지 않았던 일입니다. 안타깝지만 우리는 당신이 백만 달러를 왜 그렇게 나누었는지 이해할 수가 없습니다. 우리가 백만 달러를 전부 받았다면 훨씬 더 많은 일을 할 수 있었을 텐데요.'

길을 잃지 않고 살았더니 길이 보이더라

편지 내용은 나를 정말 슬프게 했다. 그들이 10만 유로에 별로 기뻐하지 않을 뿐만 아니라 그들이 받지 못한 90만 유로에 대해 화가 난 것 같은 인상을 받았기 때문이다. 차분히 그 일에 대해 곰곰이 생각해 보면, 내 생각을 이렇게 표현할 수 있을 것 같다. 탐욕스러운 사람은 자신이 가진 것에 절대 만족하지 않기 때문에 내면의 평화를 얻을 수 없다고 말이다.

나의 한 친구가 사회복지 연구의 일환으로 실시했던 한 학문적 실험 이야기다. 그의 이야기가 사실인지는 모르겠지만 실험 개요는 정확히 다음과 같았다. 한 주거 단지의 현관문에 초인종을 누르고, 문을 열어주는 집주인에게 다음과 같이 말한다. "우리가 당신에게 100유로를 드릴게요. 유일한 조건은 이웃에게 50유로를 나눠주어야만 100유로를 받을 수 있다는 것입니다." 어떤 일이 벌어졌을까? 대부분의 사람이 100유로를 받지 않으려고 했다. 이웃에게 일부를 나누어 주고 싶은 마음이 없었기 때문이다. 나는 이 사실이 너무나 슬프다.

반면 한 TV 다큐멘터리는 나에게 아주 깊은 감명을 주었다. 아버지로부터 수백만 유로를 상속받은 세 사람에 관한 이야기였는데, 그들은 유산을 거절하거나 자신의 이익과 무관한 자선 단체에 기부했다. 여기서 우리 인간이 시기와 탐욕, 자기희생적인 관대함 사이에서 얼마나 흔들릴 수 있는지를 알 수 있다.

258

우리의 내적 평화를 위해 어떤 길을 나아가야 하는지는 모두 스스로 찾아야 한다. 나는 여기서 그저 생각을 위한 자극을 줄 수 있을 뿐이다. 나에게는 만병통치약도 없고 게다가 나는 조화에 열광적인 사람이라 이성적인 조언자가 되기에는 적합하지 않다. 하지만 나는 이러한 나의 특성에 불만이 있지도 않다. 세상에는 정말로 여러 종류의 인간이 많으니까 말이다.

길을 잃지 않고 살았더니 길이 보이더라

우리, 이만, 쉿

내면의 평화를 위한 왕도는 없다. 나는 이 사실을 묵언 수도원에 다녀온 후로 분명하게 깨달았다. 모든 사람은 다 다르며 내면의 평온을 얻기 위해 각자 저마다의 길을 걷는다. 그냥 집에 앉아서 책을 읽고 싶은 사람도 있고, 명상을 하거나 음악을 연주하고 싶은 사람도 있으며 자연 속에서 가장 큰 행복을 느끼는 사람도 있다. 우리를 내적으로 채워주는 '적절한' 일, 일과 취미 및 사회적 관계의 적절한 조화, 이것은 모두가 스스로 찾아야 한다. 나에게 마음챙김과 자기성찰은 아주 중요한 요인이다. 우리가 자기 자신을 돌보고 비판적으로 성찰할 수 있을 때만 우리의 마음 상태가 더 이상 균형을 이루고 있지 않다는 것을 발견할 수 있기 때문이다.

자신을 만족시켜주고 행복하게 해주는 것을 발견하는 일은 아주 쉬우면서도 동시에 아주 어렵다. 우리 중 몇몇은 많은 일이나 많은 돈에 행복을 느낄 수도 있다. 하지만 그렇다고 해서 이 사람들이 반드시 내면의 평온함을 느끼거나 충만한 삶을 살아야 하는 것은 아니다. 그럴 수도 있지만, 꼭 그럴 필요는 없다.

여러분은 내가 묵언 수도원에서 무엇을 얻었는지 분명히 궁금할 것이다. 음, 무엇보다도 관용을 배운 것 같다. 나는 수도원에서 지낸 생활을 상당히 거칠게 표현했다. 다른 참가자나 명상 스승 등에 대해서 말이다. 물론 수도원에서의 생활이 나에게 어느 정도 우스꽝스럽게 느껴지긴 했다. 종치기 사건이나 올바르게 앉기, 명상적 행위에 가까운 청소 방식 등. 하지만 이뿐만이 아니다. 나는 내 마음 깊숙한 곳에서 어떤 충격을 느꼈다. 무엇보다도 나는 그곳에서 자신만의 길을 가는 평범한 사람들을 보았다. 자기 자신을 느끼고 자신의 소리에 귀 기울이고 여러 가지 결정들을 내리기 위해 각자의 길에서 다양한 시도를 하는 사람들. 나는 묵언 수도원이 이러한 과정에서 정말로 중요한 의미가 있고 몇 번이고 계속해서 그곳을 찾는 참가자들이 분명 있다

길을 잃지 않고 살았더니 길이 보이더라

고 생각한다. 그리고 도움이 되는 모든 것은 합당하다고 생각한다. 이러한 점에서 볼 때 묵언 수도원이 정말로 도움이 되는 사람들을 인정하고 관용하는 자세는 중요하다. 관용과 함께, 무엇보다도 내가 말하고 싶은 요지는 지금의 내 삶이 아주 충만하게 느껴진다는 것이다. 몇 가지 일을 더 하고 싶은 마음이 있지만 나는 이미 아주 행복하고 아주 만족스럽다. 비록 '내 집 앞 햇빛 아래에 놓인 작은 벤치'에 앉아서 쉬기에는 아직 준비되지 않았다는 것을 알고 있지만 말이다.

나는 여전히 많은 사람이 있는 그대로의 내 모습과 다르게 나를 평가한다는 것을 잘 알고 있다. 그리고 내 마음속 신념이나 행복에 반하는 모든 것을 거부한다는 사실을 이미 자주 보였는데도, 이를 진지하게 받아들이지 않을 때는 가끔씩 신경이 예민해진다. 언제까지 TV 방송을 하고 싶은지, 또는 70대에도 카메라 앞에 서 있는 것을 상상할 수 있겠냐는 질문을 받으면 나는 종종 "글쎄요"하고 말한다. 가끔은 "잘 모르겠어요" 혹은 "아마 아닐 거예요"라고도 말한다. 그러면 또 이렇게 말한다. "에이, 호르스트 씨. 우린 당신을 잘 알아요. 당신은 방송 일이 필요하잖아요. 그 일을 좋아하잖아요. 시청자가 없으면 못 살잖아요!" 그렇다, 여러분. 나는 가능할 때까지 이 일을 하고 싶다. 하지만 그때가 언제가 될지는 나도 잘 모를 뿐이다. 때가 되면 말을 하고 스스로 잘 물러날 방법을 고민할 것이다. 그러나 그 전까지는 이 일을 계속할 것이다. 이 일이 마음에 들고 나에게 행복을 주고 내가 하고 싶으니까 내 마음이 시키는 대로 할 생각이다. 그리고 나의 동반자, 나의 지지자 아내 나다는 언제나 이렇게 말한다.

"남편이 더 이상 원하지 않으면 끝이에요. 어떤 결정을 하는 데 조금 시간이 걸리는 편이고 요란하게 고민을 할 때가 많지만 일단 결정을 내리면 되돌리지 않죠. 그걸로 끝이에요."

2020년 초에 친한 친구와 심도 있는 대화를 나눈 적이 있다. 그때 이런 말을 했다.

"있잖아, 만약 내가 오늘 죽는다고 해도 괜찮아. 내가 이런 결정을 내렸다면 난 후회없이 잘 헤쳐나가겠지. 나 스스로 갖는 신뢰가 이 정도쯤은 된다는 얘기야."

그러자 친구는 매우 놀라고 흥분하며 말했다.

"삶에 지친 거야, 호르스트? 죽을 정도로 괴로워? 혹시 죽음을 갈망하는 거야? 인생을 끝내고 싶을 정도로?"

친구가 진정된 후 나는 참을성 있게 내가 생각하고 있는 것을 설명했다.

"너는 내 말을 이해하지 못했구나. 지금 돌이켜 보면 나는 내 인생에서 내가 꿈꿔왔던 것보다 더 많은 것을 이뤘어. 주변에 사랑하는 사람들이 있고, 천국보다 행복한 사랑을 했고, 많이

길을 잃지 않고 살았더니 길이 보이더라

웃기도 했고, 가슴 아프게 울기도 했고, 지옥 같은 고통도 느껴봤고, 꿈같은 평안함도 겪어봤어. 나는 아주 많은 멋진 일들을 겪었어. 그러니 지금 가도 나는 괜찮아."

그 이상도, 그 이하도 아니다. 이해할 수 있겠는가, 여러분? 그렇다고 내가 죽고 싶다는 뜻은 아니다. 절대 그렇지 않다. 하지만 그래야 한다면, 다른 방법이 없다면 나는 죽음을 견딜 것이고 조금의 원망도 없이 받아들일 것이다. 저승사자가 나를 부르며 "호르스트, 너를 데리러 왔다. 나와 함께 가게나." 말하면 나는 그와 같이 갈 것이다. 아무런 논쟁도 한탄도 하지 않고. 나는 지금까지 아주 멋지고 충만한 삶을 살았으니까. 나는 고요함을 찾는 과정에서 이 사실을 아주 확실하게 깨달았다.

물론 나는 손주들이 커가는 모습, 결혼하는 모습을 보고 싶다. 사랑하는 아내와 함께 늙어가고 싶고 언젠가 백발이 되어 아내와 함께 집 앞 작은 벤치에 앉아 있으면 좋겠다. 그때 나를 돌봐주는 사람들이 내 주변에 있다면 참 좋을 것이다. 그렇게 되면 좋겠지만, 이 모든 것은 '보너스'와 같은 것이다. 게다가 나는 내가 없으면 세상이 잘 돌아가지 않을 거라고 믿을 정도로 바보가 아니다. 이건 정말 말도 안 되는 소리다. 세상은 언제나 아주 잘 돌아간다. 그저 다르게 돌아갈 뿐이다. 우리는 죽음에 현명하게 대처하는 법을 배워야 한다. 내가 영원히 나쁜 병에 걸리지 않을 거라고만 생각한다면, 혹은 곧 죽을 거라는 두려움만 계속 안고 살아간다면 마음의 평온을 얻을 수 없다. 그렇게 되면 나는 불안한 상태에서 '지금 여기'를 살게 된다. 이는 아주 분명한 사실이다. 나는 죽음의 문턱까지 간 경험을 한 적이 있다. 그때 이후로 나는 더 이상 죽음이 두렵지 않으며 내 장례식을 어떻게 치러야 하는지, 내가 죽고 난 후 모든 것이 어떻게 해결되어야 하는지를 아주 잘 이야기할 수 있다. 나는 이 모든 것을 감상적이지 않게 설명할 수 있다. 내 주변에 있는 모든 사람이 늘 이렇게 말해도 말이다.

"호르스트, 죽음 이야기는 그만해. 더 이상 듣고 싶지 않아. 넌 분명 40년은 더 살 거야."

그러면 나는 언제나 이렇게 말한다. "에이, 그건 말도 안돼." 내가 죽음을 깊이 생각하는 이유는 죽음에 대한 어떤 형태의 불쾌감도 내 삶의 기쁨을 감소시키는 것을 원치 않아서다. 죽음도 삶에 속한 것이기 때문에 우리는 모두 죽음에 대해 훨씬 더 많이 생각해야 한다. 한 가지 분명한 사실은 우리가 태어나면 언젠가 반드시 죽는다는 것이다. 모든 것이 일시적이며, 이것이 삶의 원칙이다. 우리는 세상에 태어나고 성장하며 많은 활동을 하며 전성기를 맞이하고 그 이후에는 새로운 세대가 새로운 꽃을 피우며 우리를 돌보는 시간이 시작된다. 우리에게 복이 있다면! 그다음에 우리는 가게 될 것이다. 그리고 가장 큰 복은 큰 고통 없이 빨리 가는 것이다.

내 안의 평온함을 찾는 여정은 다음과 같다. 마음속의 평화를 견고하게 하기 위해 좀 더 미세하게 조정할 수 있는 수많은 작은 행복의 나사들을 조이는 것이다. 만족하고 행복하기 위해 나를 계속 이끌어주는 가장 큰 원동력은 무엇일까? 사람들에 대한 사랑, 그들의 이야기, 고통에 맞서 싸우고 선한 일을 행하는 것, 내 주변 사람들에게 도움이 되는 유익한 일을 하는 것이다. 나는 어느 누구도 외모 때문에, 출신 때문에, 통장 잔고 때문에, 꿈 때문에 상처받지 않았으면 좋겠다. 나는 내가 원하는 방식대로 사람들을 대하는 〈희귀품에 현금을〉과 같은 멋진 방송 프로그램에서 일하고 싶다. 시청자가 계속 나를 보기를 원하고 내가 일하면서 행복을 느낀다면 말이다.

나는 계속해서 이야기를 모을 것이다. 이것이 내가 행복해지기 위한 길이기도 하기 때문이다. 자동차, 오토바이 등은 왔다가 사라지는 물건이다. 물론 이런 물건도 좋기는 하지만 그것에 마음을 두고 집착하지는 말기 바란다. 남는 것은 물건이 아니라, 이야기와 추억이다. 다른 사람에게 내주고 싶지 않고 가족을 위해 정말로 간직하고 싶은 몇 가지 물건들이 있다. 예를 들면 사랑하는 우리 아버지가 과거에 15마르크를 주고 산 회중시계가 그렇다. 그 당시에는 매우 고가였다. 지금 이 시계의 값어치는 얼마일까? 잘 모르겠다. 하지만 내가 가진 시계 중 가장 소중한 시계다. 그리고 내 사무실 위에 있는 나의 첫 번째 소형 오토바이. 나는 열여섯 살 때 이 오토바이를 받았다. 이 오토바이를 위해 나의 다정한 부모님은 생명보험을 희생해야 했다. 믿기 어렵겠지만 사실이다.

　　이 책의 마지막에서 여러분에게 할 말은 이것뿐이다. 내 안의 고요함을 찾는 과정에서 아주 많은 것을 깨달았다는 사실 말이다. 나에게 '고요함'이 얼마나 중요한지, 그리고 고요함이 단지 '조용하고 잠잠한' 사전적 의미만이 아니라는 것을. 고요함 속에서는 영혼이 편안해진다. 나는 행복할 때 고요함과 내면의 평온함을 느낀다. 내가 사람과 동물, 자연과 조화를 이루면서 살 때, 내 일에 즐거워할 때, 충만한 삶에 대한 겸손과 감사함을 느낄 때.

　　우리는 빠르게 움직이는 시대에 살고 있다. 그리고 그 속에서 건강, 연대감, 배려가 얼마나 중요한지 분명히 의식하고 있다. 또한 우리는 많은 사람이 과도한 부담으로 버거워하는 시대에 살고 있다. 2020년만큼 우울하고 마음이 아픈 사람들이 많았던 적은 없었다. 우울증은 정말로 심각한 질병이며, 사람들이 주장하는 것처럼 허무맹랑한 헛소리나 엄살이 아니다. 우울증은 아주 무서운 병이다. 그래서 나는 이 책을 마무리하면서 여러분에게 다시 한번 부탁하고 싶다. 여러분 자신뿐만 아니라 여러분의 주변 사람들에게도 관심을 기울이기를 바란다. 약자와 아픈 사람, 노인과 아이들을 보살펴 주기를 바란다. 여러분의 아이들과 청소년에게 좋은 본보기가 되어주길 바란다. 소설가 에리히 캐스트너 Erich Kästner 는 "행하는 것만큼 좋은 것은 없다"고 말했다. 그리고 내 말을 믿어보라. 도움과 조화, 인간에 대한 사랑이 우리를 행복하고 만족하게 만들어 주는 것이기에 여러분에게도 평화와 고요함, 루헤를 가져다줄 것이다. 이제 내게 마지막 문장만 남아 있다.

이만 나는 조용해지겠다.

한 사람에게 특별한 감사를 드립니다.

나의 유별한 열정을 불필요하게 나눠 갖지 않는 사람, 상상할 수 없을 정도로 재능과 소질을 갖춘 사람, 단호하면서 접근하기 어려워 보이는 사람. 하지만 심도 있게 친해지면 마음을 뺏길 수밖에 없는 사람, 다른 누군가를 위한 훌륭한 일을 하기 위해 자기 자신을 뒤로 제쳐놓는 유일한 사람.

친애하는 틸, 당신을 두고 한 말입니다. 당신의 인내에, 제 이야기를 잘 들어준 것에, 우리가 환상적인 토론을 할 수 있었음에 감사드립니다. 내 말과 생각을 내 목소리로 읽히는 것처럼 써준 것에 감사드립니다. 당신도 알고 있겠지만 당신은 내 마음속에 자리 잡고 살고 있습니다.

내 아내 나다에게 말로 표현할 수 없는 고마움을 전합니다. 그는 언제나 나보다 한발 앞서서 나를 챙겨주고, 나보다 한발 뒤에 서서 나를 지지해 주었습니다. 그는 나에게 걸을 수 있는 단단한 기반을 마련해 주고, 내가 선에 대한 믿음을 잃지 않도록 내 손을 잡아줍니다.

멀리 떨어져 있어도 언제나 곁에 있는 것 같은 나의 친구 퇴네와 게사에게도 감사를 드립니다. 내 아이들과 손주들이 있음에, 그들의 있는 그대로의 모습에 감사를 드립니다. 나와 함께 일하면서 친해진 정말 많은 사람 모두에게 감사를 드립니다.

내가 이런 경험을 할 수 있게 해준 출판사에 감사드립니다.

자, 이제 충분합니다. 사실 저는 모든 사람과 모든 것에 딱 한 단어만 말하고 싶었습니다. 고맙습니다.

아마도 이제 저는 정말로 더 자주 조용해질 것입니다. 곧 알게 될 것입니다.

호르스트 리히터

내 멋진 친구, 호르스트에게.

이 책이 내가 당신과 함께 추진한 두 번째 책입니다. 우리
는 몇 시간 동안이나 이야기를 나누었고, '심문'했고, 이야기를
넋을 놓고 '경청'했고 당신이 말한 모든 것, 경험한 모든 것을 이
놀라운 책 안에 엮었습니다. 당신은 언제나처럼 솔직했고, 그 솔
직함은 단호할 정도였죠. 아무리 불편한 질문이라도 당신은 대
답을 절대로 미루지 않았지요. 우리는 함께 웃고 놀라고 논점에
대해 의견이 일치할 때까지 토론했고 슬플 때는 함께 눈물을 흘
리기도 했습니다. 이 소중한 시간에 대해 진심으로 감사드립니
다. 당신은 내게 이런 말을 한 적이 있습니다. 내가 당신 마음속

에 자리잡고 살고 있다고 말입니다. 지난 몇 년 간에 걸친 우리의 멋진 협업을 끝내는 이 시점에서 나는 당신에게 이렇게 말하고 싶습니다.

고마워, 호르스트. 나는 네 마음속에 사는 것이 정말 좋아.

추신.

우리가 대화를 하던 도중 당신은 "나는 내가 좋아"라는 문장을 말했습니다. 이를 계기로 우리는 심도 있는 대화를 아주 오래 나누었고, 슬픔에 잠겨 함께 위로의 눈물을 흘리기도 했죠. 나는 매주 팟캐스트에서 당신의 이 이야기를 했는데, 어느 노숙자가 방송을 들은 후 삶에 이별을 고할 것이 아니라 다시 삶으로 되돌아오기로 결심했다고 하는군요. 그 노숙자는 이제 치료를 시작했고 다시 집을 갖게 되었으며 사회에 돌아오려고 노력하고 있습니다. 그는 많은 청취자들이 자신에게 기부한 돈의 일부를 여전히 길에서 지내는 노숙자들에게 다시 기부하기도 했고요.

호르스트, 정말 마음이 따뜻해지지 않나요? 우리가 무엇을 더 원할 수 있을까요? 그럼 나도 이제 조용해지겠습니다.

마지막으로, 내 평생의 사랑인 내 아내 클라우디아에게 감사합니다.

내 가족과 친구들에게 감사합니다.

나의 다정한 사촌, 아체 슈뢰더에게 감사합니다.

최고의 에이전시 MTS GmbH와 모든 직원에게 감사합니다.

게사, 요나스, 퇴네에게 특별한 감사를 전합니다.

진심과 신뢰 속에서 함께 일할 수 있었던 레기나 뎅크에게 감사합니다.

틸 호헤네더

루헤의 시간

제1판 1쇄 인쇄 2021년 12월 14일
제1판 1쇄 발행 2021년 12월 24일

지은이 호르스트 리히터
옮긴이 김현정
펴낸이 나영광
펴낸곳 크레타
출판등록 제2020-000064호
책임편집 김영미
편집 정고은
일러스트 정상은
디자인 기경란

주소 서울시 서대문구 홍제천로6길 32 2층
전자우편 creta0521@naver.com
전화 02-338-1849
팩스 02-6280-1849
포스트 post.naver.com/creta0521
인스타그램 @creta0521
ISBN 979-11-973382-8-1(03850)